お隣さんが殺し屋さん

藤崎 翔

角川文庫
20635

お隣さんが殺し屋さん

1

荷ほどきを半分ほど終えたところで、美菜《みな》の携帯電話が振動した。

画面には「実家」と表示されている。

慣れ親しんだ電話番号を登録したのは自分なのに、その漢字二文字を見ただけで美菜は感慨に浸った。今日からこの部屋で一人暮らしが始まるんだ。――そう実感しながら電話に出た。

「はい、もしもし」

「もしもし～、どう？　引っ越しは無事に済んだ？」

電話口の雅子《まさこ》の声が、なんだか妙に懐かしく感じられた。

「えっとねえ、今ねえ、段ボールの中身出してるところ。まだ半分以上残ってるけど」

美菜が、荷物の山を眺めながら答えた。すると雅子が申し訳なさそうに言う。

「あらごめん、まだ大変な時に電話かけちゃったね」

「ううん、大丈夫。……ていうか、ママの言う通り、段ボールの中身をちゃんと丁寧に書いとけばよかった」

「でしょ～。出す時に分からなくなるんだから」雅子が笑った。

美菜は、荷物を段ボール箱に詰めてから箱の外側に中身を書く際、『雑貨など』とか

『炊飯器など』といった大雑把な書き方をしてしまったことを、今まさに後悔していた。いざ荷ほどきになって『雑貨など』の箱を開けてみると、文房具から台所用品までごちゃ混ぜになって入っていたし、『炊飯器など』の箱を開けると、『本』の箱に入りきらなかった漫画が出てきた。『炊飯器など』で漫画が許されるのなら、『など』はあまりにも万能すぎる。結局、どの箱も開けてみないと中身が分からないからあまり書いた意味がないし、箱を開けるたびに室内を歩き回って置き場所を探さないといけないから、作業が全然はかどらない。こんなことになるんだから、箱詰めは大雑把にやらずに、ママが言った通り部屋の場所ごとに分けて詰めて、中身もきちんと書きなさい——と、美菜はタイムマシンで数日前に戻って自分を叱り飛ばしたい気分だった。

　と、電話口から、かすかに低い声が聞こえた。雅子のそばから聞こえているようだ。

「あ、ちょっとパパに代わるね」

　雅子が言って、洋一《よういち》に電話を代わった。

「もしもし、ごめんなあ、本当は手伝ってやりたかったんだけど」

　洋一は、当初は美菜の引っ越し作業を取り仕切ろうと意気込んでいたが、腰痛が悪化して断念し、結局引っ越し業者に頼んだのだった。

「ううん、気にしないでパパ。プロの業者さんがちゃんとやってくれたし、とりあえず部屋に荷物を入れるところまでは、無事に終わったから」

　美菜が慰めるように言った。すると洋一も、優しい言葉を美菜に返した。

「じゃあ、東京の一人暮らし、色々と大変だろうけど、頑張れよ」

「うん、ありがとう、パパ」

美菜の目頭が少し熱くなったところで、すぐにまた雅子に代わった。

「もしもし～、またママです。……あ、そういえば、お隣さんには挨拶《あいさつ》した？」

「ああ、まだだわ」

「早くしといた方がいいよ。荷物を入れる物音とかで、ちょっと迷惑かけちゃったかもしれないから、早めに挨拶に行って、印象良くしといた方がいいよ」

そう言った雅子のそばで、洋一が「そこまで気にしなくても」的なことを言った声が聞こえたが、すぐに雅子が「あなたが知らないだけで、昔のうちの引っ越しの時だって私が挨拶して回ってたんだからね～」と言い返している。

「じゃあね、体大事にして頑張りなさいよ。何かあったら、いつでも電話してね」

「うん、ありがとうママ。じゃ、またね」

美菜は電話を切った。

それから数秒だけホームシックになりかけた美菜だったが、すぐに気持ちを切り替え、リュックサックから『よりどり麺《めん》セット』と書かれた箱を取り出した。隣人への手土産にと、地元の道の駅でじっくり吟味して買ったその即席麺のセットは、部屋に着いたらすぐ出すことになると思って、手荷物のリュックサックに入れてきたのだった。美菜はそれを手に、玄関を開けて外廊下に出た。

美菜が今日から住むアパート『高円寺《こうえんじ》あすなろ荘』は、築四十年近い木造二階建て。名前に高円寺と付く割に、最寄りの東京メトロ新高円寺駅まで徒歩で十分以上、JRの高円寺駅までは二十分弱かかる。間取りは六畳のリビングに、ガスキッチンとユニットバス、それに押し入れと天袋付き。床は元々畳だったのを、最近全面クッションフロアに改装したとのことだ。家賃は四万八千円。美菜の故郷で月々この値段を出せば立派な一軒家が借りられるが、東京都杉並《すぎなみ》区ではこれでも良心的な家賃らしい。また、家賃は銀行振り込みで、大家は遠くに住んでいるらしく、まだ顔を合わせていない。建物の持ち主と一度も会わずに部屋を借りられてしまうことも、美菜にとっては驚きだった。

アパートは二階建てで、各階二部屋ずつあり、美菜が入居したのは二階奥の二〇二号室。真下の一〇二号室は空き部屋で、一〇一号室は一人暮らしのお婆さんが入居しているけど、今は体調を崩して入院中——と不動産屋から聞いていた。

だから、今住人がいるのは、隣の二〇一号室だけだ。表札は出ておらず、名前は分からない。物音もしないし、もしかしたら留守かもしれないな……と思いながらも、美菜はドアチャイムを押した。ピンポーンと音が鳴る。

すると、しばらくして部屋の中からゴトッと物音がした。そして、玄関のドアが開き、中から若い男が現れた。

その姿を見て、美菜は驚いた。

彼は、見上げるほど背が高かった。一九〇センチぐらいはあるだろう。それに、まる

で映画スターのような渋い顔。世間的に見て正統派のイケメンという感じでもないけど、
正直、美菜のタイプだった。

「どうも、はじめまして、隣に引っ越してきた、伊藤《いとう》美菜です。これ、つまらない物ですが、どうぞ」

美菜は、緊張しながらも自己紹介し、『よりどり麺セット』を手渡した。

「ああ、ありがとうございます」

彼は礼を言って、麺セットを受け取った。その声は、胸の奥に響くような素敵な低音だった。こういう声を何ていうんだっけ。この前覚えた言葉なんだ。えっと、パリス・ヒルトンみたいな響きの——美菜は思い出そうとしたが、なかなか思い出せなかった。

「あの……どうされました？」

考え込んだ様子の美菜を見て、彼が声をかけた。美菜は、とっさにストレートに口に出してしまった。

「あの……素敵な声ですね」

やだ、初対面の男の人にいきなりこんなことを言うなんて。——美菜は自分で自分に動揺してしまった。美菜は本来、異性に対して積極的なタイプではないのだ。

「はあ……」

彼は戸惑ったような反応を見せた。ただ、その「はあ……」も、すごくいい声だった。

「何ていうんでしたっけ。パリス・ヒルトンじゃなくて……」

「えっ？」

「あ、すいません。何でもないです」

やばい、変な奴だと思われちゃったかも。——美菜は恥ずかしさに視線を落とす。

と、そこで、玄関の床の隅に目が留まった。靴箱の陰になった薄暗い場所に、鈍く輝く金属質の細長い物が落ちている。美菜はそれを指差して言った。

「あ、そこに落ちてるの、口紅ですかね？」

「口紅……？」

彼は視線を落とし、靴箱の陰に目をやった。

すると、それまで低かった彼の声が、少し慌てたようにうわずった。

「あっ……ああ、これか」

彼は速やかにそれを拾い上げ、大きな手で隠すようにして持った。美菜からは最後までよく見えなかったけど、なんだか余計な物を見つけてしまったような雰囲気だった。

より気まずくなってしまったので、申し訳ない気持ちになって頭を下げた。

「すいません、じゃ、あの……これからよろしくお願いします。では、失礼します」

美菜は一礼して、自分の部屋に戻った。

そして、玄関のドアを閉めたところで反省した。

まず、彼の名前を聞きそびれてしまった。次会った時にちゃんと聞かないといけない。

あと今になって思い出したけど、ああいう低くてかっこいい声を、バリトンボイスっていうんだ。パリス・ヒルトンなんて口走って、きっと変な奴だと思われただろう。美菜はこういう言い間違いが多い。

それに、口紅っぽいあれを、見つけても指摘しない方がよかった。あれを拾い上げた時の彼は、なんだか慌てていた様子だった。まさか女装趣味があるのかな……と美菜は一瞬だけ思ったが、さすがにそれはないか、と思い直した。彼はすごく背が高くて、肩も幅広くがっちり角張った、とても男らしい体形だった。女装は似合わないだろう。

となると、あれは彼女さんの忘れ物かな、だとしたら残念だな――美菜は思った。

いや、でも、あれは口紅じゃなかったのかもしれない。あれを拾った時、彼は「ああ、これか」と言っていた。たとえば太めのペンの蓋《ふた》とか、何かしらの金属の部品とかだったけど、わざわざ説明するのも面倒だから、「ああ、これか」の一言で済ませたのかもしれない。それに口紅だったとしても、ずっと前に別れた彼女が落としていった物かもしれない。そうだ、それなら大丈夫だ……と考えたところで、美菜ははっとした。

やだ、私、何を妄想してるんだろう。

お隣さんとの恋――そんな想像が、美菜の心の中に広がっていたのだった。

ぱっと思い浮かんだのは、テレビドラマ『ロングバケーション』と映画『レオン』だ。美菜は両方とも、レンタルビデオ店で「90年代の名作」の棚にあったのを借りて見た。あ、でもロンバケは、厳密にはお隣さんじゃなくて、山口智子《やまぐちともこ》と木村拓哉《きむらたくや》がいきなり同居しちゃうのか。それにレオンはもっと違うよね。主人公の男女は隣人同士だけど、まだ子供のナタリー・ポートマンと中年のジャン・レノが徐々に愛し合っちゃう話だし、何より、ジャン・レノは殺し屋だし。さすがに、お隣さんが殺し屋だなんてありえないよね。――美菜は自分の妄想を一人で笑ってから、荷ほどきの作業を再開した。

「あ、そうだ、これは出しとかないと」

美菜はつぶやいて、『学校関係』と書かれた箱の中から、分厚い冊子とDVDを取り出した。そして、再開した作業をすぐに中断し、その冊子を読み始めてしまった。こんなことではますます作業は滞るばかりなのだが、美菜の胸の中は、四月からどんな日々が始まるのか、ワクワクする気持ちでいっぱいなのだ。

その冊子の表紙と、DVDのパッケージには、こう書かれていた。

『専門学校・放送技術マルチメディア学院　新入生へのご案内』

『放送技術マルチメディア学院　学校生活と卒業生の活躍紹介DVD』

それらは、美菜の入学が決まってから実家に郵送されてきた物だった。

「放送技術マルチメディア学院……ちょっと名前長いけど、楽しみだなあ」

美菜は『新入生へのご案内』を読みながら、一人つぶやいた。

雄也《ゆうや》は、動揺している自分を戒《いまし》めた。

まず、引っ越し業者が帰って早々、こんなに早く隣人が挨拶《あいさつ》に来るとは思わなかった。

過去にも何度か、隣人の引っ越しに遭遇したことはあったが、挨拶に来るとしても、もっと時間が経ってからだったし、そもそも挨拶に来ない住人だってざらにいた。こんな律儀な若者が現代にまだいたとは——と、雄也自身も若者なのだが驚いてしまった。

手土産の即席麺《めん》の詰め合わせも、安物ではないようだ。塩、醬油《しょうゆ》、豚骨、担々麵が各三食入った『よりどり麵セット』という、麵好きの雄也にはうれしい商品だ。

それに、正直なところ、彼女の見た目も雄也のタイプだった。純朴そうで可愛らしい、おそらくまだ十代の女で、ほんわかとした話し方も男心をくすぐった。そんな彼女の「素敵な声ですね」という一言が、まだ心の中で響いている。

しかし雄也は、自分の中に芽生えた感情を押し殺した。——馬鹿なことを考えるな。初対面の人間に心を許すわけにはいかない。よもや正体がばれるようなことはないだろうが、わずかな油断が命取りになるかもしれないのだ。

現に、さっきも危なかったのだ。まさかこれを見つけられるとは。——雄也は、玄関の床からつまみ上げたそれを見る。

彼女がこれを見つけて、もし警察に通報でもしてしまったら、一大事だったのだ。

もっとも、彼女が口紅だと勘違いしてくれたのは幸いだった。まあ、これを遠目に見て何であるか言い当てられる者など、日本にはわずかしかいない。警察官に自衛官、そして実物は見たことがないものの知識だけは一丁前のマニアぐらいだろう。

だが、いくら彼女が挨拶に来るのが予想以上に早かったからといって、言い訳できる問題ではない。こんな物を床に落としたまま気付かずにいたとは、大きな手落ちだった。

おそらく、道具の手入れをしていた時にでも一発落としてしまったのだろうが、これを使う仕事を最近めっきりしていなかったこともあり、うっかり見逃していたのだ。

とにかく、これからは気をつけなくてはいけないと、雄也は肝に銘じた。

そして、その金色に光る細長い物体を、元々あった場所にしまった。

引き出しの中の、黒光りするベレッタ92の隣に――。


ちっちゃい口紅みたいだな。――弾丸を装填《そうてん》する時、彰《あきら》はいつもそう思う。

だが、こんな小さな弾を撃ち込まれただけで、人は簡単に死ぬのだ。

彰がいるのは、地下の射撃訓練場。防音設備は完璧《かんぺき》で、銃声が外に漏れることは決してない。こんな山奥の地下に、殺人訓練用の施設があるなんて、誰も知るはずがない。

地上には何の変哲もない民家が建っているだけなのだ。

彰はまず、精神を集中して構え、三十メートル先にあるマンターゲットに向けて四発撃つ。すべて心臓部分に命中した。

続いて、頭を狙って四発撃つ。これもすべて当たった。ただし、四発目で少し手元が狂い、上の端ぎりぎりに当たってしまったので、命中といえるかどうか微妙なところだ。実際の人間相手だったら致命傷にはならなかったかもしれない。

さらに、隣のレーンに移動する。距離は二十メートルほどでさっきより近いが、彰が手元のスイッチを押すと、ジグザグに走るレーンに沿って、七つのマンターゲットが、人間が小走りするぐらいの速さで動き始める。ここで一気に難度が上がる。

彰は七発撃った。五発が命中、一発が肩に当たり、一発は外れた。

装弾数十五発のベレッタ92を撃ち尽くしたところで、週一回の射撃訓練は、いつも通りあっという間に終了した。日本では銃弾を入手するのも一苦労なので、やむをえない。

「まあまあ上手《うま》くなってきたな」

傍らで訓練を見守っていた師匠が、彰をほめた。だが続けて言った。

「警察官ならこれでも上出来だ。でも、我々の世界では、まだ実戦で使うには早いな」

「はい……」

落ち込んで返事をした彰に、師匠が声をかける。

「もっとも、銃を使った仕事は、今はあまり多くない。なんでか分かるか？」

突然の問いに、彰は少し考えてから答えを出す。

「えっと……銃声で気付かれちゃうから、ですか」

「それもあるが、もう一つ大きな理由がある」

「ええっと……」

彰はさらに考えた後、はっとひらめいて答える。

「あ、そっか。銃を使ったら、死体はどう見ても他殺だって分かっちゃいますよね」

「そう、正解だ」師匠は大きくうなずいた。「そもそも射殺は、我々の仕事には不向きなんだ。我々の使命は、殺人を殺人だと誰にも気付かせないことだからな」

「そのために、ターゲットを事故や自殺に見せかけたり、死体を隠して行方不明にしたりするんですもんね」

彰の言葉に、師匠はまたうなずく。

「今も稀《まれ》に、日本でも銃を使った殺人が行われることがあるが、実行できるのは暴力団か、安物を買ってぶっ放して自分の人生を捨てる素人だけだ。依頼を秘密裏に実行する我々のような組織は、当然そんな手段はとれない。我々は暴力団と違って、存在自体を警察に知られてはいけないんだからな」

師匠は、一つ咳払《せきばら》いをしてから続ける。

「この国で、他殺体を警察に渡すことほど危険なことはない。世界一優秀とも言われる日本の警察が、血眼になって捜査を始めるからな。殺人罪の時効もなくなって、奴らはどこまでも追いかけてくる、すこぶる厄介な番犬だ。――ただ、そんな番犬は最初から起こさなければいい。眠ったままの番犬なら怖くはないんだ。だから、行方不明になっても当分気付かれそうにないターゲットなら、誰にも目撃されないように殺してから死体を消す。行方不明になればすぐ気付かれそうなターゲットなら、事故や自殺や病気で死んだように見せかける。もちろん、場合によっては例外もあるけどな」

師匠から何度か聞いていた話だったが、彰は初めて聞いたような顔でうなずく。さらに師匠の話は続く。

「つまり、銃を使えるのは、死体の回収までセットになってる仕事の時だ。逆に、そういう仕事の時は、あえて銃を使うこともある。拳銃《けんじゅう》というのは殺人専用の道具だからな。状況によっては、他の手段よりもはるかに簡単に実行できる」

と、そこで彰が、ふと師匠に尋ねた。

「今の俺と、同じぐらいの時期のビッグさん。銃の腕はどっちが上ですか？」

すると師匠は、少し間を空けた後、ふっと笑って言った。

「そんなことを比べても意味がない。ビッグのような殺し屋になりたいなら、ただ訓練に励むこと、それだけだ。今から励めば十分に上達するし、サボれば上達しない」

そう言われるってことは、やっぱり今の俺はビッグさんには及ばないのかな……彰はそう思って少し落ち込んだが、それは顔には出さず「分かりました」と頭を下げた。

ビッグ――そのコードネームで呼ばれている殺し屋が、彰にとっての目標だ。

その呼び名の通り「日本ではめったに見ないぐらいデカい」と師匠からは聞いている。彰は、身長二メートル近い冷徹な大男の殺し屋として、勝手に布袋寅泰《ほていともやす》をイメージしているが、年齢は二十代半ばと聞いているから、実際はずっと若いはずだ。

ビッグは、その肉体のせいもあってか、集団の中で目立ってしまうこともあるのが殺し屋としては欠点らしいが、そのハンデをものともせず、仕事の成功率は百％を誇るということだった。師匠が育て上げた中で、現役の殺し屋としては最も優秀らしい。

「ビッグさんは、今までどれぐらい、銃を使った殺しをやったことがあるんですか？」

彰が再び師匠に尋ねた。

「これまでに、四回……いや、五回あるかな。もちろん、いずれも成功だ。ビッグは他の殺人術のスキルも高いが、銃を最も安心して任せられるのも、やっぱりビッグだな」

「さすがですね。やっぱりビッグさんは、絶対に失敗しないんだ……」

彰はそう言いながら、いつか直接会ってみたいと、心から思っていた。

絶対に失敗しないという、伝説の殺し屋、ビッグに――。


「あっ、失敗した！」

雄也は『よりどり麺セット』の担々麺を作る仕上げの段階で、思わず叫んでしまった。

そして、布袋寅泰より約三センチ高い長身をのけぞらせ、天井を仰いだ。

別添えの『胡麻《ごま》風味だれ』は、あらかじめどんぶりの中に入れておくべきだったのだ。なのに雄也は、かやくと液体スープと一緒に、熱い鍋《なべ》の中に入れてしまった。その後袋の裏の作り方を見た時に、間違いに気付いてしまったのだった。

その後、実際に盛りつけて食べてみると、やはり胡麻の風味は飛んでしまったようで、弱いように感じた。

ああ、無念。担々麺を一食、損してしまった。まあ、胡麻の風味が多少弱まろうとも結構美味《うま》いのだが、本来この担々麺が持っている味のポテンシャルを、自らの失敗によって百%引き出してやれなかったことには悔いが残る。

雄也は担々麺をすすりつつ、他の種類の麺の、袋の裏側に書かれた説明をよく読んで手順を確認した。塩、醤油《しょうゆ》に関しては、かやくもスープも両方、鍋に入れていいようだ。注意が必要なのは豚骨だ。粉末スープは鍋に入れるが、特製うまみスープはどんぶりに入れるようにと書いてある。

次は失敗は許されないぞ。――雄也は肝に銘じる。

ただ、それにしてもこの『よりどり麵《めん》セット』、引っ越しの挨拶《あいさつ》にしてはかなり充実している。雄也は改めて、これをくれた彼女のことを思い出した。

銃弾を見て、「口紅」か。――雄也はまた、一人で小さく笑った。まあ、一般女性が遠目に見たらそう見えるのだろう。

最後に銃を使って仕事をしたのは、いつのことだろう。

そうか、あの時が最後か――雄也は回想した。

＊　　　＊　　　＊

「お願いです！　奴を殺してください！」

その依頼人は、床にひざまずき、禿《は》げ上がった頭を床に着けた。

「私に濡《ぬ》れ衣《ぎぬ》を着せたあの男が、これからものうのうと生き続け、私が早死にする……。そんなことはどうしても許せないんです！」

依頼人の男は、五十代半ばにして癌に冒され、死期が迫っていた。頬はこけ、目は落ちくぼみ、髪の少ない頭部から顔の輪郭にかけてのラインは、まるで骸骨《がいこつ》のようだった。

そんな彼が、一億円もの大金を報酬として提示し、依頼をしてきたのだった。

「闇金からも借りてるって聞きましたけど……どうするんですか、返済は」

接客交渉を担当する、口髭《くちひげ》を生やした男――山田《やまだ》が尋ねる。

すると、依頼人は狂気じみた笑みを浮かべて返した。

「もちろん、私が死んだ時の保険金から払いますよ」

「なるほど……」

雄也は、少し離れたところでスツールに腰掛け、話を聞いていた。山田は、雄也にちらりと視線を送った後、依頼人に向かっておもむろに言った。

「ただ、こういった依頼は非常に難しいんですよ。相手が有名人っていうのは……」

すると依頼人は、禿げ上がった頭に血管を浮き立たせて叫んだ。

「あなたたちにできないというなら、私が一人でやりますよ!」

そして彼は、涙をこぼしながら、絞り出すように言った。

「一度、性犯罪者の汚名を着せられると、もう誰にも信用されないんです。その無念を晴らすには……あの悪徳弁護士を、この手で殺すしかないんだ!」

「あのハゲ、また来てるな」

閑静な住宅街に建つ、四階建ての高級マンション。その三階の自室の窓から外を見下ろして、弁護士の霧島英次《きりしまえいじ》はつぶやいた。

「大丈夫なの？」

　恋人でタレントの佐山《さやま》あゆみが尋ねる。彼女と霧島は、一年ほど前にテレビ番組での共演を通じて知り合い、半年ほど前から交際していた。

「もし俺が、夜道で何者かに襲われて殺されるようなことがあったら、あいつにやられたと思ってくれ」

　霧島が重々しく告げた。佐山あゆみは「そんな……」と息を飲む。

　だが、すぐに霧島は笑って言った。

「なんて、冗談だよ。もしあいつが襲ってきても、俺が返り討ちにしてやる。こう見えて俺は、空手黒帯だからな」

「たしかに、英次君すごくいい体してるもんね。……でも、何か恨まれるようなことでもしたの？」

「俺の仕事は、誰にも恨まれないなんてことは無理なんだよ。逆恨みされることも多いんだ。特に検事時代は、大勢の犯罪者を刑務所に送る役割だったわけだからな」

　霧島はそう言った後、吐き捨てるようにつぶやいた。

「痴漢野郎が、しつこく追ってきやがって……」

「気をつけてね」

　佐山あゆみが声をかける。──だが、しばしの沈黙の後、声色が変わる。

「やだ、ダメったら……もう、くすぐったい」

「あのハゲは、電車の中で女子高生にこんな真似をしたんだ。許せないよな。でも俺は、ちゃんと愛し合ってる相手にこうするんだ。——ほら、あいつに見せつけてやろうぜ」

「やだ、もう……」

「ほら、こうされたかったんだろ、いい体の俺に……」

「ああん、ダメ……」

部屋の中で情事が始まる——。

雄也は、その上の四階の部屋で、二人が乳繰り合う声をイヤホンで聞いていた。

四階の部屋の床には穴が開けられ、超高性能マイクが仕込んであった。直径一センチにも満たない穴は、退去する時にふさげば、まずばれることはない。

雄也は窓の外を見やる。すると、マンションの前の道から角を曲がった人影が見えた。生け垣の上から、禿げた頭頂部がわずかに覗《のぞ》いて、建物の陰へ歩き去っていった。

雄也は、しばらくその方向を見つめた後、電話をかけた。そして、開口一番告げた。

「例の弁護士を消す仕事、やれそうだ」

「本当か？」電話口で、山田が聞き返してきた。「相手は、最近テレビの露出も増えてる霧島弁護士だぞ、消えた段階ですぐに騒ぎになる。もし失敗したら、我々の組織全体が危うくなるんだぞ」

山田は念を押すように言ったが、雄也は余裕の態度で返した。

「大丈夫。コストをかければ、失敗はしない」

「依頼人が疑われることだって、もちろんあってはならないんだぞ」

「分かってるさ」

雄也は笑みさえ浮かべて、電話を切った。


その翌月の、ある日の早朝。

霧島英次は、河川敷をジョギングしていた。四十代にして運よく手に入れた「イケメンタレント弁護士」としての立場を維持するため、引き締まった体形をキープするのも大事な仕事だ。彼はどんなに忙しくても、この日課は欠かしていなかった。

早朝の河川敷に人けはない。前日の夜に雨が降ったため、路面はまだ濡れていた。

そんな中、霧島の前方から、腰の曲がった大柄なホームレスの男が歩いてくる。

ホームレスは、空き缶が大量に入ったポリ袋と、青いビニールシートを載せたリアカーを引いている。ぼろぼろのジャンパーを羽織り、ぼろぼろの野球帽をかぶり、白髪交じりの髪が伸び放題だ。

霧島英次は、ホームレスを一瞥《いちべつ》して、少し表情を歪《ゆが》ませた。そして、すれ違う直前に息を止めた。彼のその仕草からは、弱き者への侮蔑《ぶべつ》が見て取れた。

そんな霧島とすれ違いざまに、ホームレスは「すみません」と声をかけた。

なんだこのホームレス、ミーハーなのか？――とでも言いたげな怪訝《けげん》な表情で、霧島は振り向いた。

その直後、霧島の額の中心に、赤黒い穴が開いた。

ホームレスに変装した雄也が、消音器《サイレンサー》を付けた拳銃《けんじゅう》で、霧島を射殺したのだった。

霧島は、怪訝な表情を顔に貼り付けたまま、棒きれのようにまっすぐ後ろに倒れた。

弾は頭を貫通しておらず、血はほとんど流れていない。もちろんそうなるように、雄也は貫通力の弱い弾丸を使用していた。

雄也の耳にはイヤホンが入っており、襟元には小型マイクが付いている。それを用いて、雄也は通話を開始した。

「仕事は完了。ゆうべの雨で路面が濡れてるから目立たないとは思うが、わずかに血痕《けっこん》が残った。処理を頼む。脇の地面に目印を立てておく」

すると、川の上流方向で、青いジョギングウェアでストレッチをするふりをしながら周囲を警戒していた、色白で中肉中背の男——中井《なかい》が応答する。

「了解。こちらは通行人なし。下流はどうだ?」

今度は、下流方向にいた、黄色いジョギングウェアの小柄な男——小林《こばやし》が応答する。

「ジョギング中の若い女二人が、こっちからゆっくり接近中です。血痕の処理は二人の通過を待ってからの方がいいと思います」

「了解」中井と雄也が、同時に応答する。

中井と小林は、雄也の犯行が目撃されないように、河川敷の両側で監視していたのだ。

二人とも、雄也のサポート役として働く人間だ。とはいえ、互いに素性は知らず、名前も偽名だ。中肉中背の中井に、小柄な小林と、実に安直な偽名が付けられている。

「では引き続き、気を抜かないように」

雄也が声をかけると、中井と小林は揃って「了解」と応答し、中井が走り出した。

雄也は、路面にわずかに散った血痕を確認して、道路脇の地面に黄色いプラスチックの棒を立てる。次に、リアカーからビニールシートを引っ張り出す。それは袋状に加工されていて、その中に霧島の死体を頭から入れてリアカーに載せる。その間わずか十秒に満たない早業だ。そのビニールシートを模した死体袋を、大量の空き缶が入った袋で隠し、雄也はまたホームレスを装って、リアカーを引いて歩き出した。

前方から、若い女二人が会話しながらジョギングで近付いてきて、雄也とすれ違った。さらに間を置いて雄也が振り向くと、後ろから走ってきた中井が、ちょうど女二人とすれ違うところだった。中井は女二人をやり過ごした後、雄也に向かって小さく手を挙げ、道の脇に視線を移し、地面に刺されたプラスチックの棒を見つけて立ち止まった。そこで周囲を見回した後、靴紐《くつひも》を結ぶような仕草をしながら路面の血痕を確認し、ポケットからスプレーを取り出して血痕に吹き付け、布で拭《ふ》き取り始めた。

雄也は、また前を向いて歩き出した。近寄ってくる人影はない。川の対岸も人けはない。十秒余り経ってまた振り向くと、中井はもう雄也と逆方向に走り出していた。

その後、雄也は数キロ歩いた末、都立公園の脇に停められた大きなバンの傍らで立ち止まった。周囲に人影はなく、防犯カメラが設置されていないことも事前に確認済みだ。そこで雄也は、空き缶が入った袋と、ビニールシート風の死体袋を車に載せ、最後にリアカーを折りたたんで載せ、自身も車に乗り込んだ。荷台で手早く服を脱ぎ、後部座席に移って、念のためシートベルトまでしたところで、運転席の山田が尋ねてきた。

「なあ、本当に大丈夫なんだよな」

バックミラー越しに不安げな視線を送る山田に、雄也はカツラを外しながら答える。

「大丈夫だって言ったろ」

「俺たちだけじゃない。依頼人が疑われることもないんだろうな」

「もちろんだ」雄也は自信満々に言った。

山田は、それでもまだ不安そうな表情で口髭《くちひげ》を撫でてから、車を発進させた。


数日後。佐山あゆみが、多くの報道陣に囲まれて記者会見をしていた。

「霧島さんは私に、もし自分が殺されたら、あの男の仕業だと思ってくれって言ってたんです。もちろん、殺されてないことを祈ってますけど……」

「あの男というのは、池谷宗之《いけたにむねゆき》さんのことでしょうか？」記者の一人が尋ねた。

「具体的に、名前を言っていたわけではありません。でも……」

佐山あゆみは、いったん言葉を切り、少し躊躇《ちゅうちょ》した後で言った。

「霧島さんは、その人のことを、『あのハゲ』って言ってました」

その言葉に、報道陣からどよめきが起こった。さらに佐山あゆみは続ける。

「あと、ちらっと聞いただけですけど、『痴漢野郎』とも言ってました」

さっきよりも大きなどよめきが起こり、一斉にフラッシュが焚《た》かれた。


その翌朝。住宅街を歩く男二人を、テレビ局のカメラマンと記者が追い回していた。

「霧島弁護士が行方不明になっている件について一言お願いします」

「だから、関係ないって言ってるでしょ！」

池谷宗之は、鞄《かばん》で顔を隠しながら、無言で住宅街の道路を歩いている。テレビカメラには、彼の禿《は》げ上がった頭しか写っていない。記者の質問に答えているのは、池谷宗之の隣にぴたりと付いて歩く弁護士だ。

「佐山あゆみさんの記者会見はご覧になりましたよね？」

記者が声をかけると、またしても弁護士が答えた。

「見ましたよ。霧島氏が池谷さんのことを『あのハゲ』って言ってたんでしょ？　子供みたいな悪口を日本中にばらまかれて、こっちが名誉毀《き》損《そん》で訴えたいぐらいですよ」

「あと、『痴漢野郎』とも言っていたと……」

「だから、池谷さんは痴漢なんてしたことはありません。検察官時代の霧島氏に濡《ぬ》れ衣《ぎぬ》を着せられたんですよ！　同じ弁護士資格を持つ者として、恥ずかしい限りだ！」

激高する弁護士。一方、記者はなおも食い下がる。

「その痴漢冤罪《えんざい》の件を恨んで、池谷さんが霧島弁護士につきまとっていたという証言もあるんですが……」

「その言い方は悪意がありますね。池谷さんはただ、濡れ衣を着せられたことについて面と向かって抗議したかっただけです。無実の人間に罪を着せておきながら、のうのうとタレント気取りでテレビに出て恥ずかしくないのか、とね。そのために何度か霧島氏の事務所や自宅を訪れた。それだけですよ」

「霧島さんが行方不明になった時間帯の、池谷さんのアリバイがはっきりしてないとも聞きましたが」

「それについては、書面で説明した通り、散歩をしてたんですよ。霧島氏もジョギングをしてたようですが、池谷さんも毎朝あの時間帯に散歩をする習慣があるんです。ただ、防犯カメラが設置されてるところだけを狙って歩くわけじゃないですから、どこにいるのか分からない時間も出てきますよ。それは霧島氏の方も同じだったわけでしょ」

「池谷さんが霧島弁護士を拉致《らち》したんじゃないかという疑惑も出てますけど」

「だから、そんなことやってないって言ってるでしょうが！」

「それどころか、殺したんじゃないかという疑惑も……」

「いい加減にしろよ！　証拠がどこにあるんだ！」

弁護士が声を荒らげ、記者と言い合いになる中、ついに池谷が発言した。

「悪いけど、もう行くよ」

そして池谷は、顔を隠していた鞄を下げて、カメラの前に顔を出した。

「これから人間ドックがあるんですよ。予約の時間に遅刻しちゃうんでね。まあ、健康には自信があるんで、今年も大丈夫だとは思いますけど」

そう言って、余裕の笑みを見せた池谷。——テレビカメラがとらえたその顔は、霧島英次の殺害を雄也たちに依頼した、癌に冒されて余命幾ばくもない男とは似ても似つかない、血色のいい中年男性だった。


「ほら、大丈夫だっただろ」

テレビの前で、雄也は皮肉な笑みを浮かべた。その隣で山田は、口髭を指先で掻《か》いて苦笑しながら言った。

「昨日、家でテレビをつけて、いきなりこの映像が流れた時は、マスコミにばれたのかって肝を冷やしたよ。……でも、記者と弁護士の話をよく聞いてみたら、池谷とかいう知らない名前を呼んでるし、最後にこの男が、顔を隠してた鞄を取ってみたら、依頼人とは全然違う顔だったから、ほっとしたというか、驚いたというか……」

山田はため息交じりに言うと、雄也に向かって首を傾げた。

「でも、まだ状況を整理できてないんだが、これは一体どういうことなんだ？」

「霧島英次は、検事時代に二件、冤罪を起こしてたんだ。この池谷という男と、俺たちの依頼人の岡部《おかべ》と。——その時点で、法曹としては失格だったと言えるだろうな」

山田は、ようやく状況を飲み込んで「なるほど」とうなずいた。雄也は話を続ける。

「池谷は電車内での痴漢、岡部は公園での強制わいせつ。裁判記録を読んだら、どっちも冤罪の疑いが強かったのに、検察側の強引な主張が通って有罪判決が出てたんだ――。もちろん、池谷の今後に関しては心配ない。本当に霧島を殺してはいないんだからな。その前に何度も霧島の自宅の周りをうろついてたから、今後も疑われはするだろうが、彼は痴漢冤罪被害に遭う前から株式投資で成功していて、今じゃ立派な資産家だ。これぐらいのことで彼の財産はびくともしないし、あの顧問弁護士も優秀らしい」

「ただ、あの顧問弁護士に止められてたのに、池谷は霧島の自宅の周りをうろついてたらしいな。ずいぶんと執念深かったんだな」

山田が言った。雄也はうなずいてから語る。

「自分の経歴に傷をつけた奴がテレビに出てるのが、我慢ならなかったんだろう。しかも家が近所だと知って、いてもたってもいられなかったようだ。もっとも、俺はそれを見つけて、仕事に利用することを思いついたんだけどな。――霧島が行方不明の上に、明らかに怪しい人物がいれば、警察はそっちに気を取られる。しかもその人物は偶然にも、霧島がジョギングをするのと同じ時間帯に散歩をする習慣があり、それぞれの家の距離も直線で二キロ弱。『やろうと思えばできたんじゃないか』と警察に思わせるにはちょうどいい距離だ。池谷が疑われるほど、俺たちの依頼人の岡部は安全になる。まあ、そもそも霧島の死体は永遠に見つからないわけで、捜査の進めようもないんだけどな」

「死体はちゃんと窯で焼いた。もう骨も残ってないよ」

山田が言った。雄也はにやりと笑う。

「うちの窯は、そんじょそこらの火葬場よりずっと高性能だからな」

——それから半年ほど経って、依頼人の岡部は、安らかな顔で息を引き取った。雄也たちの報酬は、彼の保険金からきちんと支払われたのだった。

2

「伊藤美菜です、よろしくお願いします！」

専門学校・放送技術マルチメディア学院の、映像演技科のオリエンテーションにて、美菜は元気よく自己紹介をした。

映像演技科の新入生は全部で三十人。女が十八人で男が十二人だった。映画監督などの志望者が集まる映像制作科や、技術スタッフの志望者が集まる放送技術科は、男子の比率が高かったが、役者の志望者が集まる映像演技科は女子が多かった。

「特技は何ですか？」

美菜に対して、同級生から質問が飛んでくる。——円形にパイプ椅子を並べて、新入生全員が向かい合って座り、出席番号順に自己紹介した後でクラスメイトが質問するというのが、このオリエンテーションのシステムだ。

「えっと……特技は、口の中に拳骨《げんこつ》が入ることです」

美菜はそう答えるやいなや、口を思いっきり開けて、右の拳《こぶし》を奥までこじ入れた。

「お~っ、すごい!」

「本当に奥まで入ってる!」

周囲から拍手が起こる。

「あいがほうごあいあふ」

「わっ、しかも抜かずに『ありがとうございます』って言った!」

さらに周囲から笑いが起こる中、美菜が口から拳を抜く。——美菜にとっては、これが人前で披露できる唯一の特技だったが、幸い予想以上にウケたのでほっとした。

「もしかして伊藤さんってさあ、入試の時、私の一つ前に面接した子じゃない?」

いかにも明るそうな、茶髪のボブカットの女子が美菜に尋ねる。

「私、入試の面接で緊張して待ってたら、教室の中からどっと笑い声が聞こえてさあ、そのあと出てきたのが、たしか伊藤さんだったと思うんだよね。で、その次の面接で私、『君は口に何が入るの?』って面接官の先生に笑いながら聞かれて、最初下ネタかって思っちゃったもん」

彼女の言葉に、また笑いが起きる。美菜は入試の面接でも同じ芸を披露したのだった。

一方、美菜は彼女をじっと見てから、ぱっと思い出して言った。

「もしかして……そのアジダスの靴、面接の日も履いてなかった?」

「うん、この靴履いてた！」彼女は大きくうなずいた。

「やっぱり！　私、緊張して下向いて歩いてたから、面接の部屋から出た時、そのアジダスの靴が目に入ったんだ」美菜が彼女の足下を指差した。

――と、そこで、別の男子から指摘が入った。

「ていうか……それ『ａｄｉｄａｓ《アディダス》』だよね？」

「え……これって『アジダス』って読むんじゃないの？」美菜が目を丸くする。

「うそ、マジで言ってんの⁉」

「アジダスって、うちのお婆ちゃんしか言わないんだけど！」

周りからさらに大きな笑いが起きる。

くそお、パパのせいだ――美菜は心の中で洋一を呪った。洋一がずっと「アジダス」と発音していたから、そう読むのかと思っていたのだ。

「ほらほら、からかわないでみんな」

映像演技科の担任の松岡《まつおか》がクラスのみんなを注意した後、美菜に尋ねる。

「伊藤さんは、どうしてこの映像演技科を選んだんですか？」

「はい。私は昔から、映画やドラマが好きで、よく家の近所のお店でレンタルＤＶＤを借りて見てて、こうやってお芝居を仕事にできれば素敵だろうなって思って、それで入学しました。……すいません、たいした理由じゃなくて」

「いやいや、好きっていう気持ちがあれば十分よ。まあ、その気持ちをずっと持ち続けるのが、意外と大変なんだけどね」

松岡はにっこり笑って美菜に語りかけた後、「それじゃ次ね、出席番号三番の井上《いのうえ》君行きましょう」と、次の学生を指名した。松岡は、男性にしては物腰柔らかな口調で、オリエンテーションを進めていった。

それから、約一時間後。

教室でのオリエンテーションが終わった後も、美菜たちは校舎の二階のロビーで話し込んでいた。そこは、飲み物やお菓子の自動販売機と、数十席の椅子とテーブルが置かれた、広々としたスペースで、多くの学生たちのたまり場になっていた。

美菜の周りになんとなく形成された女子グループは、オリエンテーション中に美菜と入試の面接で会ったという話で盛り上がった、おしゃべりで仕切り屋の島崎明日香《しまざきあすか》、誰の話にも愛想よく笑う平松小春《ひらまつこはる》、一見地味でおとなしそうだが、オリエンテーションで「カラスの鳴き声からの中島みゆき」というモノマネを披露した米田葵《よねだあおい》、そして、黒髪のショートヘアでボーイッシュな雰囲気を醸し出す大場結希《おおばゆき》の、計五人だった。

「あ、そういえばさあ、美菜って昨日、入学式来てた？」明日香が尋ねた。

「うん、行ったよ」美菜がうなずく。

「ディズニーランドには行った？」今度は小春が尋ねる。

「いや、ディズニーは行かないで帰っちゃった」

「え～、もったいない！」みんなが一様に驚いた。

昨日が、放送技術マルチメディア学院の入学式だった。会場は東京ディズニーランドの近くのホールで、入学式に出た新入生は、学校側のはからいで昨日のディズニーランドの入場料が割引になっていた。そのため、多くの新入生が式の後でディズニーランドに行ったのだが、美菜はあまりの人の多さに気後れしてしまったのに加え、割引になった入場料も十分高いと思ってしまったので、結局行かなかったのだ。だから美菜は、昨日は入学式には出たものの、誰とも一言も喋《しゃべ》らないまま帰宅したのだった。

「ディズニー、みんな行ったの？」

美菜が尋ねると、他全員がうなずいた。

「そりゃ行ったよ」

「てか、行かないのマジもったいなくない？」

葵と小春が口々に言ったのに対し、美菜が答える。

「そっか～。でも、割引になってたけど入場料高いなって思っちゃったし……それに、大きいネズミなら、実家にも出たしなあ」

「大きいネズミって！　身も蓋《ふた》もない言い方しないで！」小春が手を叩《たた》いて笑う。

「ていうか、実家ネズミ出んの？　すごい田舎ってこと？　それとも超ボロいの？」

葵が遠慮なく尋ねてきた。美菜が答える。

「うちの実家、牧場やってるの。北海道の田舎で」

「へえ、すご～い。じゃあ、見渡す限り自分ちの土地って感じ？」

「あと、学校の全校生徒がたった三人、みたいな感じ？」

明日香と葵が、興味津々に尋ねてきた。美菜は実家を思い出しながら答える。

「う～ん……見渡す限りうちの土地ってほどじゃなかったけど、周りに家は全然なかったね。あと小学校も中学校も、全校生徒が三人ってほどじゃなかったけど、一学年五人ぐらいだったな」

「すご～い、超田舎～」

みんなが驚いた。と、そこで結希が尋ねた。

「え、でも美菜さあ、さっきのオリエンテーションの自己紹介の時に、レンタルDVDで映画とか見てたって言ってたよね？　地元にツタヤとかゲオとかはあったの？」

すると美菜は、きょとんとした顔で聞き返した。

「ツタヤ、ゲオ……？」

「えっ、もしかして、ツタヤもゲオも知らない？」

「Tカードとか持ってないの？」

明日香と葵に立て続けに問われて、美菜は首を傾げながら答えた。

「ティーカードって……お茶の、何か？」

「いや、そのティーじゃないから！」

また小春が手を叩いて笑う。――だが美菜は「ティーカード」と聞いて、レンタルの会員証を想像することができず、脳内には紅茶のティーバッグを平たくしたような物が浮かんでいた。その前の「ツタヤ」「ゲオ」に関しても、店名だとすら認識できていなかった。実は、ツタヤもゲオもテレビCMが流れているのを今まで無意識に見ていたし、現在の通学ルートの五日市《いつかいち》街道から青梅《おうめ》街道を左折するとすぐゲオがあるのだが、その事実に美菜が気付くのはもう少し先のことだ。

「ていうか、美菜がDVD借りてた店、なんていう店だったの？」結希が尋ねた。

「えっとね、『レンタルビデオ　ヨシダ』っていう店だった」美菜が答える。

「おおっ、ザ・個人経営って感じの名前！」

「しかもレンタルビデオって。DVDじゃなくてビデオって！」

明日香と小春が笑った。そこで結希がまた尋ねる。

「でも、実家の近くにその店はあったんだ？」

「うん、原付で片道一時間かからずに行けたから、割と近所だったね」

「げ、原付で一時間⁉」

「近所じゃないじゃん！　小旅行じゃん！」

明日香と葵がまた笑った。だが美菜は、なんで笑われているのかもよく分かっておらず、きょとんとしていた。

「うちも田舎だったけど、まあ腐っても東京ディズニーランドがある千葉県だからね。小学校も三クラスあったし、ゲオもツタヤもあったわ」明日香が言った。

「うちは埼玉。一学年四クラスあった」と小春。

そこから、それぞれの実家の話になり、葵が群馬県、結希が静岡県出身だということが分かった。

「あと、今どこ住んでる？　あたしと小春、同じ寮なんだよね」

明日香が言った。隣で小春がうなずく。

「私も寮。三鷹《みたか》にある、ブリリアント三鷹ってところなんだけど……」と葵が言いかけたところで、小春が声を上げる。

「マジで？　うちらと一緒じゃん」

「えっ、そうだったの？　へえ、今まで気付かなかった〜」

「まあ大きいからね、あの寮。二百部屋とかあるもんね」

明日香と小春と葵の三人が同じ寮生だと分かったところで、今度は結希が言った。

「私が住んでるのは、ここから徒歩十五分ぐらいのアパート。駅の南側の、五日市街道っていう道をまっすぐ行ったところなんだけど……」

と、それを聞いて、美菜が思わず声を上げた。

「本当？　私もそっちの方なんだけど」

「え、マジで？」結希も驚く。

「もしかして、高円寺あすなろ荘？」

美菜が勢い込んで尋ねるが、結希は首を横に振る。

「いや、全然違う」

「あ……それもそうか」

三人が同じ寮だったと分かる瞬間を目の当たりにしていたので、美菜はてっきり自分と結希にもそんなことが起こるんじゃないかと思ってしまったが、よく考えたら一階は空き部屋と入院中の老人で、二階のお隣さんには少し前に挨拶《あいさつ》したばかり。全ての部屋の状況を把握しているのに、結希が住んでいるはずがない。

「そりゃ、さすがにそんな偶然起きないでしょ」

「美菜ちょっと天然だよね～」

明日香と小春がまた笑った。

「あ、そうだ、みんなでLINE交換しようよ」葵が提案する。

「いいね～」

全員がスマホを出す。――だが、そこで美菜は申し訳なさそうに言った。

「ごめん、私ガラケーなんだ」

「マジで!?」

「いるんだ、まだガラケーの十代って」

全員が一様に驚いた。ああ、やっぱりそういう反応になっちゃうよね……と、美菜は肩身の狭い思いになった。

「なんでスマホにしないの？」明日香が尋ねる。

「う〜ん、まだ使えるのに変えるのもったいないし、それに電話代安いしね」

美菜は何の気なしに言ったつもりだったが、それを聞いて、みんなが「ああ……」と、何ともいえない沈黙に包まれた。しばらくして、結希がおずおずと言った。

「あのさあ、昨日のディズニーランドのお土産、美菜にあげる」

「あ、私も持ってきた。お土産交換しようかって、昨日ちょっとみんなで話してたんだよね」明日香もバッグから、ミッキーマウスが描かれたクッキーの缶を取り出した。

「私は持ってこなかったけど……さっき買ったお菓子あるからあげるね」

「私は……ああ、飴《あめ》入ってた。これあげる」

葵と小春も、それぞれバッグから出して美菜に差し出した。

「えっ、いやいや、悪いよ」慌てて遠慮する美菜。

「いいからいいから、もらっといて」クッキーの缶を押し付ける明日香。

「苦労してるんだから」葵もうなずいて言った。

――どうやら美菜は、入場料を渋ってディズニーランドに行かなかったことや、田舎出身であること、そして電話代を気にして未《いま》だにガラケーを使っていることから、貧乏で苦労していると思われてしまったらしく、一斉に同情されてしまったようだ。

「いやいや、悪いって」

「いやいや、気にしなくていいから」

「いやいやいやいや」

「いやいやいやいやいや」

と、美菜と友人たちが、しだいに本気なのか冗談なのか分からない、ミニコントのような感じになってお菓子を押し付け合っていたところに、背後から男の声がかかった。

「いいねえ、新入生。キラキラしてるねえ」

振り向くと、小柄な若い男が、腕組みしながら微笑んで、美菜たちを見つめていた。

「俺、映像制作科のＯＢの大森《おおもり》っていうんだけど、今は放マルの授業の手伝いのバイトしながら、フリーの助監督もやってるんだ。放マルの卒業制作には毎年スタッフとして参加してるから、君たちの映画のスタッフになることもあるかもね」

彼は、聞かれてもいないのに自己紹介をした。また、彼の話から「放送技術マルチメディア学院」は「放マル」と略すことが分かった。ちょっと過激派みたいな響きだ。

「え、卒業制作って、映画撮るんですか？」明日香が尋ねる。

「そうだよ。えっと、君たちは……見た感じ可愛いから、演技科かな？」

大森が、五人の顔を見渡して言った。

「そうです、映像演技科です」小春がうなずく。

「分かっちゃいました？　やっぱ私たち可愛いから」明日香がおどけた。

「うん、じゃあみんな、卒業制作では役者として出ることになるだろうね」

大森がにこやかに言うと、葵が「へ～、楽しみ～」とあいづちを打った。

だがそこで、大森が意味深な笑みを浮かべる。

「ただねえ……ぶっちゃけ、楽しみだって思えるのは、今のうちだけだよ」

「え〜、どういうことですか？」

明日香が尋ねると、大森が「これ見てごらん」と、ロビーの片隅の壁を指差した。美菜たちはそれまでおしゃべりに夢中で気に留めていなかったが、そこには映画のポスターが三枚並べて貼ってあった。

「あ、すご〜い、これ卒業制作なんですか？」

「かっこいい〜」

明日香と小春が声を上げた。

まず、一番手前の『高円寺ロマンチカ』とタイトルが書かれたポスターは、この学校の最寄り駅、JR高円寺駅の前で手を取り合ってダンスを踊る若い男女の写真を中心に、「高円寺に咲いた恋は、いつも各駅停車」というキャッチコピーが書かれている。どうやら近場で撮影された恋愛映画らしい。その隣の『Mr.Darkside』というポスターは、上下黒の革ジャンとレザーパンツを身につけた、怒り肩で筋肉質な男の後ろ姿が、ぽつんと写るだけのシンプルなデザインだ。「その男、漆黒の闇を切り裂く」というキャッチコピーからも察して、ハードボイルド系の内容のようだ。さらにその隣の、『ウェディングプランナーの恋』のポスターは、ウェディングドレスを着て走る女を、スーツ姿の男女と神父が追いかける写真の下に、「他人の恋、アシストしてる場合じゃなかった」というキャッチコピーが書いてある。

これはラブコメ系のようだ。

また、それぞれのポスターに出演者の名前なども小さく書かれていたが、知っている俳優の名前は見当たらなかった。さらに奥の壁にも何枚もポスターが貼ってあったが、全部に目を通す前に、大森が説明を始めた。

「これは全部、卒業制作か、もしくはＯＢの作品ね。――じゃあ、これが劇場公開されて、利益が出て、スタッフもキャストも生活できるようになるかというと、まずそんなことはない。おまけに、撮影はトラブル続きだしね」

大森はそう言うと、『高円寺ロマンチカ』のポスターを指す。

「これなんて、ラブストーリーなんだけど、撮影中に主演の男女が本当にくっついた後、ドロドロになって別れちゃって、それから現場の人間関係ガタガタだったからね」

「本当ですか？　この踊ってる二人がですか？」

明日香が興味津々に尋ねると、大森は大きくうなずいて語り出した。

「そう、そのあとの現場の雰囲気ったらもう最悪だったよ。この『高円寺ロマンチカ』で主演した今田《いまだ》って男は、こっちの二作にも両方出てるんだ。特別イケメンでもないんだけど演技力はあって、役作りとかもうまくて、この年の演技科のエースって感じでね。だから当時は女にモテて、校内で二股《ふたまた》かけてたんだよ。で、それが相手役の女優にばれて、修羅場になっちゃったの。今はこいつも事務所入って売れない役者やってるけど、役者志望の男なんてみんな女好きの奴ばっかりなんだから、君らも気をつけてね」

大森は忠告すると、今度は『Ｍｒ．Ｄａｒｋｓｉｄｅ』のポスターを指して続ける。

「で、こっちはこっちで大問題でね。俺は助監督のチーフとして関わってたんだけど、序盤で金使いすぎて何度も撮影止まっちゃってるんだよ。もうずいぶん前から撮ってるんだけど、いつ完成するかも分からない。サグラダファミリアかっつうの」

「えっ、まだ映画が完成してないのに、ポスター貼っちゃうんですか」結希が驚く。

「ああ、そんなのしょっちゅうだよ。みんなポスターができた時点で、周りにいい顔したいから、とりあえずここに貼りに来るんだよ」

「でも、いつ完成するか分からないってことは、卒業制作ではないってことですか？」

葵が尋ねると、大森はまた大きくうなずく。

「そう、これはOBの卒業後一作目の作品だね。まあ、放マルって高い学費取ってる分、OBには優しくて、卒業後も頼めば自主映画の撮影機材とか、撮影の打ち合わせのための会議室とか貸してくれるんだよ。だから、それを頼って自主映画の制作続けてるOBも多いんだ。──ああ、こっちの作品も、OBが撮ったやつだね」

大森はさらに、その隣のポスターを指差す。

「この『ウェディングプランナーの恋』のポスター、綺麗《きれい》なウェディングドレス着てるように見えるけど、実はこのドレス、ダイソーで買ったレースのカーテンを縫い合わせて作ったやつだからね」

「えっ、マジですか？」

「すご～い、本物だと思った」

明日香と美菜が感嘆の声を上げると、大森はますます得意げに説明する。

「ウェディングドレスなんて、買うのは予算的に絶対無理だったし、このポスターみたいにドレス着て走り回るシーンがあったから、レンタルもできなかったんだよね。汚したら買い取りになっちゃうからさ。で、四百円のレースのカーテンを何枚か買って作ったら、こんな綺麗なのができたんだよ。まあ、生地はカーテンだから、主演女優が全身肌荒れになったって文句言ってたけどね。——あ、ちなみに、レースのカーテンでウェディングドレスが作れるんじゃないかって提案したのは、助監督やってた俺ね」

「なんだ、結局自慢じゃないですか～」

葵が茶化すと、大森は「へへ、ばれたか」と笑った後で続けた。

「ただ、この作品もね、衣装は頑張ったけど、正直脚本がベタ過ぎでね。だって、自分の恋愛そっちのけで仕事してたウェディングプランナーが恋に落ちる、なんて、今までそんなストーリーの映画やドラマが何作あったよ？　結局、脚本がダメだと周りがどう頑張ってもダメだね。新人向けの映画祭に応募したけど、全部落とされたし」

「そっか……大変なんですね」美菜が神妙な顔であいづちを打った。

「卒業してもちゃんと就職したり、活躍できるのなんてほんの一握り。こっちのグループに入れたら大したもんよ」

大森がそう言って指差した先には、映画のポスター以外にも、学生が出演する舞台や、「〇年度卒業生の〇〇さんが出演します」と書き込まれたテレビドラマのポスターが、何枚も貼ってあった。ただ、中には数年前のドラマも含まれていた。

「俺だって、放マルの手伝いして給料もらう仕事もしてるけど、まだ日雇いのバイトもやってるからね。それでも、半分以上はこの業界の収入で生活できてるんだから、褒められてもいい方よ。同期には、もう田舎帰っちゃった奴も、完全にフリーターになっちゃった奴もたくさんいるからね」

美菜たちの表情がだんだん曇っていく中、さらに大森はシビアな話を続けた。

「この学校は一応、未来の映画監督や俳優を養成する学校ってことになってるけど、卒業生の職業の比率でいったら、フリーター養成学校って言った方がよっぽどいいよ」

それを聞いて、明日香が不安げな顔で、復唱するようにつぶやいた。

「フリーター養成学校か……」


「殺し屋養成学校か……」訓練を終えた後、彰がぽつりとつぶやいた。

「何か言ったか？」

師匠が聞き返す。彰は聞かれているとは思っていなかったので、少し慌てて答えた。

「いや、こんなところに殺し屋養成学校があるなんて、まさか誰も思ってないだろうなって、ふと思っちゃうんですよね」

彰はそう言って、訓練施設の中を見渡す。──射撃術、刺殺術、格闘術、それに筋力トレーニングと、訓練の目的ごとに部屋が分かれたこの地下空間は、物騒な殺人兵器さえ置かれていなければ、ちょっとしたスポーツジムのようにも見える。

「そりゃ誰も知らないさ。この施設の存在も、我々の存在そのものもな」師匠は腕組みしてうなずいた。「今の時代、広告宣伝一切なしの口コミだけで客が来る商売なんて、うちぐらいのもんだろう」

「ああ、たしかにそうですよね。ネットで検索しても出てこないのに商売が成立してるなんて、今時めったにない業種ですよね」

彰が笑みを浮かべて言った。だが師匠は、少し顔を曇らせてぽつりと返した。

「まあ、これでも、昔よりは客が減ってるんだけどな」

「え、そうなんですか？」

「ああ。今はもう、ヤクザみたいな大口の客の依頼はほとんどないからな。――ヤクザが活発だった時代は、高い金を払ってでも、うちみたいな組織に殺しを外注することもあったが、今はそんな金を持ってない上に、殺人のリスクを背負ってでも手に入れたいような、うまみのあるシノギもないからな」

「あ、でも、川西《かわにし》組からの依頼がありましたよね？」

彰が言ったが、師匠は首を横に振る。

「あれは正式な依頼じゃない。久しぶりに組長に会った時に、もしできたら頼みたいって言われただけだ。報酬は言い値で出すからってな」

「組長のお母さんが、振り込め詐欺に引っかかっちゃったんでしたっけ？」

「正確には育ての母だ。血はつながってないが、子供の頃ずっと面倒を見てくれてた人らしい。あの組長は、街の不良から一代でのし上がった人だからな。特別恩義を感じてるらしいんだ」

「でも、どこかに隠れてる詐欺グループを見つけて殺してくれ、だなんて、無茶な依頼ですよね。本気で犯人を見つけたいなら、絶対警察に頼んだ方がいいし」

彰の率直な意見に、師匠は苦笑しながらうなずく。

「まあ組長の方も、無茶なことは分かってるから、正式に依頼はせずに、俺に個人的に頼んできたんだろう。育ての母を騙《だま》した詐欺グループを、もし何かのついでに見つけるようなことがあったら殺《や》ってくれって、長年の付き合いがある俺に言ってきたわけだ」

師匠はそこまで喋《しゃべ》ったところで、話題を戻す。

「とにかく、今じゃヤクザからの依頼なんてそれぐらいだ。客の絶対数は、昔よりずっと減ってるだろう。でも、その少ない客の方が、事情はずっと切実だ。全財産をかけてでも、殺しの依頼をしてくるんだからな――」

娘の復讐《ふくしゅう》のためなら、全財産をかけてもいい。――小柴忠広《こしばただひろ》は、そう思っていた。

社会部の新聞記者として、事件取材を中心に担当してきた忠広が、その組織の噂を聞いたのは十年ほど前のことだった。聞いた当初は、都市伝説レベルの話だと思っていた。

しかし三年前、一人娘の命を許されざる形で奪われ、さらに二年前に妻を病気で失い、昨年定年を迎えて孤独な日々を過ごすようになると、その組織が実在するならぜひ依頼したいという気持ちが、日増しに強くなっていった。

そして忠広は、当時のつてを頼って、その組織の電話番号と依頼方法を入手したのだった。ネタ元は、取材を通じて知り合った、実際にその組織に依頼したことがあるという人物だった。かつて顧客になったことがある者のみ、電話番号とコンタクトの方法を他人に伝えることが許されるらしい。ただし、不特定多数に流したりすると、速やかにその組織によって抹殺されるということだった。

忠広がその番号に電話をかけると、「はい、ラーメン橋本です」と、中年の女の声で応答があった。そこで忠広は注文をした。

「ラーメンを四つ、タンメンを四つ、炒飯《チャーハン》を四つ、餃子《ギョーザ》を四つお願いします」

品目は何でもいいが、四品のメニューを四つずつ注文するのが、組織に依頼する際のルールだと聞いていた。

「それじゃ、お名前と住所を聞かせてください」

女が言った。忠広は「小柴忠広です。住所は千葉県市原《いちはら》市……」と正直に答えた。

「ご依頼にあたっては、こちらからお迎えに上がります。希望の待ち合わせ場所と日時を教えてください。ただ、できれば三日後以降でお願いします」

この時点で普通のラーメン屋だったらありえない受け答えなのだが、忠広はとりあえず、自宅の最寄り駅で四日後の午後三時に待ち合わせたいという希望を伝えた。すると相手の女は、しばらく時間を置いてから言った。

「それでは当日は、白いワイシャツに黒いズボンという格好で、駅東口のロータリーでお待ちください」

「ああ……はい」

忠広は返事をしながら、「駅東口のロータリー」と指定されたことから考えて、どうやら相手の女が、手際よく駅周辺の地図を調べたようだということを察した。

「それでは、当日にお会いしましょう」

女が言い、あっさりと電話が切れた。

これで本当に依頼できるのかと、忠広は不安を覚えつつも、約束の当日を迎えた。

忠広は半信半疑ながら、白のワイシャツに黒のズボンという指定された格好で、手荷物の鞄《かばん》を持ち、駅東口のロータリーで待っていた。すると午後三時ぴったりに、忠広の前に大型のバンが停まり、窓にスモークフィルムが貼られた後部座席のドアが開いた。その中から、白髪交じりのベリーショートで、長袖《ながそで》シャツにジーンズ姿の、丸眼鏡をかけた五十代ぐらいの女が、周囲に目を配りながら抑えた声で言った。

「小柴忠広さんですね」

その女は、どうやら先日の電話の声と同じ人物のようだった。忠広が「はい」とうなずくと、「どうぞ乗ってください」と招き入れられた。

忠広は車に乗り込んだ。運転手は、スポーツ刈りで日焼けした三十代ぐらいの男で、助手席には、後部座席の丸眼鏡の女より少し若い、四十代ぐらいのポニーテールの女が乗っていた。忠広が丸眼鏡の女の隣に座ると、車が発進した。

車はしばらく走った後、人けのない線路脇の細い道に止まった。そこで、丸眼鏡の女が突然言った。

「では、持ち物のチェックをしますんで、ここで服を全部脱いでもらえますか」

「えっ？」忠広は戸惑いながら返した。「あの、そんなことをするとは聞いてないんですけど……」

「これに関しては、予告なくやらせてもらってます。もちろんこの窓は、外から見えないようになってますし、いったんカーテンも引くので、ご心配なく」

丸眼鏡の女は、穏やかながら有無を言わさぬ口調で言うと、後部座席の四方を囲むカーテンを手早く閉めた。

忠広はやむなく、服を全て脱いだ。すると丸眼鏡の女は、荷台から金属探知機のような機械と、もう少し小ぶりのアンテナが何本も付いた機械を取り上げて言った。

「では、そのまま両手を広げて立っていてください」

忠広は、羞恥心《しゅうちしん》を覚えつつも指示通りに全裸で立った。天井の高い車種だったが、背中と首を曲げたまま立ち続けるのは肉体的にもつらかった。丸眼鏡の女は、忠広の全身に機械をくまなくかざしていき、一分以上念入りに調べたところで、ようやく言った。

「いいでしょう。では、そちらの服を着てください。サイズが合わなかったら言ってくださいね」

そこで助手席の女が、カーテンの隙間から、ジャージの上下と肌着類を手渡してきた。

忠広は急いでそれを着る。その間も後部座席の女は、忠広が脱いだ服や手荷物の鞄に、くまなく機械をかざし、ピーピーと音が鳴るたびに、携帯電話やベルト、家の鍵《かぎ》などを丹念に選《よ》り分けていった。

丸眼鏡の女は、たっぷり時間をかけて作業を終えると、後部座席を囲むカーテンを開け、床の隅に置いてあったスーツケースに忠広の服と手荷物を入れて、異様なほど重厚な蓋《ふた》を閉じた。――それを見て忠広は、録音機やGPSなどを隠し持っていないか、先ほどの機械でチェックされた上に、電波などを遮断するスーツケースに衣服と持ち物を入れられたのだと悟った。

と、今度は、助手席のポニーテールの女から、忠広に声がかかった。

「では、今から目的地に着くまで目隠しをしてもらいます。で、到着まで結構かかるんですけど……最近、ただの目隠しだけじゃ退屈かと思って、VRゴーグルも買ったんです。これで映画見ながら行きます？　まあ、普通のアイマスクでもいいんですけど」

助手席の女が、右手にアイマスク、左手にVRゴーグルを持って差し出してきた。

「いや……普通のアイマスクでいいです」忠広は答えた。

「そうですか。『ゼロ・グラビティ』とかすごいんですけどね」

助手席の女は、少し残念そうに言って、アイマスクを忠広に手渡した。――殺人の依頼をしに来た人間が、３Ｄ映画を楽しもうという気になるのだろうか。忠広は場違いなサービスに戸惑いつつ、後部座席に座ってアイマスクを装着した。

その後、車は走り出した。忠広はアイマスクで何も見えない中、緊張しながらひたすら車内のエンジン音を聞いていた。

車内の三人も、当初は会話がなかった。だが、発車後十数分経った頃か、助手席の女が「そうだ、この前買ったこれかけましょうか」と提案し、後部座席の女が「ああ、いいね」と答えたところで、一九八〇年代のヒット曲が入ったコンピレーションアルバムがカーオーディオで流れ始めた。すると、「ああ、光ＧＥＮＪＩ懐かしい」とか「吉川《きっかわ》晃司《こうじ》ファンでした」などと会話が弾むようになり、しまいには「♪ダイヤモンドだね〜ああ」「ああ」「いくつかの場面〜」と、女二人がパート分けして合唱まで始めた。

まるで観光バスのような雰囲気に、彼らが本当に殺し屋の組織の人間なのだろうかと、忠広は不安になった。アイマスクと合わせてＶＲゴーグルを出された時にも思ったが、殺し屋の組織たるもの、もっと規律が厳しいピリピリした関係なのではないかと先入観を持っていたのだ。忠広のそのイメージはまったく覆された。

その後、長時間の移動の末「着きました、じゃあ降りましょう」と声がかかり、忠広の肩が叩《たた》かれた。忠広はいつの間にか眠っていたことに気付いた。

「それじゃ立ってください。アイマスクをしたまま車を降りて、移動してもらいます。はい、この先段差がありますからね……」

忠広はアイマスクのまま手を取って案内され、ゆっくり歩いた。車を降りた後、しばらくして「この先、上りの階段が三段あります」と声をかけられ、そこを上ると土足のまま屋内に入ったようだった。そこからさらに進み、ドアが二つ開けられたところで、椅子に座らされ、ようやくアイマスクが取られた。

そこは、六畳ほどの殺風景な部屋だった。窓がなく、時計もないため、建物の場所はもちろん時間さえ分からなかった。室内にあるのは簡素なテーブルと椅子のみで、そのテーブルを挟んで、四十代ぐらいの口髭《くちひげ》を生やした男が、忠広と向き合って座っていた。また、忠広の斜め後ろには、車の後部座席にいたベリーショートで丸眼鏡の女が座っていたが、車内にいた他二人の男女の姿は見えなかった。

一方、忠広の傍らには、紙袋が一つ置かれていた。その中には、忠広が鞄に入れて持ってきた、二つの資料が入っていた。――今日の依頼に、この二つの資料が必要だということを、すでに見抜かれていたようだった。

「小柴忠広さんですね。ご依頼を聞かせてください」

正面に座る口髭の男が、厳かな口調で言った。

忠広は、小さく一礼してから、少し緊張気味に、依頼の内容を口にした。

「あの……娘を自殺に追い込んだ男を、殺してほしいんです。犯人は、この中にいるんです！」

そう言って忠広は、紙袋の中から二つの資料――冊子とＤＶＤを取り出して見せた。

口髭の男は、じっとそれを見た後で尋ねてきた。

「その、娘さんを自殺に追い込んだ男というのは、特定はできていないんですか？」

「ええ、でも、この中の誰かであることは間違いないんです」

忠広は、顔を紅潮させ、目に涙をにじませながら訴えた。

「この中の誰かが、娘の杏子《きょうこ》を脅迫して、繰り返し体を弄《もてあそ》んだ末に、自殺に追い込んだんです！」

忠広が手にした冊子の表紙とＤＶＤのパッケージには、こう書かれていた。

『専門学校・放送技術マルチメディア学院　新入生へのご案内』

『放送技術マルチメディア学院　学校生活と卒業生の活躍　紹介ＤＶＤ』

3

「こりゃ食べらんないな……」

美菜は、明日香からもらった、ミッキーマウスが描かれた缶を開けてつぶやいた。

小春、葵、結希の三人からもらったお菓子は、問題なく食べられるものだった。ただ、明日香からもらった缶の中身はクッキーで、個包装の中の一つ一つにナッツが載っていた。実は美菜は、ナッツ類が苦手だった。アレルギーではないのだが、好き嫌いの少ない美菜にとって、唯一といっていいぐらい苦手な食べ物だった。

ただ、そこで美菜はひらめいた。——そうだ、お隣さんにお裾分《すそわ》けしよう！

缶は一度開けてしまったが、個包装は開けていないし、中身は一つも減っていない。

「一回缶を開けちゃったんですけど、クッキーにナッツが載ってるのが分かったんで、一つも食べてないんです。私、ナッツが苦手なんです。でも捨てるのはもったいないし、もしお隣さんに食べてもらえればと思って、お裾分けに来ました」と正直に言えばいいのだ。そうすればあの素敵な声で「嬉《うれ》しいな。じゃあお礼にデートしよう」なんて誘われたりして……って、何を妄想してるんだ私は！

とにかく美菜は、善は急げとばかりに、クッキーの缶を持って玄関から外へ出た。

すると、二〇一号室の前に、若い細身の男が立っていた。

彼が羽織る薄手のジャンパーには、新聞社のロゴが入っていて、新聞配達員だということは一目で分かった。そして彼は、お隣さんと玄関の前で小声で立ち話をしていて、美菜が視線を向けた瞬間に、ケースに入ったDVDのような物をお隣さんに渡したように見えた。——正確にいうと、美菜の部屋のドアが開いたのを見て、配達員は慌てて声を落としたけど、美菜の部屋のドアが開いたのを見て、美菜が部屋を出るよりずっと前から二人は話し込んでいたけど、美菜の部屋のドアが開いたのを見て、配達員は慌てて声を落とし、さっとDVDを渡した、という感じに見えた。

「じゃ、また三ヶ月契約、よろしくお願いします」

新聞配達員は、お隣さんに向かって一礼して、外階段を下りて去って行った。心なしか、その動きが少し芝居がかっているように見えなくもなかった。

一方、お隣さんは、もらったDVDらしき物をさっと玄関の中に入れた。心なしか、美菜の目が届かない位置にそれを隠したように見えなくもなかった。

——とはいえ、今の美菜にとってはそんなことは問題ではない。美菜は微笑んで、お隣さんに話しかけた。

「すいません。お話中のところ、お邪魔しちゃって」

「ああ、いや……ただの新聞の契約更新の話だったから、大丈夫」

お隣さんは、胸の奥に響くような低い声で言った。その声を聞くだけで、美菜は少しドキドキしてしまった。

「あの、これ、よかったらどうぞ」

美菜は、ミッキーマウスの絵柄が入った缶を差し出した。

「一回開けちゃったんですけど、食べてはいないんです。このクッキー、ナッツが嫌いで……あ、違う、私がナッツが嫌いで、それでこのクッキー、ナッツが載ってて食べられなくて、個包装は食べてないんで、ああ違う、開けてないんで……とにかくどうぞ」

緊張してしまって、何を言ってるのか自分でもよく分からなくなってしまった。部屋で一回リハーサルしておけばよかったと、美菜は後悔する。

「ああ、ありがとう。……ごめんね、もらってばっかりで」

彼は少しだけ微笑んで、その缶を受け取った。

「いえいえ、勝手に私が渡してるだけなんで。……ああ、私が渡してるって、ダジャレみたいになっちゃいましたけど」

「………」

あっ、余計なこと言ってスべった！　美菜はすぐに自覚した。彼の顔からはもう微笑みは消えている。美菜はますます空回り気味にしゃべる。

「この前、入学式があったんですけど、会場がディズニーランドの近くだったんです。放送技術マルチメディア学院っていう、長い名前の専門学校なんですけど、それで買いまして……あ、私は行かなかったんですけど、親切な友達が、私にくれまして……」

すると彼は、少し間を空けてから、「放送技術……？」とつぶやくように聞き返した。

「あ、放送技術マルチメディア学院です」

「へえ……」

彼はその校名を聞いて、少し意味深な表情でうなずいた。だが美菜は、そんなことは気にすることもなく質問をした。

「あ、ところで、前聞き忘れちゃったんですけど、お名前聞いてもよろしいですか？」

「ああ、佐藤《さとう》です」

「佐藤さんですか。私、伊藤です。……佐藤と伊藤、似てますね」

にっこりと笑う美菜に、彼は「ああ……」と曖昧《あいまい》なあいづちを返す。

「下のお名前は、何ていうんですか？」さらに美菜が尋ねる。

「あっ……雄也です」

「雄也さんですか。いいお名前ですね。あ、私は、美菜っていいます」

自らも名乗った後、「では、失礼します」と笑顔で一礼し、美菜は自室に戻った。

最初は少しおたおたしちゃったけど、佐藤雄也さんっていう名前も聞けたし、結果的にいっぱい話せたからよかったな——と、美菜が小さな満足感に浸っていた時だった。

突然、ピンポーンとドアチャイムが鳴った。

もしかして雄也さんかな、と思って美菜がドアを開けたら、そこにいたのは、さっきの新聞配達員だった。彼は気弱そうな笑顔を浮かべ、低姿勢な口調で言った。

「あの～、最近引っ越してきた方ですよね？　よかったら、新聞取りませんか？」


「新聞配達員、ですか？」彰は師匠に尋ねた。

「そうだ、殺し屋の連絡役にはもってこいだ」

師匠は、腕組みしてうなずいた後、詳細に説明した。

「殺し屋は基本的に、ごくありふれた苗字《みょうじ》の偽名を使って、一般人を装って生活してる。一方、連絡役は、殺し屋の仕事に必要な資料を渡したり、依頼人の都合による計画の変更があった場合はそれを伝えたりと、やることはたくさんある。それにあたって最適な職種が、新聞配達員なんだ。なんたって毎日決まった時間に、自然に連絡できるわけだからな。たとえば、仕事の資料を渡す時は、新聞の折り込みチラシの中にでも入れればいいだけだ。もちろん詳しい説明が必要な時には、契約の手続きなんかに見せかけて、資料を渡してじっくり説明するんだけどな。――それに、そもそも殺し屋のアジトを見つくろってやるのも、その地域に事前に入って仕事を始めてる連絡役の仕事なんだ」

「なるほど、そうなんですか」

彰が大きくうなずく。そこで師匠が、思い出したように言った。

「ただ、今は新聞離れが進んで、販売店の方も購読者が減って大変らしい。だから最近の連絡役はみんな、新規契約を取りに回ったり、新聞屋としての本業を頑張らなきゃいけないから忙しいって、よく愚痴ってるな……」


「……というわけで、ぜひお願いしたいんですよねえ」

外廊下から、新聞配達員の滝村《たきむら》の声が聞こえてくる。あいつも本業の方が忙しいんだな、と雄也は同情した。

もちろん隣の伊藤美菜は、滝村のことを普通の新聞配達員としか思っていないだろう。彼の本性など知るよしもない。もっとも、当然俺の本性も知らないのだが。――雄也はそう思いながら、先ほど滝村から渡されたDVDにちらりと目をやった。

それにしても、伊藤美菜のために驚かされたことが、二つあった。

まず雄也は、自分自身に驚いてしまった。伊藤美菜に対し、苗字は佐藤という偽名を使ったのに、下の名前を聞かれて、とっさに雄也という本名を答えてしまったのだ。

まさか引っ越してきたばかりの隣人に、下の名前を聞かれると思っていなかったから、瞬間的に慌ててしまったのだが、だからって本名を教えてしまうなんて不注意にもほどがある。なぜあんなヘマをしてしまったんだ。——雄也は、あまりにも間抜けな凡ミスをした自分が、まだ信じられなかった。

もちろん、苗字はちゃんと偽名を名乗ったわけだし、隣人に下の名前を知られたからって、すぐに問題が起こるとも思えない。しかし、なぜ彼女に調子を狂わされてしまっているのか、自分でも分からずにいた。

いや——本当は分かっていた。

伊藤美菜の天真爛漫《てんしんらんまん》な笑顔と、異形のごとき自分に何の偏見も持たず明るく接してくる態度に、雄也の心は揺れていたのだ。だが、雄也は無意識のうちに、その自覚を心の奥底に押しとどめて、認めないようにしていたのだった。

そして、雄也がもう一つ驚いたのは、伊藤美菜が通う学校についてだった。

まさか伊藤美菜が、放送技術マルチメディア学院の学生だとは思わなかった。よもや彼女が巻き込まれたりしなければいいのだが——雄也の胸に、不吉な思いがよぎった。

雄也は、床に置かれた冊子とDVDを見る。そこにはこう書かれている。

『専門学校・放送技術マルチメディア学院　新入生へのご案内』
『放送技術マルチメディア学院　学校生活と卒業生の活躍　紹介DVD』

この学校の中には、かつて女子学生を繰り返し陵辱した末に自殺に追い込んだ、卑劣極まりない性犯罪者がいるという話なのだ——。

4

「バイトしようかな～、新聞も取ることになっちゃったし」

学校での昼休み。無料のアルバイト情報誌をロビーのテーブルで広げて、手作りしてきた弁当を食べながら、美菜が言った。

すると、同じテーブルで総菜パンを食べながら、明日香が聞いてきた。

「バイト初めて？」

「うん。実家の牧場の手伝いはしてたけど、外で働くのは初めて」美菜が答える。

「えらいね～、毎日学校帰りにそんな手伝いしてたの？」今度は葵が言った。

「いや、高校は定時制だったから、朝とか昼間に手伝いしてた」

美菜が答えた。すると葵が、少し間を置いてから聞き返した。

「……え、定時制？」

「じゃあ美菜って、一つ年上なの？」小春も驚く。

「あ、うん、そうだね。今年二十歳」

美菜がうなずくと、明日香がかしこまって頭を下げた。

「ああ……なんかすいません、今まで失礼な口きいて」

「いやいや、やめてやめて！」美菜が慌てて笑顔で返す。「急に敬語にしないでいいからね。今まで通りナメグチでいいからね」

「本当に？　年下のくせに生意気なんだよって、ぶん殴ったりしない？」

明日香が冗談めかして言ってきたので、美菜が笑いながら答える。

「するわけないじゃん、ナメグチでいいよ」

すると、また少し間が空いて、葵が言った。

「美菜さあ……さっきから、タメ口《ぐち》のこと、ナメ口って言ってる？」

「えっ……ナメ口、じゃないの？」

美菜が目を丸くして聞き返すと、明日香と小春がつっこんだ。

「いやいや、タメ口だから！」

「すごい、また美菜の天然発覚したんですけど！」

「いや〜、さすがだわ美菜」葵もうなずいて感心する。

「ああ……タメ口、だったんだ」

美菜は「敬語じゃない言葉」＝「なめた口をきいてる」だから「ナメ口」だと、この瞬間まで勘違いしていたのだった。

「ていうか、よく今まで勘違いしてたね。タメ口ってまあ使う単語じゃん」

結希に言われて、美菜は思い出しながら語った。

「ああ……私、たぶん『ナメ口』って、高一の時に初めて覚えた言葉だったんだよね。定時制の同級生にお爺《じい》さんがいて、私が敬語で喋《しゃべ》ったら『ナメ口でいいよ』って言われて、それからずっとナメ口って使ってたと思う……」

「ああ、最初にお爺ちゃんに教わっちゃったんだ。じゃあダメだ」小春が笑う。

「でも、他のクラスメイトに指摘されなかった？　同世代の子だっていたでしょ？」

結希に指摘され、美菜はまた思い出しながら答えた。

「う〜ん……でも、私が通ってた定時制のクラス、同世代の不良っぽい子はすぐ来なくなっちゃって、おじさんおばさんとか、お爺さんお婆さんの同級生の方が多かったんだよね。それで、そういう人とばっかり喋ってたから……」

「なるほど、だから誰も正解教えてくれなかったんだ」結希がうなずいた。

「そんな環境だったから、美菜って何かと変わってるんだね」小春も言った。

「変わってる、か……」

美菜は小声でつぶやいた。——今まで自覚する機会もなかったが、そうなのかもしれないなあ、と美菜は思った。

と、そこで結希が、隣の席から美菜のバイト情報誌を覗《のぞ》き込んで言った。

「そうだ美菜、バイトだけどさあ、一緒にやらない？　うちら家近いし、私もそろそろバイトしようと思ってたし」

「ああ、いいねえ」美菜がうなずいた。

「結希もバイト初めて？」明日香が尋ねる。

「うん。うちの実家が飲食店やってたから、その手伝いはしたことあるんだけど、高校はバイト禁止だったんだ」

「あ、ていうか結希さあ、ここで働いてみたら？」

小春が指したページに載っていたのは「男装バー」という見慣れない店の求人だった。

「え〜、何これ」結希が苦笑する。

「結希、見た感じ、ちょっとイケメンの男の子っぽいじゃん。人気出るかもよ」

小春が言ったが、結希は首を傾げる。

「でも、この店新宿《しんじゅく》じゃん。せっかく学校と家近いのに、わざわざ電車でバイト行くのもねえ」

と、結希がページをめくって指を差す。

「あ、このコンビニ、たぶんうちから近いな」

「あ、本当だ」

美菜もそのページを見てうなずいた。そのコンビニ『エイトトゥエルブ松ノ木《まつのき》三丁目店』は、学校に向かう際、五日市街道から一本入った道沿いに建っていた記憶がある。

「そういえば、美菜の実家の近くって、コンビニはあったの？」葵が尋ねた。

「うん、原付で三十分ぐらいのところに、エイトが一軒あった」美菜が答える。

「やっぱり遠いな！」葵がリアクションする。

「でも、エイトトゥエルブをエイトって略すのは一緒だね」小春がうなずく。

「まあ、他に略し方ないからね。たまに、エイトゥエって略してる人いるけど、長くて言いづらいだけだもんね」明日香が言った。

そこでまた、結希がバイト情報誌を見て話題を戻す。

「やっぱり、初バイトって言ったら、とりあえずコンビニって感じするよね」

「うん、私もそんなイメージあった」美菜も同意する。

「じゃあさ、もうその店に電話しちゃえば？　バイトの募集って、意外に早く締め切っちゃうことあるよ」

明日香に促されて、美菜と結希は顔を見合わせる。

「やだ、超緊張すんだけど」

「もうちょっと後でよくない？」

「ビビりすぎだよ～。バイト面接の申し込みなんて、さっとやっちゃえばいいんだよ」

明日香が二人の様子を見て笑った。一方、結希が言い返す。

「ていうか、今ここで電話したら、みんなで笑わせようとしたりするでしょ？」

すると明日香が、にやっと笑って、わざとらしく言った。

「え～、そんなこと、絶対しないよお～」

「そうだよお～。結希が電話かけてる最中に、脇腹くすぐったりとか、目の前で思いっきり変顔したりとか、そんなこと絶対しないよお～」葵も続けて言う。

「絶対やる気じゃん！　じゃあ嫌だわ！　今電話したら門前払いされるわ！」

――バイトの申し込みの電話一つで、大盛り上がりの美菜たちだった。

5

「初めてのバイトといえばコンビニかな、なんてイメージあったでしょ？」

店長の問いかけに、美菜は苦笑して「はい」とうなずいた。

「はっはっは、甘いよ。コンビニってのは、実は数あるバイトの中でもかなり大変な方だからね。仕事の種類も量も、すごく多いんだから」

店長が言った。――彼は熊谷《くまがい》という苗字《みょうじ》の、三十代半ばほどの眼鏡をかけた色白の男性。左手薬指に指輪をしているので既婚者のようだ。

「しかも、大変な割には時給安いからね。楽して稼ぐんだったら、絶対スーパーとかの方がいいよ。あっちは料金収納とか宅急便とか面倒臭いこともやらなくていいし、その割に時給はコンビニより高かったりするからね」

「それ、面接の時に教えてほしかったです……」美菜がぽつりと言う。

「だってそんなこと言ったら『やっぱりやめます』とか言われちゃうかもしれないじゃん。それは困るからね」

と、そこで客が来店した。

「いらっしゃいませこんばんは～」

「いらっしゃいませこんばんは～」

店長の隣で、挨拶《あいさつ》を復唱する美菜。

バイト初日は、レジ打ちと、レジの後ろのタバコの品出しと、レジ横のホットスナックの作り方を少し教わっただけだった。宅急便の受け付けなど、明らかに難しそうな業務は店長に代わってもらった。それでも、午後五時から十時までの勤務を終え、店長に「じゃ、もう上がっていいよ」と告げられた時には、どっと疲れが出た。

「伊藤さん、お疲れ様〜」

マジックミラーが付いた『従業員出入口』と書かれたスイングドアを開けて、バックヤードに入ったところで、先輩の宇野彩音《うのあやね》が声をかけてくれた。小柄で色白でぽっちゃりしていて、年齢は二十歳。店長が発注作業などをしている間に、レジの袋詰めやホットスナックの作り方を丁寧に教えてくれたのは彩音だった。

「どうも、お疲れ様でした」

美菜は笑顔で挨拶を返す。仕事は大変だったけど、先輩も店長もいい人で本当によかったと、心から思っていた。

その後、タイムカードを押して、あとは制服を脱いで帰ろうかと思っていたところで、彩音に声をかけられた。

「あ、晩ご飯食べていった方がいいよ。うちの店、廃棄食べ放題だから」

「えっ、本当ですか？　これ、自由に食べていいんですか？」

バックヤードには、賞味期限切れの弁当やパンがたくさん入った青いコンテナがある。

それを前にして驚く美菜に、ちょうどバックヤードに入ってきた店長が言った。

「ああ、廃棄を食えるのが、コンビニバイトの最大のメリットだよ。レストランだって、チェーン店ではまかないで金取るところもあるからね。まあ、コンビニで廃棄が食えるかどうかも、店によるんだけど」

「私が前にバイトしてたコンビニは、廃棄食べられなかったから、伊藤さんはラッキーだね。最初に食べられる店に当たって」彩音も笑顔で言う。

「直営店は廃棄食えないところがほとんどだけど、オーナー店は食えるところもあるんだ。コンビニと同じ敷地に家とかアパートが建ってたり、二階建ての一階がコンビニで二階に洗濯物が干してあるようなところは、基本オーナー店だね。もしこの先、別のコンビニ探す機会があったら参考にして。……あ、でも、ここはすぐ辞めないでよ」

店長が笑った後、防犯カメラのモニターを見て「……ん？」と眉間《みけん》に皺《しわ》を寄せた。

店長は、従業員出入口のマジックミラーに近付いて、店内をじっと見つめていたが、しばらくして「ああ、大丈夫だ」と言った。

「どうしたんですか？」彩音が尋ねる。

「今、ＡＴＭの前で電話してるおばさんがいたから、もしかしてオレオレ詐欺とかじゃないかと思ってちょっと焦ったんだけど、さすがにこの時間に詐欺はないわな。普通に金下ろして帰って行った」

「ああ……そうでしたか」

彩音が、少し含みのある表情でうなずいた。すると店長が、美菜に言った。

「ATMの前でお年寄りが電話してたり、何か不審な動きがあったら、すぐ声かけてね。前に都内のエイトのATMで、お婆さんが詐欺被害に遭って、大騒ぎになったんだよ。そこの店、その事件が起きた後、ヤクザが来ちゃったらしくて」

「えっ、ヤクザ？」美菜が驚いて聞き返す。

「実はね……」

と、説明しかけたところで、店長はまたマジックミラー越しに店内を覗《のぞ》いて、「ああ、レジ混んできたから行くわ」とつぶやき、店内に戻ってしまった。——結局、店長の話は、「ヤクザ」という物騒な単語だけ残して中断されてしまった。

「あ、廃棄のお弁当、遠慮しないで選んで」

彩音が美菜に声をかけた。美菜は「はい、ありがとうございます」と頭を下げ、コンテナの中に二つあった幕の内弁当のうち、一つを手に取った。

「レジの後ろの電子レンジで、お客さんが引いた隙に温めていいからね。バックヤードにレンジがあれば一番いいんだけど、置く場所がなくてね」

彩音が、店内をマジックミラー越しに眺めながら言った後、ふと話題を戻した。

「あの、さっき店長が言ってた話だけどね……なんか、そのATMで詐欺の被害に遭ったお婆さんが、ヤクザとつながりがある人だったんだって」

「えっ……それって、極妻《ごくつま》みたいな人だったってことですか？」

美菜が言うと、彩音は「よく知ってるね、極妻なんて」と少し驚いてから説明した。

「聞いた話だと、そのお婆さんはヤクザの親分が昔お世話になった人だったらしいよ。そのヤクザっていうのも、何だっけ、川なんとか組だったかな。……とにかく、店員さんが、明らかにヤクザの強面《こわもて》の人に、色々聞かれちゃったんだって。事件の前にATMを見にきた怪しい奴がいなかったかとか、あとはお婆さんが電話しながらATMを操作してたのになんで止めなかったんだって、責められたりもしたらしいね」

と、そこまで説明したところで、彩音がマジックミラー越しに店内を見て言った。

「あ、お客さん引いたから、今のうちにお弁当温めに行こう」

「あ、はい」

美菜は彩音に続いて店内に入り、レジの後ろの電子レンジで弁当を温めてもらった。その間に、三十代ぐらいの少し髪の薄い夜勤のベトナム人男性、グエンに挨拶した。

「はじめまして、伊藤美菜と申します」

「はじめまして～、伊藤さん、かわいいね～」

グエンは気さくに返してくれた。一方、店長が笑いながら言う。

「いいよ伊藤さん、グエンさんにそんなにかしこまらなくて。この人超適当なんだから。しょっちゅう遅刻するし、ていうか今日も遅刻してきたし」

「しょうがないでしょ～、家にゴキブリ出て、退治してたんだから～」グエンが言う。

「ゴキブリぐらいほっといて来いよ」店長が呆《あき》れたように返す。

「でも、奥さんワーワー大騒ぎして、ほっとけなかったんだよ～」

「じゃあ、もう奥さん退治しろよ」

「あ、うまいね～店長、座布団一枚」

美菜は、グエンの日本語力に感心しつつ、軽妙なやりとりに笑った。それから美菜は、店長に声をかける。

「あ、そうだ、さっきのＡＴＭの話、宇野さんから聞きました。大変だったんですね」

「ああ、あの詐欺の話ね。あの件は宇野さんが一番詳しいからね。――宇野さん、説明も丁寧だし。いい先輩でしょ？」

「はい」美菜がうなずく。

「まあ、本人目の前にして『そうでもないです』とは言えないわな」

「やだ店長～」横で話を聞いていた彩音が笑う。

そこでちょうど、二つの電子レンジがほぼ同時にチンと鳴り、美菜と彩音の弁当が温まったので、美菜と彩音は「じゃ、お疲れ様で～す」と挨拶をして、弁当を持ってバックヤードに戻った。

その後、二人で弁当を食べ始めたところで、また彩音が口を開いた。

「そうだ、さっきの詐欺の話だけどね。被害者じゃなくて、犯人がＡＴＭを使う場合もあるからね。出し子っていうらしいけど、ほら、こんな感じで」

彩音が、バックヤードの壁を指差した。そこには『ＡＴＭを利用した詐欺犯に注意』

という、エイトトゥエルブの本部からの通達が書いてあり、その下に、都内の別の店舗の防犯カメラで撮影された、『詐欺グループの出し子』という顔写真が載っていた。

「すごい、こういうのって本当にあるんですね。ニュースの中の話だと思ってました」

美菜はその顔写真を見て驚いたが、ふと疑問を呈した。

「でも、こんなばっちり撮られてたら、みんなすぐ捕まるんじゃないんですかね？」

するとと彩音が、少し間を空けた後で話し出した。

「それがね……この写真の人たちはどうか知らないけど、巧妙な出し子はうまくやってるらしいよ。顔隠したり変装したりして現金を引き出した後、一日中電車乗り継いだり、途中の公衆トイレとかで着替えたりすると、警察でも追うのが難しくなるんだって」

彩音はそこで「あ、ちょうどいい、ここに路線図載ってるわ」と、店長用のテーブルの下に置いてあった都内の地図帳を手にとり、鉄道の路線図を開いて説明した。

「たとえば、詐欺グループのアジトが新宿にあるとして、出し子がこの店のATMでお金を引き出した後、普通に丸《まる》ノ内《うち》線か中央線使ってまっすぐアジトに帰ったら、警察に駅の防犯カメラとか調べられてすぐ捕まっちゃうじゃん。あと、車を使っても、ナンバーが防犯カメラに写っちゃったらアウトだし、かといって偽造ナンバー付けてたら職質とか検問に引っかかった時点で一発アウトだしね。でも、たとえば……」

彩音は少し考えてから、路線図をなぞって詳細に説明する。

「丸ノ内線で四ツ谷《よつや》まで行って、南北《なんぼく》線に乗り換えて、麻布十番《あざぶじゅうばん》まで行って大江戸《おおえど》線に乗り換えて、汐留《しおどめ》まで行っていったん降りて、新橋《しんばし》まで歩いて、そこからまた山手線《やまのて》に乗って……なんて乗り継ぎをされると、防犯カメラで行方を追うのも大変でしょ。まして、途中の駅で降りてしばらく歩くっていうのを何度も繰り返して、その道沿いの公園とか公衆トイレに仲間が着替えを置いといて、そこで着替えて、さらに女装とかもして、アジトに帰る時にはATMで現金を引き出した時と全然違う格好になってる——なんて手の込んだことまですれば、警察に簡単に捕まることもないんだって」

彩音は、詐欺の手口も丁寧に説明した。どうやら彼女は、仕事以外のことでも非常に丁寧に説明したがる性格のようだ。

「すごい、詳しいですね」

美菜は感心して声を上げた。すると彩音は苦笑しながら言った。

「なんか、ここまで詳しく説明すると、私が実際に詐欺やってたみたいだよね」

「いやいや、そう疑ったわけじゃないですけど……」美菜は慌てて首を横に振る。

しかし、そこで彩音は、思わぬ告白をした。

「ここだけの話、知り合いの知り合いがやってたんだよね。振り込め詐欺の出し子」

「えっ⁉ 本当ですか？」美菜は目を丸くした。

「私は直接会ったことないんだけど、知り合いが詳しく教えてくれたの」

「すごいですね……東京って、知り合いの知り合いが詐欺師だったりとか、そんなことまで起こるんですね」

美菜は興奮気味に言った。それに対し、彩音は戸惑った様子で返す。

「う～ん、そこはあんまり感心するところじゃないと思うけど……」

「いや、でも、ほんとにビックリです。やっぱり東京ってすごい！」

「そんなに興奮しなくても」彩音が苦笑する。「伊藤さん、ちょっと変わってるね」

「あ、そうですか……」

そういえば、学校でも友達に「変わってる」と言われた覚えがある。ここまで言われるということは、本当に私は変わってるのかもしれないな、と美菜は思った。

――その夜、バイトから帰った後、美菜は雅子に電話をかけた。

「どう？　学校で友達はできた？」

「うん、友達もできたし、アルバイトも始めた。店長も先輩も優しくてね、毎日楽しくやってるよ……」

その後、雅子に近況報告をしてから、美菜はふとこぼした。

「そういえば私、学校でもバイト先でも、変わってるねって言われちゃうんだ」

「そりゃあんた、世間的に見たら、あんたの生い立ちは変わってるでしょうよ」

雅子が笑いながら言った。

「そうなのかなあ……」

美菜は、自分が育った、大自然に囲まれた牧場を思い浮かべた――。

6

「私、変わってるのかなあ……」

ベランダで洗濯物を干しながら、美菜はつぶやいた。

たしかに、自分が変わり者だと自覚する機会は少なかったかもしれない。実家の牧場の周りは、小学校も中学校も遠く離れている上に一学年五人程度という、辺鄙《へんぴ》な田舎だった。高校は定時制で、同世代より年配の同級生と話す機会が多かった。思えば美菜は、一般的な同世代と自分を比較する経験が、あまりなかったのだ。

大丈夫かな、これからちゃんとやっていけるのかな——と、自分でもだんだん心配になりながら、洗濯物を干していたところ、つい手元がおろそかになって、洗濯物を二階のベランダから庭に落としてしまった。

「ああ、やっちゃった……」

美菜が顔を歪《ゆが》めてつぶやいた、その時。

きい、と音が鳴った。

それは、アパートの門が閉まる音だった。このアパートは敷地の出入口に、年季の入った鉄製の門があり、美菜も出入りするたびに開け閉めしていた。そして、美菜がベランダから門の方向を見ると、今まさに帰ってきて門を内側から閉めようとしている、背が高くて怒り肩で筋肉質な男性の後ろ姿が見えた。

おや、あの人は……うん、間違いない。

ちょうどいいや、と美菜は即座に思って、声をかけた。

「すいません、佐藤さ〜ん」

すると雄也は、美菜を見上げて、低い声で挨拶《あいさつ》した。

「……ああ、こんにちは」

そこで美菜は、下を指差して、申し訳ないという気持ちを前面に出しながら頼んだ。

「すいません、洗濯物落としちゃって……下から投げてもらっていいですか？」

「え、ああ……」

庭に落ちた洗濯物を見て、雄也は戸惑い気味にうなずいた。

雄也は内心、驚いていた。——普通、これを取ってくださいって男に頼むか？

これは、ブラトップ的なやつだ。すなわち、一見ノースリーブのようだが、下着も兼ねていて、裸の胸が裏地のカップに当たるタイプの衣類だ。

動揺してはいけない。いや、すでに動揺はしているが、その動揺を悟られてはいけない。——雄也はそう自分に言い聞かせながら、そのブラトップ的なやつを拾い上げて、二階のベランダの美菜に投げ返した。

しかし、風に流されてうまく飛ばなかった。そのブラトップ的なやつは、美菜の手が届く範囲からは大きく外れた方向へ上がってしまった。

「あっ……ごめん」

雄也はなんとか地面に着かないようにキャッチし、もう一度美菜に向けて投げた。

だが今度は、美菜がキャッチミスして地面に落としてしまう。

「あ、ごめんなさ～い、次はちゃんと取ります」

土が付いてしまったので、雄也は洗濯物を左手で拾い、右手ではたいた。だがそこで、胸のカップの部分を左手でつかんでしまっていることに気付く。つまり、美菜の乳房が当たった部分を、左手で鷲《わし》づかみにしてしまっているのだ、すなわちこれは、間接……いや、余計なことを考えるな！　雄也はますます動揺しながら、ベランダを見上げる。

「本当にごめんなさ～い。あの、急いでないですか？」美菜が尋ねてくる。

「ああ……いや、大丈夫」

どうやら、間接もみもみの件については気付かれていないようだ。雄也は「じゃあ、行きます」と小声で言って、またそのブラトップ的なやつを美菜に向けて投げた。

だが、またも風に流されてしまった。地面に落ちてはいけないと思い、雄也が空中で手を伸ばすと、手にぶつかって角度が変わり、ちょうど雄也の顔に胸の部分が直撃する形で落ちてきてしまった。若い女のブラトップの胸に顔を埋《うず》める男。これはすなわち、間接ぱふぱふ。——完全に変態じゃないか！　雄也は大慌てで首を振って落とし、胸の部分に触らないようにつかみ直す。

「アハハ……あ、ごめんなさい、笑っちゃった」

ベランダにいる美菜は無邪気に笑った。こいつ、何ちょっと楽しんでやがるんだ……

雄也はだんだん腹が立ってきた。

「あの、下りてきてもらった方が、早いかな……」雄也は怒りを抑えて言った。

「あ、そうですよね、ごめんなさい」

美菜はそう言うと、ベランダのサンダルを履いたまま、手すりをまたいで、アパートの脇に建つ物置の屋根にぴょんと下りた。

「えっ!?」

雄也は度肝を抜かれた。まさかそんな下り方をするとは思わなかった。しかも、デニムのショートパンツを穿《は》いた美菜が手すりをまたぐ際、ちらっと、本当にちらっと、見ようとしていたわけではないけど一瞬だけちらっと、ピンクの下着が見えてしまった。

美菜は、物置の屋根から地面に飛び下り、「どうもすみません」と屈託のない笑顔で、ブラトップ的なやつを雄也から受け取った。

「……あの、普通、玄関から出ない？」

雄也は唖然《あぜん》としながらも言った。すると美菜は、初めて気付いた様子で声を上げた。

「あ、ごめんなさい。なんか、待たせちゃ失礼かなと思って」

「…………」

雄也は言葉を失った。天然ボケというか不思議ちゃんというか、ここまでの相手を目の前にしたのは初めてだった。第一、ベランダからいったん部屋に入って玄関から出たところで、せいぜい数十秒しかかからないだろうし、「待たせちゃ失礼」なんて言い出したら、落とした洗濯物を通りすがりの隣人に投げさせる方がよっぽど失礼だろう——なんて言葉は口には出さず、雄也は一言だけ言った。

「君……変わってるね」

「ああ、なんか、みんなにそう言われちゃうんです……」

美菜は少々落ち込んだ様子で「すみません、ありがとうございました」と一礼した。

「いえ……」

雄也も軽く会釈して、外階段を上り、手前の二〇一号室に入った。雄也がドアを閉めるのとほぼ同時に、「すみません本当に」という美菜の声が外から聞こえ、美菜が部屋の前を通り過ぎる足音も聞こえた。

だが、その直後。雄也が靴を脱ぐより先に、ピンポーンとドアチャイムが鳴った。

雄也がドアを開けると、美菜が困った顔で立っていた。

「ごめんなさい、玄関の鍵《かぎ》かけてたから、部屋から閉め出されちゃいました」

「……えっ！」雄也は絶句した。

美菜は、雄也を上目遣いで見つめ、泣き出しそうな表情で言った。

「どうしたらいいでしょう、私、ほんと馬鹿なことしちゃった……」

たしかに馬鹿だ。相当な馬鹿だ。——雄也は心の中でうなずきつつも、美菜の玄関のドアノブに掛かったブラトップ的なやつを眺めながら、一応解決策を考えてやった。

「えっと……さっきの物置の屋根から、ベランダに上がれるんじゃないかな」

「あ、なるほど！」

美菜が、ぱっと表情を明るくしてうなずいた。雄也は「じゃ、ちょっと行ってみようか」とつぶやくように言って、美菜を先導して外階段を下りた。

だが、その物置の屋根は思いのほか高く、ジャンプして屋根に手をかけてよじ登るというのは、雄也にはできても美菜には難しいだろうと思われた。

「ああ、ちょっと無理か……」

雄也は顔をしかめた。だが、そこで美菜が平然と言った。

「あ、でも、肩車してもらえば行けるかも……」

「……えっ⁉」

またしても驚く雄也。すると美菜が、はっと気付いて慌てた様子で謝る。

「あっ、ごめんなさい、迷惑ですよね。たぶん私重いし」

「ああ、いや……」

雄也は小さく首を振りつつ思った。――体重の問題ではない。この子は警戒心というものがまるでないのだろうか。ショートパンツの女を肩車するなんて、一歩間違えればそういうプレイじゃないか。若い女の露《あら》わになった太ももで、うなじから首筋にかけてぎゅっと挟まれ……って、いかんいかん、具体的に想像してはいかん！　雄也は、頬が緩まないように奥歯で舌を噛《か》みながら、代替案を考えてやった。

「じゃあ、下からロープを投げてベランダにかけて……いや、忍者じゃあるまいし、さすがに無理かな。となると……」

なんてつぶやきながら、実は雄也は、もっと簡単な方法を思い付いていた。このアパートの部屋の鍵は、雄也が習得している技術をもってすれば、針金で簡単に開けることができるのだ。でも、そんなことを言えるはずがない。まして、「俺の部屋にあるピストルで鍵を破壊しましょうか」なんて狂った提案をできるはずもない。

と、その時、美菜がぽんと手を叩《たた》いて提案してきた。

「あ、そうだ。佐藤さんの部屋にお邪魔して、ベランダまで行かせてもらえませんか？そこから私の部屋のベランダに移ればいいんだ」

「あ、ああ……」雄也は生返事をしつつ、瞬時に考えた。

まずいぞ。部屋の中にある仕事道具を見られるわけにはいかない。でも、かといって他の方法もないようだし……雄也は頭をフル回転させた末にうなずいた。

「うん、じゃ、ちょっと待ってて。すぐ片付けるから」

そう言うやいなや、雄也は外階段を一段飛ばしで駆け上がり、自分の部屋に入って、念のためいったん鍵を閉めた。そして、銃やナイフその他の仕事道具が無造作に置いてある一角を、間仕切りの黒いカーテンで覆った。端に少しだけ隙間が開いてしまったが、そこは黒い革ジャンをハンガーに掛けて隠した。

来客をどうしても上げることになった場合に備えて、この方法を用意しておいてよかった。雄也は、玄関からベランダへの動線を何度も往復して、物騒な仕事道具がすべて黒い幕で隠れていることを確認してから、玄関のドアを開けた。

美菜は、外廊下に立って待っていた。雄也と目が合うと同時に、微笑んでちょこんと会釈をしてきた。

「どうぞ」雄也が、部屋の中を指し示して招き入れる。

「すいません、ありがとうございます。お邪魔します」

美菜は申し訳なさそうに、何度もお辞儀をしながら玄関に入りかけた。だが、直前でいったん立ち止まり、外廊下でサンダルを片方ずつ脱いで、片足立ちで泥を落とした。といっても、ほとんど泥など付いていなかったのだが、彼女は改めて「お邪魔します」と頭を下げ、サンダルの下に手を添えながら部屋に上がり、部屋の中をじろじろ見回したりすることもなく、伏し目がちに雄也の後に続いてベランダに直行した。——やはり彼女は、無礼な人間ではないのだ。サンダルの泥が部屋に落ちないように配慮するところといい、性格はまっすぐなのだ。ただ、時々著しく抜けているだけなのだ。

雄也は、先に美菜をベランダに通した。美菜は再度「すみません、ありがとうございます」と頭を下げ、手に持ったサンダルを履いてベランダに出た。後から雄也も、普段ベランダに出るために置いてあるサンダルを履いて、窓から出る。

「あれ、この壁って、蹴《け》ったら壊せるんでしたっけ？」

美菜は、ベランダの隔壁を指差した。だが、すぐにその案を自ら打ち消した。

「あ、でも、火事とかの時以外に壊したら弁償だって不動産屋さんが言ってたな……」

どうやら壊すのはあきらめたらしい。正直なところ、修理のために業者が入り、部屋の中を見られる危険性が生じるのは雄也としても避けたかったので、思い直してくれて助かった。

しかし、隔壁を破らずに、美菜を隣のベランダに移動させるとなると、幅の狭い手すりの上を渡るぐらいしか方法がない。でもさすがにそれは危なすぎるか——と、雄也が考えていた時だった。

「あ、この手すりの上を通れば、行けそうですね」

美菜は言うやいなや、手すりの上にひょいとよじ登ってしまった。ベランダから下りてしまった時と同様の突発的な行動力に、また雄也は驚く。

「あ……気をつけてね」雄也は慌てて声をかけた。

「はい。……あ、でも、立つのはちょっと怖いか……」

美菜は手すりの上で四つん這《ば》いになり、猫のような体勢で渡り始めた。

その姿を見守りながら、雄也は気付いた。——まずい、また見えてしまう。しかも、さっきよりもろに。

雄也は慌てて、美菜のヒップから目をそらした。そこで、ああそうだ、命綱を着けてやればよかった、と思い付いたが、またちらりと美菜に視線を戻すと、じりじりと前進する両腕はすでにベランダの隔壁を越えつつあり、今さら戻るのは難しそうだった。

見てはいけない、見てはいけない……。雄也は心の中で、懸命に自分に言い聞かせた。

だが、美菜のデニムのショートパンツから覗《のぞ》くピンクの下着は、たとえ視界の端でも、どうしたって認識できてしまった。


まずい、これって超恥ずかしい格好だよね。ていうかパンツ見えてるかも。いや、絶対見えてる！――美菜は、ベランダの手すりの上を四つん這いになって進み始めてからだいぶ時間が経ったところで、ようやく自覚した。

でも、手でお尻《しり》を押さえるのはどう考えても無理だ。そんなことをしたら絶対危ない。だからせめて、少しでも見えないように、ちょっとだけ内股《うちまた》にしてショートパンツの隙間を締めよう。――と、美菜がゆっくり脚の位置をずらした、その時だった。

「きゃっ！」

右足が手すりから落ちかけて、体が外側に傾く。美菜の頭に、死の恐怖がよぎった。

だが、その時。――後ろからぐっと、お尻を力強く両手でつかまれ、そのままぐいっと重心を内側に戻された。おかげで、美菜は転落を免れた。

「ごめんなさい！」

美菜は、後ろの雄也に謝った。鼓動が一気に速まって、顔が真っ赤になっているのが自分でも分かった。

「そのまま、気をつけてまっすぐ渡って」

雄也に声をかけられ、お尻をつかんでいた両手がそっと離された。だが、ショートパンツのベルト通しをつかんでくれていることは分かった。──お尻を触り続けることは避けつつ、美菜が落ちないようにするための、雄也の精一杯の配慮なのだと察した。

「すいません、ありがとうございます！」

美菜はドキドキしながら礼を言い、猫のような体勢での前進を再開した。下を見ないようにしながら、右、左、右、左……と慎重に手足を進めていく。腰が隔壁を越えたところで、雄也の手がショートパンツから離れたのが分かったが、そこまで来れば、少し進んで自分の部屋のベランダに下りるだけだったので、恐怖は感じなかった。

「すいません、助かりました。本当にありがとうございました」

自分の部屋のベランダに下り立ってから、美菜は手すりから身を乗り出し、隣のベランダを覗き込むようにして礼を言った。

だが、雄也の姿は見えず、「いや……どういたしまして」と、気まずそうに返事をしたのが聞こえただけで、すぐに窓が閉まる音が聞こえた。

美菜は改めて思い返した。

落ちそうになった時、あのスピードで反応してくれたっていうことは、やっぱりお尻を見られてたのかな。──美菜は、頬がかっと熱くなるのを感じた。

落ちそうになった時、あのスピードで反応したということは、やっぱりパンツを見てたんじゃないか、と思われてるんじゃないか。——雄也はそう考えると気まずかった。違うのだ。訓練によって鍛え抜かれた反射神経だからこそ、目をそらしていても一瞬で反応することができたのだ。ただ、「さっき君が落ちそうになった時、すぐ反応してお尻を支えたけど、ずっとお尻を見てたわけじゃないからね」なんて言い訳をすれば、かえって見てた感が増してしまう。結局、言い訳をするのも違うかと思って、雄也は礼を言ってきた美菜に生返事をしただけで、ベランダから部屋の中に戻ったのだった。

と、数分経ったところで、またドアチャイムが鳴った。

ドアスコープを覗くと、美菜が、リンゴが三つ入ったビニール袋を持って立っていた。雄也は玄関のドアを開ける。

「本当に、ありがとうございました。あと、ご迷惑ばっかりかけてすみませんでした。よかったらお礼に、リンゴをどうぞ。この前スーパーで買ったやつですけど……」

美菜が頭を下げながら言った。その頬は、持っているリンゴさながらに赤らんでいる。

「ああ……ありがとう」

雄也は、ぼそっと礼を言った後、気まずさをごまかすように付け足した。

「あの……君が手すりを渡る時、命綱を着けてあげればよかったな。渡る前に気付かなくて、申し訳ない」

すると美菜は、雄也を上目遣いで見つめながら、感激したような表情で、大げさに両手を胸の前で組んで言った。

「すごい、優しいんですね……」

その、まっすぐな澄んだ瞳《ひとみ》と一秒ほど見つめ合ったが、雄也は「いや、別に……」と言いながら、すぐに目をそらしてしまった。

「本当に、お隣さんが優しい人で、よかったです」

美菜が言った。雄也は驚きのあまり、思わず聞き返す。

「俺が……優しい人？」

「はい！」

美菜はまっすぐな目で雄也を見つめたまま、大きくうなずいた。

「……そんなことないよ」雄也はぼそっと言った。

「そんなことあります！」すぐに美菜は言い返した。

しばらく間が空いた後、美菜はまた、屈託のない笑顔で、はきはきとした声で言った。

「それじゃ、また……本当に、ありがとうございました！」

美菜は、まるで甲子園《こうしえん》での試合が終わった高校球児のように、深々と一礼した。

その時、今度はTシャツの襟ぐりの隙間から、胸の谷間が見えてしまった。雄也は慌てて目をそらし、「いや、どうも……」と、つぶやくように返すしかなかった。

あ〜あ、今日をもって、相当変な奴だって思われちゃっただろうな。――美菜は自分の部屋に帰ってから思った。

でも、雄也さんは本当に優しい人だった。パンツを見られてるんじゃないか、なんて一瞬でも考えた自分が浅ましい。本気で私のことを心配してくれていたんだ。

まだ胸がドキドキしている。そして、お尻をぐっと両手でつかまれた感触がまだ残っている。やだ、これで興奮してるなんて、変態じゃん私！――美菜は首を横にぶんぶん振った。

ただ、正直な話、雄也さんのことは第一印象からタイプだった。背が高くて、素敵な声で、渋くて男らしくて、そして優しくて……たぶん、これからずっと、雄也さんのことを考えちゃうと思う。

ああ、これって恋なのかな……。美菜は目をつぶり、胸に手を当て、ドキドキと速くなっている鼓動を感じながら、じっと目をつぶった。

何を興奮してるんだ。中学生じゃないんだから。――中学校なんてほとんどまともに通ったこともないのに、雄也はそんなことを思ってしまった。

ピンク色のパンツ、胸の谷間、そして尻の感触……。

雄也はその記憶を振り払うように、何度も首を横に振った後、台所に行って冷たい水で顔を洗った。そして顔を両手で何度もはたく。

ああ、馬鹿馬鹿、何を考えてるんだ俺は。忘れろ！　何もかも忘れろ！　上京したての女が隣に引っ越してきて、パンツが見えて尻を触ったのがきっかけで好きになっちゃいました、だと？　ふざけるな！

この俺が、闇の世界を生きる凶悪犯の俺が、そんなガキみたいな理由で恋に落ちるわけがない！　まあ、凶悪な割にはずいぶん色々手伝ってやったけど、それはしょうがない。一般社会に紛れるのも仕事のうちだ。凶悪なオーラを四六時中出していたら「やだあの人、凶悪だわ～。警察に相談しましょう」てな感じで、周囲の人から警戒されてしまうのだ。普段はちゃんと一般人を装わなくてはいけないのだ。

俺が、こんなことで恋に落ちたりするはずがない。これは恋ではない。これは恋ではない……。雄也は、部屋の壁を睨《にら》みつけながら、心の中で延々と唱え続けた。

これは恋ではない、これは恋ではない、これは恋ではない、これは恋ではない――。

「ビッグに弱点があるとすれば、恋かもしれないな」

特殊訓練の途中で、急に師匠が言った。

「恋、ですか？」

彰が、針金で鍵《かぎ》を開けてから聞き返した。――殺人訓練とは別に、殺し屋として身につけておくべき技術を教え込まれるのが特殊訓練だ。この日は、あらゆる種類の鍵を針金や工具で開ける、ピッキングの訓練だった。

「ああ、そういえば、師匠が前に言ってましたね。どんな優秀な殺し屋でも、色恋から崩れることがあるって」

　彰が思い出したように言うと、師匠は黙ってうなずいた後、続けた。

「あいつは、多感な時期に学校にほとんど通ってなかったからな。同世代の異性に対する免疫がないんだ」

「でも、風俗代は組織から支給されるわけですよね。修業中の俺でも出してもらえてるんですから……」と彰は言いかけたが、すぐに自ら訂正した。「ああ、でも、ただ性欲を解消するのと、恋に落ちちゃうのはまた違うか」

「その通りだ」師匠はうなずいた。「ビッグは、まだ素人との経験はないだろうな」

「えっ、素人童貞ってことですか⁉　俺、初めてビッグさんに勝てる要素が見つかりました」

　彰が言うと、師匠は苦笑いしていた。

「ていうか、学校にほとんど通ってなかったってことは……ビッグさんも、俺みたいに生い立ちに事情があったんですか？」

　彰が尋ねた。――彰は、両親との三人家族で育った。だが十四歳の時、暴力的な父を殺すために、母がこの組織に依頼をした。依頼達成後、高額な報酬を払えなかったため、母子ともに組織の一員となり、組織に提供された住居で生活することになった。金を払えなければ労働力になる。それがこの組織の鉄則だ。もっとも、彰はそれが不幸なことだとは思っていない。あの暴虐な父を殺さずにいたら母と自分が殺されていただろうし、この訓練施設に通って一人前の殺し屋を目指すことにもやりがいを感じている。彰の母も今は、依頼人を組織の事務所まで運ぶ送迎車に乗り、雑用などをこなしているのだ。

師匠は、腕組みをしたまま、彰の質問に答えた。

「まあ、この組織のメンバーの中に、生い立ちが壮絶じゃない奴なんていないだろうが、その中でもビッグは特別だな。――あいつは、十二歳で両親を殺してるんだ」

「えっ、それって、自分一人だけで殺したんですか？」

「その通りだ」師匠はうなずいた。

「そりゃすごい！」彰は感心したが、ふと首を傾げた。「あれ、でも、殺し屋って前科者はNGなんですよね？　指紋やDNAが、警察の前科者のデータベースに入ってたら、ちょっと痕跡《こんせき》が残っただけでも犯罪が疑われちゃうから殺し屋にはなれないって、前に師匠に聞いた気がするんですけど……」

すると師匠は、静かに答えた。

「ビッグは、警察にはばれてないんだ」

「ええっ⁉」驚く彰。

「ビッグは、自分を虐待する両親――正確には母親とその内縁の夫を、家に放火して殺したんだ。それも失火に見せかけて、自分は命からがら脱出したように装ってな。当時あいつの家族は、狭い借家で暮らしてたんだが、冬場に寝室の隣で、洗濯物を電気ストーブで乾かしてたんだそうだ。その電気ストーブに乾燥したタオルを落として、引火して周りにも火が回ったところで、煙を吸いながらも自分だけ逃げたんだ。本当に気道を火傷《やけど》するほどの大芝居に、警察も消防も疑いは持たなかったらしい。もっとも、この話をビッグから聞いたのは、ずいぶん後になってからのことだけどな」

「すごいな、十二歳で完全犯罪なんて、まさに殺人の天才だ」

彰は舌を巻いた。師匠はさらに続ける。

「その後、児童養護施設に預けられたが、あいにくひどい施設だったようで、ビッグはそこでも職員や年長の子供から虐待を受けた。訓練を受けた今だったら一瞬で返り討ちにできただろうが、当時はあいつも格闘技経験のない普通の十二歳の子供だったから、十七、八の相手にはさすがに勝てなかった。そこで施設を脱走した後、街をさまよってる時に、組織の人間にスカウトされた。その時ちょうど、絡んできた不良に必死に反撃して返り討ちにしてたのを見て、見込みがあると思われたらしい」

「なるほど」

彰はうなずいた。――組織の殺し屋の育成パターンとしては、報酬を払えない依頼人の家の子供を殺し屋に育成する「身売り」パターン、組織の人間の子供が親と同じ道を選ぶ「二世」パターンが主流だが、ごく少数、街で見込みのありそうな若者に声をかけて育てる「スカウト」パターンもあるのだと、彰は前に師匠から聞いていた。

「実際、奴の運動能力はピカイチで、訓練するほどにどんどん伸びていった。おまけに背もぐんと伸びて、今に至るってわけだ。その後、組織の協力者と書類上の養子縁組をして、一応学校にも通わせたが、訓練の方が性に合ってたらしく、あまり通わなかった。だからビッグは、一般的な青春時代が抜け落ちてて、恋愛をする機会もなかったんだ」

師匠は、どこか懐かしそうな表情で、微笑みながら語り続けた。

「それと、余談になるが、あいつは子供の頃からずっと狭い家に住んできて、親を殺してから入った施設も過密状態だったせいか、今でも六畳の狭いアパートにわざわざ住んでるんだ。いいマンションに住めるぐらいの金は支給できるのに、広い部屋じゃ落ち着かないとか言ってな。あいつは妙に貧乏性というか、庶民的なところがあるんだ。インスタントラーメンも好きで、ずいぶん吟味して買ってたしな……」

「へえ、なんか親しみを感じました。ビッグさんって、伝説の超人みたいなイメージがあったんで」師匠の話に、彰もいつしか訓練そっちのけで、興味津々にうなずいていた。

「ビッグさんは完璧《かんぺき》な殺し屋で、今まで一度も血を流したことがないっていう伝説も、聞いたことがありましたから……」

「あっ、血出てる！」

雄也は鏡を見て、思わず小声で叫んだ。

『よりどり麺《めん》セット』の担々麺での反省を踏まえて、豚骨ラーメンの特製うまみスープを、鍋《なべ》に入れずにどんぶりに入れたところまではよかった。だが、小袋の中に残ったうまみスープを、つい貧乏性を発揮して、歯で噛《か》んで吸い出そうとしたら、袋の角で口の右端を切ってしまったのだ。鏡を見たら、少し血が出てしまっていた。

とはいえ、幸い深い傷ではなかった。豚骨ラーメンとあり合わせの肉野菜炒《いた》めがこの日の夕食だったが、右口角に食べ物を接触させないように気をつければ、無事に食べることができた。それにしても、この『よりどり麺セット』は、雄也が今まで食べてきた数々のインスタントラーメンの中でも、かなり上位に来るほどのレベルの高さだ。そして、デザートに食べたリンゴも美味《うま》かった。

ラーメンもリンゴも、美菜からもらった物だった。ただ、これはたまたま家にあったから、もらった物を無駄にするのはもったいないから食べただけで、美菜を意識して、美菜への思いが募るあまりにこのメニューにした、とかいうことでは断じてない。これは恋ではない、恋なんかではない……雄也は自分に言い聞かせていた。

だが、やはり食事中も、雄也の頭の中では、昼間の美菜との会話が繰り返されていた。

「本当に、お隣さんが優しい人で、よかったです」

「俺が……優しい人？」

「はい！」

「……そんなことないよ」

「そんなことあります！」

――思い出すたびに、雄也は胸が高鳴るのを感じた。

しかし、だからって恋に落ちてしまうわけにはいかない。当然、素性がばれてしまう危険があるし、純朴な彼女を、自分のような凶悪犯罪者が汚してしまうわけにはいかないのだと、雄也は自分に言い聞かせていた。――もっとも、風俗嬢以外との経験がないからどう恋愛に発展させればいいのか分からないという側面もあるのだが、雄也自身はそのことはあまり認識していなかった。

しかし、食後の歯磨きをしながら改めて考えるうちに、だんだん心配になってきた。雄也のことを「優しい人」と言うなんて、彼女の人を見る目は絶望的なようだ。あんなことで大丈夫だろうか。――雄也は、放送技術マルチメディア学院、略称「放マル」のパンフレットに目をやる。

これから雄也は、仕事のために何度もこの学校に足を運ぶことになるだろう。その時にうっかり美菜とニアミスしてしまうことにも、もちろん気をつけなくてはいけない。だがそれ以上に、この学校には、女子学生を弄《もてあそ》ぶ極悪講師がいるのだ。よもや美菜が、その毒牙《どくが》にかかったりしなければいいのだが……。

と、心配している自分に気付いて、慌ててその考えを打ち消した。――何を心配しているんだ俺は。別に隣に住む人間がどうなろうと、知ったことではないはずだ。

雄也は、洗面所の鏡で、自分の顔をじっと見てみた。

そこに映るのは、どう見ても優しそうではない悪人面。やはり殺し屋の顔だ。命乞《いのちご》いをする相手を、平然と金属バットで殴り殺す、冷酷無比な男の顔だ――。

＊　＊　＊

「あら、ヒロさんいらっしゃ〜い」

ホステスに迎え入れられ、仏頂面を少しほころばせたのは、河口宏明《かわぐちひろあき》、二十五歳。

「ありがとう〜、来てくれて」

胸元の開いたドレスで笑顔を見せるホステスに、河口は言葉を返した。

「ミヤビちゃんの誕生日に来ないわけにはいかないよ。はい、これプレゼント」

河口が包みを渡す。ミヤビと呼ばれたホステスはさらに喜んでみせる。

「わ〜、うれしい、ありがとう！」

——その光景を、雄也たちは、店の奥のドアのマジックミラー越しに見ていた。

河口は数ヶ月前、勤務先の清掃会社の同僚に誘われてこのスナックに来て、それから常連になった。もっとも、その同僚はすでに会社を辞めている。

河口は席に着き、しばらくミヤビとの会話を楽しむ。彼がキープしているボトルに、カウンターの中で別のホステスがそっと粉末を入れた様子は、河口からも他の客からも見えていない。河口はグラスに注がれた酒を、疑うことなく飲む。

一方、他の客とホステスの話し声が、店内に響いた。

「この前、俺の友達が免停になっちゃってさあ」

「あら、どうして？」

「酒気帯び運転で捕まっちゃったんだよ。ドジだよなあ」

「あら〜、それは大変。タケさんも気をつけてね」

「俺は大丈夫だよ、ちゃんと守ってるからな。ほら、飲んだら飲まない、乗らなきゃ飲まないって……あれ、違うな、何だっけ？」

「アハハ、飲んだら乗るな、乗るなら飲むな、でしょ？」

「そうだそうだ、ハッハッハ」

——そんな会話を聞いて、河口の表情が少し曇ったのが、雄也からもマジックミラー越しに確認できた。

「おかわり」

河口は、少し苛立《いらだ》った様子で、空になったグラスをミヤビに突き出した。

——それから約十分後。

二杯目を飲み終えたところで、河口は急激な眠気を感じた様子だった。

「あら、眠いの？」ミヤビが尋ねる。

「ああ……ちょっと仕事で疲れてるみたいだ」

「大丈夫？」

「うん、大丈夫……」

そう言ったきり、河口はテーブルに突っ伏し、ほどなくして寝息を立て始めた。

やがて客が一人、また一人と帰っていき、残った客は眠っている河口だけになった。そこで雄也は、一緒に控えていた中井と小林とともに、店の奥のドアから中に入った。

「じゃ、あとは俺たちが」

雄也が声をかけると、ホステスたちは「は〜い」と返事をして、閉店作業と帰り支度を始めた。

一方、雄也と小林は、河口の体を店の奥まで引きずると、服を手際よく脱がせ、パンツ一枚にしてロープで縛った。それでも河口は、いびきをかいて眠っている。一方、その隣で、中井も服を脱いでいる。

そして、河口から脱がせた服を、中井が着た。——実は中井は、組織内で「カメレオン」の異名を取るほどの、変装の達人なのだ。そもそも、河口を最初にこのスナックに誘った元同僚も、一時的に清掃業者で働いていた中井だったのだ。

中井の体格は、河口とほぼ同じだ。また中井は、髪型も河口と同じようにセットしてある。そこに河口が着ていた服を着ると、遠目に見ればほとんど見分けがつかない。

「うん、さすがカメレオンだ」

雄也が褒めると、中井は「ありがとよ」と笑った後、ポケットの中身を確認した。

「これが部屋の鍵《かぎ》で、こっちが車の鍵だな。……よしOK、じゃあ行ってくる」

中井が店を出る。その足取りは、ふらふらとした千鳥足だ。その後ろ姿を見送った後、雄也はホステスたちに段取りの確認をする。

「この後のことは、分かってるな」

「はい。私たちはこれから普通に帰って、明日も普通に出勤して、たぶん何日かしたら警察が来て、この人のこと聞かれるから、たくさん飲んでたけど自分で歩いて帰りましたよって答えて、この店は三ヶ月ぐらいしたら畳む……でいいんだよね？」

「その通りだ」

雄也はうなずいて、縛られた河口の体を、ロープを摑《つか》んでひょいと持ち上げる。六十キロ程度なら、雄也にとってはたいした重さではない。

「それじゃ、お先で～す」

「人殺し頑張ってね～」

ホステスらは、雄也に声をかけてから店の照明を落とし、店を出た。――彼女たちは、一時的にこの店で働いていた、暴力団に囲われた女たちなのだ。

先ほど雄也たちが控えていた店の奥のドアの先には、地下室へ続く階段がある。雄也は河口を担いだまま、その階段を下り、地下室に着いたところで河口をコンクリートの床に転がした。するとようやく、河口が「ううっ」と呻《うめ》いて、薄く目を開けた。

徐々に覚醒《かくせい》した彼は、パンツ一丁で手足を縛られ、床に転がされていることに気付き、

「何だよこれ……」とつぶやいて周りを見回した。

そこで雄也と目が合った。雄也は、河口を見下ろして淡々と告げた。

「飲酒運転で、横断歩道を渡っていた女性をひき逃げして殺し、たった五年で出所。そ

の不当な刑の軽さに納得がいかない遺族の意向により、お前は死ぬことになった」

「はあ？　何言ってるんだ！」

河口は声を裏返した。――だが、その視線が、雄也の背後に釘付《くぎづ》けになった。

そこには、ずっと地下室で待ち構えていた、一人の老人の姿があった。

「あんたは……あの、親父さん？」

河口がおそるおそる尋ねると、老人は一言だけ言った。

「貴様を殺す」

その老人――この案件の依頼人である館野穣二《たてのじょうじ》は、河口が飲酒事故で死なせた被害者の父親だった。彼は、金属バットを両手で握りしめて立っていた。

「おい、待てよ。あんた、他にも家族がいるんだろ？　俺を殺したら、あんたと家族の人生もメチャクチャになるんじゃないのかよ？　なあ、考え直せ……」

河口は必死に説得を試みたが、雄也が低い声で制す。

「心配ご無用。お前は今から、懲りずに飲酒運転でドライブに出かけ、海沿いの崖《がけ》から転落して死ぬことになるんだ」

「……ええっ？」

混乱した様子で聞き返す河口に、雄也は詳しく語って聞かせる。

「お前はすでに、店に来た時と同じ服装で、千鳥足でこの店を出てるんだ。お前は千鳥足のまま『メゾン山下』に帰り着く。ところが、泥酔しているせいか不可解な行動をとる。自分の部屋である二〇三号室には入らず、アパートの裏手の駐車場に停めた自分の車に乗り込み、しばらくしてから発進させてしまうんだ。その様子は、駐車場の防犯カメラにしっかり記録される」

「何言ってんだよ……ていうか、なんで俺のアパートのこと知ってんだよ?」

涙目になって問いかける河口には構わず、雄也は淡々と話を続ける。

「お前の車は駐車場を出て、約十キロ離れた海へと走る。きっと夜の海を見ようとでも思ったんだろうと、のちに警察には判断される。そして、海岸の切り立った崖に面した下り坂で、スピードを出しすぎてカーブを曲がりきれず、ガードレールを突き破って海に転落する。車は大破。運転席から海に投げ出されたお前の死体は見つからない。もちろん、そのシナリオに適した場所として、過去に同様の事故が起こった場所をちゃんとリサーチしてある。――飲酒死亡事故を起こして服役し、出所した男が、懲りずにまた飲酒運転を犯して、今度は自分が死ぬ。三面記事ぐらいにはなるかもな」

「おい、頼む、やめてくれ……助けてくれ、お願いだよ」

縛られた全身を小刻みに震わせながら、命乞《いのちご》いを始める河口。

だが雄也は、そんな河口の体を起こし、床に座った体勢にさせると、血しぶきを飛び散らせないようにポリ袋を頭からかぶせた。すると河口の命乞いも、声がこもってよく聞こえなくなる。その袋は分厚く、衝撃にはかなり強いが、透明度は高く、河口の恐怖に歪《ゆが》んだ顔は雄也たちからはっきり見える。当然、河口からもこちらの様子ははっきり見えている。――恐怖を極限まで感じさせた上に、娘が車にはねられた時以上の痛みを与えたいというのが、館野からのリクエストだったのだ。

袋の口を、河口の肩の下で縛ってから、雄也は「では、どうぞ」と館野に声をかける。

「愛美《まなみ》が感じた恐怖と痛みを、思い知れっ！」

館野が怒鳴って、金属バットを振り下ろす。

「ぎゃあああああっ、いてえええええっ！」

河口が泣き叫ぶ。どうやら鼻をかすめたらしく、河口の顔が血に染まり、袋の内側に血しぶきが飛んでいる。

「この！　この！」

館野が何度もバットを振り下ろす。だが、河口が両手足を縛られながらも必死によけるため、肩や背中などに当たって、なかなか致命傷にならない。――館野も、本来ならこの年齢でバットを振り回すこともなかったであろう、七十手前の老人なのだ。決してバットコントロールが上手《うま》いわけではない。

その後、館野が十数発目を振り下ろした時、バットは空を切って床を叩《たた》いた。館野は「痛っ」と叫んで、バットを離して右手を押さえ、うずくまってしまった。

「ああ、手を痛めましたね……」

雄也が館野に歩み寄る。一方、河口は袋の中で流血し、肩や背中に赤黒い痣《あざ》を作りながらも、「いってえ、ちくしょう！　馬鹿野郎！」と、館野に罵声《ばせい》を浴びせている。

「とどめは、こちらで刺しましょうか」

雄也が申し出ると、館野は息を切らせてうつむき、悔しそうに小さな声で言った。

「……お願いします」

雄也は、館野から金属バットを預かる。

そして、ゆっくりと河口に顔を向けると、一歩一歩、じらすように歩み寄った。

「お、おい、やめてくれ……」

さっきまで罵《ののし》っていた勢いはどこへやら、座り込んだまま後ずさりする河口。雄也は金属バットを右手で持ったまま、ゆっくりと河口に近付く。

――が、雄也は、そのまま歩いて河口の横を通り過ぎた。

「えっ……」

河口が、戸惑った声を上げた。

その刹那《せつな》、後ろに回り込んだ雄也が、振り向きざまに猛烈なフルスイングでバットを振り抜いた。高校野球の会心のホームランのような高い金属音と、頭蓋骨《ずがいこつ》が砕けて脳が潰《つぶ》れる鈍い音が組み合わさった、複雑な音が地下室に響く。河口は前に吹っ飛んで床にワンバウンドし、うつ伏せに転がったまま、ぴくりとも動かなくなった。

「では、あとはこちらで処理しますので」

雄也が何事もなかったかのような口調で告げる。館野は、あまりにも冷静に人を殺した雄也の様子におののきながらも、痛めた右手を押さえて頭を下げた。

「あ、ありがとうございました……」

「もし、その怪我で病院に行くことになったら、家で転んだとでも説明してください」

「はい……分かりました」

そこで、地下室の隅に控えていた小林に連れられて、館野は店を後にした。地下室に残ったのは、雄也と、河口宏明の惨死体だけとなった。

「さて、あとは運んで埋めるだけ……」

雄也は独り言をつぶやきながら、ポリ袋をかぶった河口の死体を、床の隅に置いてあった死体袋に慣れた手つきで入れ、そのままひょいと担ぎ上げた。

それから、一時間余り経った頃――。

河口の死体を、山の中に深く掘った穴に落としたところで、雄也の携帯電話が振動した。雄也が電話に出ると、中井の声が聞こえた。

「車の処分終了。夜の海にガソリンの花火が輝いてるよ」

「ご苦労さん。じゃ、今日はもう直帰で。誰にも見つかるなよ」雄也が淡々と返す。

「分かってるよ。お疲れ」

中井からの電話が切れた。雄也は携帯電話をしまうと、黙々と土を穴に落としていく。

その山は人里離れた、組織が所有する土地なので、死体が見つかる心配はまずない。

無事に河口の死体を埋め終えたところで、雄也らの任務は完了したのだった――。

「ベランダから庭に下りて、部屋閉め出されたの？　マジありえないんだけど！」

美菜が昨日の出来事を教室で話したら、明日香たち友人一同に笑われた。

洗濯物を落として、ベランダから下りて閉め出されて、お隣さんの部屋のベランダを貸してもらって、そこから自分の部屋に行ったことを説明した。お尻《しり》をつかまれたことは恥ずかしいから割愛したけど、手すりから落ちかけて助けられたことと、お礼にリンゴを渡しに行ったら「命綱を着けてあげればよかった」と言われたことも話した。

「でも、本当によかったよ〜、お隣さんがいい人で」

——と、美菜がひと通り話し終えたところで、明日香がニヤニヤしながら指摘した。

「ていうか、聞いてて思ったんだけどさあ……。美菜、そのお隣さんのこと、好きになっちゃったんじゃないの？」

「えっ⁉　いや、そういうわけじゃないけど……」美菜は慌てて否定した。

「本当？　私もそんな感じしたけどなあ」小春も明日香に同調した。

「いや、そりゃたしかにね、かっこいいし、背も高いし、渋いし……」

と美菜が言いかけると、すかさず葵がつっこむ。

「ほら、絶対惚《ほ》れてんじゃん！」

さらに明日香が、教室内の少し離れたところの男子グループに向かって声を上げた。

「矢島《やじま》く～ん」

すると、明るめの茶髪で、眉毛《まゆげ》を細く整えた男子が振り向いた。彼に向かって、明日香が美菜を指差して言った。

「残念だったね、美菜、好きな人いるって」

「はあ⁉ 別に残念じゃねえし！」

矢島はそう言って、さっと顔をそらした。

「彼、美菜のこと可愛いって言ってたんだよ」明日香が小声で報告してきた。

「え、そうなの⁉」

美菜はちらっと彼の方を見た。――たぶん世間的にはイケメンの部類に入る、整った顔立ちの男の子だ。でも正直、雄也さんの方が全然タイプだな、と思った。

「見てみたいね、そのお隣さん」

「今度さあ、美菜んち行こうよ。ここから近いんだよね？」

小春と葵が盛り上がる。

「うん、結構歩くけど……本当に来る？」

本当に来たら雄也さんに迷惑になっちゃうよな、と心配しながら美菜が聞き返したところで、教室の扉が開いた。

「はいみなさん、おはよう～」

現れたのは、映像演技科のクラス担任で『演技概論』の授業を受け持つ、松岡丈則《たけのり》だ。

美菜たちは「おはようございま〜す」と挨拶《あいさつ》を返す。

「じゃあ前に言った通り、今日は二人一組で、エチュードをやりましょう」

松岡は、男性だが少しなよっとしていて、年の割に派手な茶髪が印象的な講師だ。還暦を過ぎた今は第一線を退いたものの、歌も踊りもアクションもできるエンターテイナーとして、舞台や映画で幅広く活躍した俳優——と、『新入生へのご案内』の中の講師一覧には書かれていた。

エチュードという言葉を美菜は初めて聞いたが、演劇経験者の同級生はみんな知っているようだった。要するに、アドリブの芝居のことだった。

「じゃあ、設定は喫茶店ね。……ああ、今はカフェなんて言うのかな。やだ、ちょっとおっさんが出ちゃったわ」

松岡は軽く笑いを誘いながら、パイプ椅子を二つ、教室の隅から運んで立てた。この教室は一般的な座学を行う部屋とは違い、主に俳優養成のための体を動かす授業を行うため、長机や椅子は壁際に寄せられ、必要な時だけ使うようになっている。学生たちはみんな、床に体育座りしている。

「じゃ、出席番号順に行きましょう。まずは荒木《あらき》さんと伊藤さん」松岡が声をかける。

「あ、はい！」

美菜は慌てて立ち上がった。そういえば美菜は、出席番号二番なのだ。

美菜がペアを組むことになったのは、荒木友香《ともか》という、目が大きくて勝ち気そうな女子学生だった。松岡の指示通り、美菜は友香と向かい合って椅子に座った。

「はい、それじゃ、設定はカフェね。用意、スタート」

松岡が手を叩いて、エチュードが始まった。

一瞬の沈黙。とりあえず私から喋《しゃべ》ろうかな、と思って、美菜はテーブルの上でメニューを開くジェスチャーをしながら、無難な台詞《せりふ》で仕掛けた。

「どれにしよっかな～……私はアイスコーヒー。友香ちゃんはどれにする？」

だが友香は、美菜を睨《にら》みつけて言った。

「よくそんな平気な顔で喋れるね」

えっ、そんな感じで来るの⁉――美菜は絶句した。

「なんでユウジを奪ったの？」友香が続けて責め立ててくる。

「いや、その……ごめん」

「ごめんってどういうこと？　親友の彼氏を奪っておいて、罪悪感はないの？」

開始十秒足らずにして、友香の一存で、設定が大きく変わってしまった。エチュードってこういうものなの？――美菜はパニックになりながら返す。

「いや、あの……ごめんね、本当に」

「さっきから謝ってばっかりじゃん！　私はあんたを親友だと思ってたのに！」

友香がどんどん仕掛けてくるのに対して、美菜は対処するだけで精一杯だった。その後も、美菜が友香の恋人のユウジを奪ったというストーリーの芝居は続き、最終的に友香は「私、ユウジを愛していたのに」と言って涙まで流した。アドリブで、しかもみんなの前で泣けるんだ——美菜は脱帽した。見学していたクラスメイトたちからも小さなどよめきが起きる中、美菜はただ謝ったりなだめたりする芝居で応じるしかなかった。

「はいOK、そこまで」

松岡が手を叩《たた》き、二分ほどでエチュードを終わらせた。

美菜はただ、まごまごするばかりで終わってしまった。一方、明らかに演劇経験者の友香は、実力を存分に見せつけた形だった。彼女のすごさと、私の素人丸出しの芝居の圧倒的な差が出ちゃったな——と美菜が思っていたら、松岡が言った。

「荒木さん、実力を遺憾なく発揮したわね。みんなにも、荒木さんがどんどんいい芝居を仕掛けて行ってるように見えたと思う。でもね、私から見て本当に素晴らしかったのは、実は伊藤さんの方なの」

うそっ⁉——美菜は心の中で驚いた。まさか自分が褒められるとは思っていなかった。

「エチュードっていうのはね、ストーリーを面白くするのが目的じゃないの。即興で面白いお芝居をするっていうジャンルもあるけど、それを追求しだしたら、一流の役者だってお笑い芸人には勝てないよね」

松岡は教室を見渡して語りかける。

「演劇を教える人の中には、新人にエチュードなんてやらせない方がいいって言う人もいるぐらいだけど、私はやった方がいいと思う。理由はいくつかあるけど、一番の効果は、作品の中の登場人物の気持ちになれることだと思うの。——芝居っていうのは、台本があってそれを演じることだよね。でも、その作品の世界の中では、登場人物たちは台本を読んでいるわけじゃないよね。目の前で起こったことに対して、その場その場で対処していってるわけだよね」

松岡の話に、美菜を含め、何人もの学生がうなずいた。

「台本があっても、役者がカメラの前で、あるいは舞台の上で表現するのは、その場のアドリブで喋って動いてる人の、言葉や動きじゃないといけないよね。その感覚を味わえるのは、やっぱりエチュードしかないと私は思うの。——伊藤さんは、初めてこの状況に陥って戸惑ってる人間をそのまま表現できてた。それもそうだよね。荒木さんからガンガン展開を仕掛けられて、本当にパニックになってたんだから。その感覚を、これから芝居を学んでいくと忘れちゃいがちなんだけど、どうか忘れないでほしいの」

と、そこで松岡は、教室の時計を見て言った。

「あらやだ、一組目なのに長くなっちゃった。じゃ、次の二人行きましょうか」

その後も、出席番号順にペアを組んでエチュードは続いた。ただ、中には展開を持たせられず、言葉に詰まってしまうペアもあった。出席番号五番の大場結希も、六番の加《か》藤《とう》という男子とペアを組んだものの、カフェで注文する芝居の後何の会話もなく、小声で松岡に「ごめんなさい」と謝ってしまったほどだった。——後から考えたら、荒木友香がどんどん展開を仕掛けてくれたことはありがたかったのかな、と美菜は思った。

何組かが終わったところで、松岡がみんなに向かって言った。

「エチュードは即興の芝居、つまり、とっさに嘘をつくことよね。人間、嘘をつく時って、自分にないものを絞り出そうとしても難しいの。それより、自分の実体験をちょっと変えたり、デフォルメしたりした方がうまくいくの。たとえば、普段コーヒーを全然飲まない人だったら、無理してコーヒーを注文する芝居なんてしないで、ケーキを注文してもいいの。普段の自分を再現しながら、お芝居のエンジンがかかってきたらちょっと嘘をついてみる。最初はそんな感じでやってごらんなさい」

その後はみんな、緊張が解けたようでスムーズに演じるようになった。ただ、出席番号順に進んだため、最後の方の人は会話のネタもなくなってきた。そんな中、最後の出番になった米田葵は、「すみません、アイスコーヒー」と注文した直後に「え、何あれ、UFO？」と窓の外を指差す演技をして、ペアになった男子を困惑させていた。

「一応、私UFO見たことあるんで、実体験を元に演じてみたんですけど」

葵が演じ終えた後で言うと、松岡は苦笑いしながら語った。

「おふざけみたいになっちゃったけど、まあ、これはこれでいいわ。芝居なんて、元をただせばお遊びだし、おふざけなんだからね。こういう遊び心も、この先芝居を続けていく上で、常に持っておいてほしいの」

松岡がまとめたところで、ちょうど授業終了の時間になった。

「じゃ、また次回お会いしましょう。今日はこのへんで」

「ありがとうございました～」

クラス一同で終わりの挨拶をして、授業は終了した。

ただ、松岡は帰り際に、わざわざ美菜のもとに歩み寄って、声をかけてきた。

「よかったよ、伊藤さん。その初々しい感覚を大事にね」

「あ、ありがとうございます！」美菜は恐縮しながらお辞儀をする。

松岡が教室を出て行ったところで、友人たちが集まってきて、美菜に声をかけた。

「すごいじゃん美菜、褒められて」明日香が美菜の肩を叩く。

「もしかして天才なんじゃない？」小春が茶化す。

「いやいや、やめてよ。私もびっくりしたんだから」美菜は照れながら頭をかいた。

「でも、先生の目に留まるだけのセンスがあるってことでしょ」

「そうそう、自信持っていいと思うよ」

葵と結希も美菜をおだてる。それに対して美菜は「いや、それより葵がすごかったよ。まさかUFOが出てくるなんて」と持ち上げる。

――と、友人同士で盛り上がっていたところに、突然後ろから声がかかった。

「いい気にならないでね」

振り向くと、荒木友香が、腕組みして美菜を見つめていた。

「松岡先生にとってはあなたの方がお気に入りだったみたいだけど、私はあなたに負けたなんてこれっぽっちも思ってないから」

「いや……ごめん」

美菜はとっさに謝ったが、荒木友香はそれだけ言って、さっさと教室を出て行った。

「え～、何あの子」明日香が顔をしかめる。

「ていうか、負けたなんて思ってないとか言ってたけど、エチュードって別に勝ち負けじゃないでしょ。……まあ、途中で芝居止まっちゃった私が言うことじゃないけど」

結希はそう言うと、美菜の肩を叩いて「気にしない方がいいよ」と声をかけた。

「うん……」美菜は困り顔でうなずく。

と、そこに今度は、矢島とその友人二人の、男子三人組が近付いてきた。

「知ってた？　荒木さんって、昔子役やってたらしいよ」矢島が言った。

「え、そうなの？」明日香が聞き返す。

「ネットで検索したら出てきたよ、ほら」

矢島がスマホの画面を見せる。そこには、十年ほど前に放送されたテレビドラマのサイトが開かれていて、そのキャストの中に『荒木友香（子役）』という記述があった。

「え、すご～い」

「しかも私、小学生の時このドラマちょっと見てたかも」

小春と明日香が、画面を食い入るように見て声を上げる。

「ただ、ウィキにも載ってないし、芸能事務所のページも出てこないし、たぶんこのドラマに出たきりで、今は事務所にも入ってないんじゃないかな」矢島が言った。

「へえ、そういう子もいるんだね〜」明日香がうなずく。

「私なんて、漠然と映画とかに関わりたいとしか考えてなかったから、ちょっと心配になってきちゃった。彼女に比べたら、私は本気で夢を追いかけてないのかも……」

美菜は、不安げに小さな声で言った。

映像演技科の学生が履修する科目には、必ず受けなければいけない必修科目と、各自が自由に選べる選択科目がある。この日はもう一つ『演技基礎』という必修科目があった。先ほどの『演技概論』と名前は似ていても、内容は大きく異なった。

演技基礎の担当は、黒瀬勝《くろせまさる》という五十代ぐらいの男性講師。髭《ひげ》ぼうぼうの気難しそうな風貌《ふうぼう》で、芸術映画や前衛的な演劇に多く出ている俳優らしい。和気あいあいとした松岡の授業と違って、笑顔になることもはばかられる、ピリピリした雰囲気の授業だ。

「はい、じゃあまずは柔軟から、始め！」

「次は腕立て伏せ！」

「次は腹筋！」

——と、授業内容は、演技の基礎というより、まずはひたすら基礎体力を鍛えられるものだった。その後、背筋運動があり、さらに四股《しこ》まで踏まされたところで、ようやく演技基礎の名にふさわしいトレーニングになった。

「よし、次は発声練習だ。今日からいよいよ、腹式呼吸をやるぞ」

腹式呼吸——美菜も聞いたことはあったが、実際にやってみるのは初めてだった。

「全員、腹に手を当てて、足を肩幅に広げて構えろ」黒瀬が太い声でレクチャーする。

「鼻から吸って、腹を膨らます。これが腹で息を吸うってことだ。といっても、本当に腹で吸うわけじゃないからな。実際に空気が入るのは、胸にある肺だ。ただ、肺を膨らませるために横隔膜がぐっと下がることによって、横隔膜の下の内臓が下に押し込められて、結果的に腹が膨らむんだ。——じゃ、鼻で吸って、腹に息溜《た》めて、吐く時にア〜って声出してみろ。はいスタート」

すーっと鼻から息を吸う音と、「ア〜」という声が、教室に一斉に響き渡る。

数秒後、全員が声を出しきり、しばしの沈黙が流れる。

「……おい馬鹿、なんで一回でやめてんだ。何度も繰り返しやるんだよ」

黒瀬がしかめっ面で言う。——それは言われなきゃ分からないですけど、と美菜は心の中で思い、おそらくみんなも同じことを思いながらも、教室では「すーっ、ア〜」「すーっ、ア〜」の合唱が何度も繰り返される。

だが、美菜にとって初めての腹式呼吸は、意外に難しかった。何度も繰り返すうちに、息を吸う時に腹を膨らませるのか、吐く時に膨らませるのかが分からなくなってくる。

と、そんな美菜の様子に気付いた黒瀬が近付いてきた。

「おいこら、腹の動きが逆だ。息吸う時に膨らむんだぞ。吸ったのにへこましてたら、腹から声なんて出やしない」

　黒瀬が、美菜の腹をぽんぽん触ってきた。美菜は思わず体をびくつかせる。それを見て、黒瀬は微《かす》かに笑いながら歩き去っていった。クラスメイトからその様子を見られて、美菜は恥ずかしさをおぼえながらも、また腹式呼吸の発声を続ける。

「できるだけ息を長く、限界まで声を出し続けてみろ。この時、腹筋と下半身の力で、腹を徐々にへこませるようにコントロールするのが大事なんだ」

　黒瀬はそう言って、また教室内をうろうろ歩き、しばらくしたところで、今度は別の女子の腹を触って言った。

「ほら、お前もできてないぞ」

　さらにその後、また「すーっ、アー」が一分ほど繰り返された後、「なんだ、今年はできねえ奴が多いな。お前もだ」と黒瀬が言って、今度は明日香が腹を触られた。

　――ほぼ私語もなしの、ピリピリした雰囲気の授業は、後半はひたすら腹式呼吸の練習を繰り返して終了した。

「はい、じゃあまた来週この時間に。お疲れ」

　黒瀬はそう言うと、クラス一同の「ありがとうございました」という挨拶《あいさつ》をちゃんと聞くこともなく、さっさと教室を出て行った。

「美菜、最初に触られてたね」

　小春に声をかけられ、苦笑いする美菜。他の友人たちも集まってくる。

「私も触られたけどさあ、女子ばっかりお腹触ってなかった？」

明日香が言うと、葵も「正直、私も思った」とうなずいた。

と、そこでまた、美菜に背後から声がかかった。

「伊藤さん、発声はイマイチだったみたいね」

美菜が振り向くと、また荒木友香が腕組みして立っていた。彼女は美菜と目が合うと、ふんと鼻で笑って教室を出て行った。

「マジで何なのあいつ！」

結希が眉間《みけん》に皺《しわ》を寄せて、荒木友香が閉めて行ったドアを睨《にら》みつける。

「ていうか美菜、完全にライバル視されちゃったみたいね」葵が苦笑する。

「え～、どうしよう」

これからも、出席番号順で同じグループになることがあるかもしれない。美菜は少し気が重くなった。

気が重い授業は他にもあった。その最たるものが、選択科目の『殺陣《たて》』だ。そもそも美菜は、漢字でこう書いて「たて」と読むことも、それが芝居の格闘シーンや時代劇の立ち回りを指す言葉だということも初めて知った。

講師は、元アクション俳優で、映画やドラマの殺陣の指導をする「殺陣師」という肩書きも持つ、我妻京一《わがつまきょういち》という五十代後半ぐらいの男性だった。ただしこの授業は、他と大きく異なる点があった。毎回、我妻以外に四、五人の若い男が、指導助手として授業を仕切っていて、しかも彼らの態度が驚くほど横柄で、口調が荒いのだ。

授業の始まりはいつも、殺陣の授業を選択した四十人ほどの学生が、一斉に木刀の素振りをさせられるのだが、その時から指導助手たちの罵声《ばせい》が容赦なく飛ぶ。

「ほらそこ！　もっと腰落とせ！」

「腕が下がってんだろ馬鹿野郎！」

「遊びに来てんだったら辞めちまえ！」

この指導助手の男たちが何者なのか、美菜もはっきりとは分かっていなかった。最初の授業で我妻が「彼らはここのOBでうちの弟子です」というようなことをぼそっと言っていたような気がするが、ちゃんとした説明はなかった。ただ、ネットで検索すると、我妻はアクション俳優の養成所も主宰しているようなので、おそらく指導助手の彼らは、放マルを卒業後、我妻の養成所に通っている人たちなのだろう――という情報は、美菜とともに殺陣の授業を選択した、明日香と葵と小春にも共有されていた。

たしかに殺陣の授業は、「次は二人で向かい合って、片方がこう斬ってきたところをもう片方が刀をこう払って、こう斬り返す動きをやってみよう」といった感じで、実演するにも講師一人だけでは難しい内容が多いので、講師の補佐役が一人か二人必要なのは分かる。でも四、五人はどう見ても多い。それで結局、暇を持て余した感がある指導助手の男たちが、学生の見よう見まねの動きが始まった途端に「全然できてねえよ！」

「さっき何見てたんだ馬鹿！」といった感じで、罵倒《ばとう》を始めてしまうのだ。

殺陣の授業が終わるたびに、美菜たちは「マジ殺陣しんどいね～」「メンタルやられるよね～」などと愚痴を言い合っていた。得体の知れない人たちがやたら幅を利かせていて、肉体的にも精神的にもとても疲れる授業だった。

一方で、美菜の選択科目の中で楽だったのは、『映画鑑賞』や『テレビドラマ鑑賞』の授業だ。ただ映画やドラマのDVDを見て、次の授業までに感想を書いてくるだけという内容だった。どちらの授業も、映画やドラマの歴史を学んでいくという趣旨もあって、美菜が見たことのない昔の作品から順に見ていった。チャップリンの『街の灯』や、白黒テレビ時代の生放送ドラマ『私は貝になりたい』などは、レンタルで自分から借りることはまずなかったので、見られたのはいい経験になった。

――ひと通り授業にも慣れ、ゴールデンウィークも終えたある日の演技概論の授業で、講師の松岡から課題が出た。

「じゃあ、次の授業でテストしちゃおっかな」

松岡がそう言ってクラス全員に配ったのは、実際にテレビで放送された刑事ドラマの台本の、冒頭の殺人シーンのコピーだった。『幸子』『美雪』という二人の役名と台詞《せりふ》、それに二人の動きを表すト書きが書かれている。二人が口論の末、幸子が美雪をナイフで刺殺してしまうという内容だった。

「二人一組のペアを作って、ここに書かれてるシーンを、次の授業までにちゃんと稽古《けいこ》してきてちょうだい。下積みの俳優に割り振られる役の代表格が、こういう刑事物とかサスペンスの、殺され役や犯人役だからね」

松岡がクラス全体を見渡しながら語った。

「ああ、あと、台本上は幸子と美雪っていう女二人になってるけど、男同士のペアは男二人の芝居に変えて演じていいからね。まあ、あえて女になりきって、私みたいな口調で喋《しゃべ》ってもいいけど」

教室に笑いが起こる。——正直、松岡のオネエ言葉をいじっていいのか、まだみんな迷っていたので、松岡が自らネタにしたのを見て、どこかホッとしたようだった。

「じゃ、最後に二人一組のペアを作って、今日の授業は終わりにしましょうか」

松岡の号令で、二人一組に分かれる。さて誰と組もうかな、と美菜が周りを見回してみると、小春と葵がすでに組んでいて、明日香は矢島と男女ペアを組んでいる。あの二人はいい感じなのかもしれないな……なんて思ったところで、美菜はふと気付く。

あれ、まずい、ペアはもうほとんど出来上がってる。そんな中、荒木友香も余っているようだった。やばい、荒木さんと組まされちゃうかも——と、美菜が焦っていた時。

「美菜、組まない？」

背後から声をかけてきたのは、結希だった。

「家近いし、稽古するのも楽でしょ」

「あ、ありがとう」

よかった、結希がいた。助かった……と美菜はホッとした。

「あ、あとね、できたらみんなにお願いしたいことがあるの」

ペアが全組決まったところで、松岡が言った。

「これからも、課題が出た時は、できれば毎回そうしてほしいんだけどね、自分たちの芝居を、他の人に見てもらって、アドバイスやダメ出しをもらってほしいの。クラスの友達でもいいんだけど、それだとダメ出しも甘くなって、なあなあになっちゃうかもしれないからね。できれば別の学科か、学校外の人に頼めるといいんだけどね」

松岡は、最後に「じゃ、来週までに稽古してきてね」と言い添えて、授業を締めた。

8

その次の日曜日の夕方。美菜も結希もバイトが休みだったので、二人は善福寺川《ぜんぷくじがわ》沿いの公園にて、課題の稽古をした。

善福寺川沿いの土地は、「和田堀《わだぼり》公園」「善福寺川緑地」「善福寺川緑地公園」などと、区域によって呼び名をマイナーチェンジしながら、豊かな緑地がずっと続いている。東京といえばコンクリートジャングルだとイメージしていた美菜だったが、実際に引っ越してみて、家のすぐ近所に緑が広がっているのを見て拍子抜けしたほどだった。

五日市街道から少し入った公園のベンチで、美菜は結希と待ち合わせした。

「お待たせ〜」

美菜が、先に着いていた結希に手を振った。

「いいよねえ、このへんの雰囲気」結希が笑顔を返して言う。「私、東京ってビルばっかりで緑なんて無いと思ってたから、このへん最初に通った時びっくりしちゃった」

「うんうん、私も！」結希も同じことを思っていたと知り、美菜は二回うなずいた。

「あと、コウモリも飛んでるしね」

結希が、善福寺川の川面《かわも》の上を指差す。

「え、あれってコウモリなの？」

美菜は驚いた。たしかに川の上を延々と飛び回っている生き物がいるが、なんとなく鳥だと思って、あまり注意して見ていなかった。

「そうだよ。ほら、鳥と飛び方違うじゃん。どこにも止まらないでずっと飛んでるし。あ、もしかして、コウモリって北海道にはいなかった？」

「う〜ん、いたのかもしれないけど、あんまり意識して見たことなかったなあ」

美菜は、飛び回るコウモリを眺めながら、ふとつぶやく。

「ていうか、なんであんなにずっと飛んでるんだろう。止まって休めばいいのに」

「ああやって虫食べてるんだよ」結希が答える。

「え、そうなの？」

「超音波を出しながら飛んで、飛んでる虫に超音波が跳ね返ってきたのを耳で聞いて、そっちに向かって口開けて飛んでって、ぱくっと食べるんだよ」

「へ～、超音波出してるんだ。……ていうか結希、詳しいね」美菜は感心する。

「うちの家族、みんな理系だったの。家に図鑑とかいっぱいあって、小っちゃい頃はそればっかり読んでた」

「知らなかったなあ」

美菜は感心しながら、ふと思い付いて、コウモリを指差して言った。

「じゃあさ、あのコウモリが超音波出してるコウモリを ぱっと捕まえて、肩にしばらく当てれば、超音波で肩こり治るかな？」

するとと結希は、少し考えてから答えた。

「う～ん……たぶんだけど、飛んでるコウモリを捕まえられるような身体能力の持ち主なら、肩なんてこらないと思う」

「あっ、それもそうか！」美菜は感心して手を打った。「すごい結希、賢い！」

「美菜と話してると退屈しないわ。……さて、稽古やろっか」

結希は苦笑いしてから、ポケットから台本を取り出した。

それから二人で、公園の隅で台本を片手に稽古を始めた。最初は恥ずかしかったけど、周囲にはジャグリングの練習や、漫才の稽古をする人たちの姿もあって、すぐに羞恥心《しゅうちしん》はなくなった。

「やっぱりすごいね、東京って。公園でこんなことやってる人たちがいっぱいいるもんね。これなら、ナイフで刺されるお芝居を何回やってても恥ずかしくないね」

稽古が一区切りついたところで、美菜が周囲を見渡して言った。結希もうなずく。

「たしかに。——普通の道路を水着で歩いてたら超恥ずかしいけど、海水浴場だったら恥ずかしくないのと同じだね」

「お、さすが結希、上手《うま》いこと言うね。歌舞伎の人みたい」

「え～っと……それはたぶん、落語の間違いじゃないかな？」

「ああ、そうそう、落語の人みたい」

なんて、美菜がまた言い間違いをしつつ、稽古を続ける。しかし、演じるのはドラマの冒頭の一分程度の殺人シーンだけなので、台詞も動きもすぐに頭に入ってしまった。

そこで、結希が思い出したように言った。

「そういえば、松岡先生が、他の人にアドバイスとかダメ出しをもらった方がいいって言ってたね。それも、クラスの友達じゃなくて、できれば学校の外の人がいいって」

「ああ、そういえば言ってたね」美菜もうなずく。

「台詞は頭に入っても、演技がどれだけできてるかは分からないから、誰かに見てもらいたい気もするけど……学校の外の人に見てもらうってのは、さすがに難しいよね」

「そうだよね。通りすがりの人に見てもらうのもねえ」

美菜が周囲の往来を眺めながら言うと、結希も大きくうなずいた。

「やっぱそれは無理だよね。私も今ちらっと考えたけど、さすがに恥ずかしいよね」

「だよね～。あとは、そうだなあ……店長に見てもらうとか？」美菜が提案する。

「いや～、それもきついでしょ。そのあとバイトできないわ」結希が苦笑した。

「そうだよね、それに店長忙しそうだしね。……う～ん、でも他に誰かいるかなあ」

「まあ、最悪、誰にも見せられなくてもしょうがないか……」

と、結希が言いかけたところで、美菜が「あっ、そうだ！」と声を上げた。

「え、誰かいた？」結希が尋ねる。

美菜は、大きくうなずいてから答えた。

「お芝居見てくれる人、一人いるかも！」

雄也は、混乱していた。

俺は今、何を見せられてるんだ……？

「許さない！」

「うっ……なんて馬鹿なことを！」

「あ、あなたが悪いんだからね！」

ほんの二分ほど前、いきなり美菜が部屋にやってきて、「ちょっと見てほしいものがあるんです」と言われ、よく分からないまま美菜の部屋に案内された。密《ひそ》かに意識している女の部屋に招き入れられ、雄也は正直ドキドキしていたのだが、そこで待っていたのは、全く想定外の事態だった。

大場結希という、ボーイッシュな女友達を紹介されたと思ったら、美菜と結希の二人が「じゃあ、始めます」と前置きもそこそこに、いきなり芝居を始めた。それも、結希が美菜を口論の末にナイフで刺し殺すという、かなりシリアスな内容だ。おい、もうちょっと説明してくれ。これはどういう状況なんだ——と雄也が言いあぐねているうちに、その一分少々の芝居は終わった。

「……以上です。どうでしたか?」美菜が尋ねてきた。

「ん、いや……」

どうでしたか、と言われても困る。これは何かのワンシーンなのか、それとも台本から自分で作ったのか、それすらも分からないのだ。——もっとも、芝居自体はそんなに悪くなかったと思う。結希は若干棒読みの感も否めないが、美菜に関しては結構上手だったように思えた。ただ、ストーリーが面白かったかと言えば、全然面白くない。というか意味が分からない。この二人はどうして急に口論を始めて、あっという間に刃物で刺すところまで発展してしまったのか……と、言いたいことは山ほどあったが、雄也はそれを口に出すことはせず、遠慮がちにぼそっと言うだけだった。

「……よかったんじゃないかな?」

「本当ですか? ありがとうございます」美菜は笑顔で頭を下げたが、すぐ尋ねてきた。

「でも、どこか改善点とかなかったですか?」

「改善点?」雄也はますます当惑する。「ちょっと分からないけど……というか、そもそもなんで俺が芝居を見せられてるのか、状況がよく分かってないっていうか……」

「あ、ごめんなさい」

「美菜、ちゃんと説明してなかったの？」

結希が隣でささやきかける。美菜は「ごめん」と頭をかいた後、雄也に説明した。

「あの、これ、学校の演技概論っていう授業で出された課題なんです。実際の刑事ドラマの殺人シーンの台本を、次の授業で演じてみようっていう……」

「ああ……」

ようやく事情が飲み込めて、雄也はうなずいた。

「で、何でもいいんで、気がついたことありませんでしたか？」

美菜が改めて言った。雄也は「う～ん……」と、首をひねってしばらく考えた。

――ただ、何でもいいのなら、一つ引っかかる部分はあった。

「あの、大場さん、だっけ」

雄也が声をかけた。結希が「はい」と返事をする。

「大場さんが演じた役は、本気で相手を殺すつもりなのかな？」

「えっと……そうだと思います。幸子はナイフを持って、美雪に会いに来てますから」

結希が少し考えて答えると、雄也は指摘した。

「じゃ、その刺し方はおかしいんじゃないかな。ほら、片手でナイフを持って、腕だけ伸ばして刺すんじゃ、相手に致命傷を与えられるほどは力が伝わらないから」

「あ、えっと……じゃ、こういうことですか？」

結希が、ナイフを両手で持って突き出すジェスチャーをする。

「いや、もっと体重を乗せないと」

雄也は立ち上がり、身振りを交えて真剣に指導を始めた。

「本当に殺意があるなら、普通はナイフを両手でしっかり持って、こうやって体ごと突っ込んで刺すよね。そうすれば体重が乗る分、より深く刺せるから」

雄也は、腰だめにナイフを持って突進する動きを実演してみせる。

「え、はあ……」

結希の戸惑い気味の反応も気に留めず、雄也はさらにレクチャーを続ける。

「あと、ナイフの持ち方も違うか。確実に殺すつもりなら、刃を上に向けるか横に向けるかした方がいいよね。上に向ければ、刃を抜く時に内臓を深くえぐりやすいし、横に向けて肋骨《ろっこつ》に刃がぶつからないように深く刺し込めば、中の臓器を確実に……」

と、雄也の指導に熱が入り始めたところで、結希が声をかけた。

「あの、ちょっとすいません……」

話に水を差され、雄也は少し不満げに結希の顔を見た。――だが、そこではっとした。

結希の表情には、明らかに恐怖が浮かんでいた。

「なんで、人の刺し方に、そんなに詳しいんですか？」

結希が震える声で尋ねた。それに対し、雄也はおそるおそる問いかける。

「え、あの……もしかして、こういう知識、全然聞いたことなかった?」

すると、結希と美菜は、同時にうなずいた。

そうなのか。一般人はそんなことも知らないのか。——雄也にとっては不覚だった。

「あの、ありがとうございました。とっても参考になりました」

結希が、引きつった表情で頭を下げた。

「え、でも結希、せっかくだからもうちょっと……」

美菜が言いかけたが、結希はすぐに遮った。

「いや、もういいでしょ。これ以上引き留めても迷惑だろうし」結希は雄也に向き直ると、手で玄関を指し示しながら言った。「本当に、今日はありがとうございました」

「ああ、いえ……」

雄也は、結希の鋭い眼差《まなざ》しから逃げるように、すごすごと玄関に向かうしかなかった。

「すみません、変なことに呼んじゃって。何かお礼を……あ、でも、この前買った駄菓子しかないか」

美菜が雄也に何か手土産を渡そうとしていたが、雄也は「ああ、大丈夫だよ」と遠慮して、自分のサンダルを履き、玄関のドアを開けた。

「どうもすみません、じゃあまた今度……」

美菜が申し訳なさそうな表情で言いかけたが、その言葉を遮るように、結希が「どうもありがとうございました」と一見丁寧にお辞儀をしつつ、玄関のドアを中から閉めた。

すぐに、ガチャッと鍵《かぎ》をかける音も聞こえた。

その後、雄也は自分の部屋に戻って、ため息をついた。

まさか、一般人はあんなことも知らないなんて——雄也にとってはカルチャーショックだった。飛行機を操縦したことはなくても離陸時に操縦桿《かん》を手前に引くことぐらいは知っているように、アンコウをさばいたことはなくても吊《つ》るし切りすることぐらいは知っているように、人を殺したことはなくてもナイフで人を刺すやり方ぐらいは、みんな一般常識としてある程度は知っているのだろうと、雄也は本気で思っていたのだ。

しかし、俺も馬鹿だった。なぜ知識をひけらかそうとしてしまったのか。——思い返してみて、雄也は自己嫌悪に陥った。自分でも認めたくはなかったが、美菜の前でいいところを見せようという気持ちが、どこかにあったのかもしれない。

もっとも、美菜はそれほど不審に思っていなかった様子だった。問題は、あの大場結希という友人だ。

「なんで、人の刺し方に、そんなに詳しいんですか？」

大場結希はそう尋ねて以降、明らかに雄也を警戒していたし、最後は雄也を追い出すような振る舞いをみせた。そのため、雄也は逃げるように立ち去るしかなかったのだ。

と、その時。隣の部屋から、慌ただしく玄関が開けられる音と、声を潜めて会話しながら二人が外階段を下りていく音が聞こえた。

まずいことになったかもしれない。——雄也は思ったが、もはや後悔先に立たずだ。

「ちょっと、一回外に出よう」

結希に言われて、美菜は「え、なんで？」と聞き返したが、結希は「いいから！」と声を抑えつつ、強引に美菜の手を引いて外に出た。仕方なく美菜は、玄関の鍵を閉めた。

「ねえ、どうしたの？」

「しっ！」鼻に指を当てて静かにさせる結希。

そこから百メートルほど離れた小さな公園まで、結希は美菜の手を引いてずんずん歩いた。そして、公園に誰もいないのを確認してから、結希は声を落として美菜に尋ねた。

「ねえ美菜、あの人何者なの？」

「何者って……お隣さんだけど」

「いや、それは分かってるんだけど……」結希は少し躊躇《ちゅうちょ》した後、意を決したように告げた。「はっきり言うね。あの人、たぶんヤクザとか、そういう人だよ」

「ええっ？」

驚く美菜に、結希がさらに告げる。

「まず、正直、一目見た時から思ったよ。目つきが怖いって」

「いや、怖いっていうか、ワイルドっていうか……」

美菜はフォローしようとしたが、結希は首を横に振って続ける。

「うちの実家、今はもう引っ越したんだけど、私が中学入る年まで、繁華街で飲み屋をやってたの。で、近所にヤクザの事務所があって、そういう人たちを小さい頃から何度も見たことがあったの。――その時に見たヤクザと、あの人は同じような目をしてた」

「そんな……」

困り顔になって首を傾げる美菜。だが結希は、なおも続ける。

「いや、ヤクザの中でも、正直一番危ない部類に入るタイプだと思う。私がたしか小四ぐらいの時に、殴り込みかける直前の若いヤクザを見たことがあるんだけど、ちょうどあんな感じの、恐怖心とかが壊れちゃったみたいな、据わった目をしてたから」

「ていうか、どんだけ危ないところに住んでたの？」美菜が思わずつっこむ。

「親もそう思ったから引っ越したんだよ。……ていうか、私の話はいいの」

結希が、強い視線を美菜にまっすぐ向ける。美菜はそれに気圧《けお》されながらも言った。

「別に、そんな人じゃないと思うよ。単にちょっと顔が怖いだけだよ」

「じゃあ、どうして人の刺し方をあんなに詳しく知ってるの？」

結希に言い返されて、美菜は「う〜ん……」としばらく考えた後で答えた。

「でも、任侠《にんきょう》映画とかが好きな人なら、あれぐらいのことは知ってるんじゃない？　私だって、地元のレンタルビデオ屋さんで、オススメって書かれた棚にタランティーノの映画が並んでたから全部見たけど、たぶん十九歳の女にしてはかなり特殊な知識持ってるよ。麻薬なんてやったことないのに、一応コカインの吸引の仕方は知ってるし」

「あの詳しいレクチャーの仕方は、そんなレベルの知識じゃなかったと思うけど……」

結希はうつむいた後、再び顔を上げ、美菜を真剣な目で見つめて言った。

「ねえ、たぶん美菜は、あまりにも平和なところで育っちゃったんだよ。だから、本当に怖い人に免疫ができてないんだよ。——私は、美菜が心配だよ」

「ふふっ……ありがと」

結希があまりにも心配している様子がおかしくて、美菜は少し笑ってしまった。

「もう、笑い事じゃないのに」結希は怒ったように腕組みした。

「ごめん……」美菜は笑顔を消して謝る。

「とにかく、あのお隣さんには気をつけて。ヤクザか、もしかしたら最悪、殺し屋とか、そんな人かもしれないから」

「そんな、さすがに大げさだって～」

美菜が笑って首を横に振る。だが、結希に笑顔はなかった。

「でも、本当に気をつけて。せめて、あんたは東京で暮らすには無警戒すぎるってことは自覚して」

「うん……分かった」

結希の真剣な表情に、美菜も反省してうなずいた。

彰の目の前には、一見マネキンの頭部のような模型が、ずらりと並んでいる。

それらは、組織内の施設で製造されていて、形状や硬さが忠実に再現された頭蓋骨《ずがいこつ》の模型を、皮膚を模したビニール素材でコーティングしてある。また、頭蓋骨内の脳幹に当たる部分にだけ、赤く染色された粘土が入っている。

彰は、高さや角度を微妙に変えて並べられたそれらの模型を、長さ三十センチほどの金属製の尖《とが》った棒で、ザクッ、ザクッと一つずつ突いていく。スピードも大事だが、ただ数をこなすのではなく、生身のターゲットだと思って、相手の動きをイメージしながら突いていかなければいけない。

「よし、いいだろう」

二十個の模型を彰が刺し終えたところで、師匠が声をかけた。

「うん、だいぶザッポンが上達してきたな」師匠が、穴の開いた模型を一つずつ見ながら言った。「ただ、まだいくつか、ザッポンを刺した後で針を出せてない時があるな。あとは抜く時に毎回、手首を返してひねりを加えられると、なおいいな」

師匠が、彰の手から金属製の棒を受け取り、先端に付いた赤い粘土を指差して語る。

「浅く刺しただけじゃ、ターゲットがのたうち回って血しぶきをばらまく可能性がある。ザッポンの使い方の理想は、脳幹まで針を深く刺し込んでから、手首を返してえぐって即死させることだ。それを極めるまで上達させたいところだな」

と、師匠の話がいったん途切れたところで、彰がおずおずと手を挙げた。

「あの、師匠……今さらなんですけど、聞いていいですか？」

「ん、何だ？」

「これ、なんでザッポンっていうんですか？」

するとと師匠は、ぽかんとした顔になって、彰に聞き返した。

「あれ……俺、説明してなかったっけ？」

「はい……」

彰がうなずく。すると師匠は笑って言った。

「なんだ、言ってくれよ〜。じゃあ、今までずっと気になってたのか？」

「ええ、まあ、変わった名前だなあって、ずっと思ってはいたんですけど、最初に聞きそびれちゃったんで、なんか今さら聞くのも悪いかなって思って……」

「そりゃ気になるよな。みんなすぐ聞いてきたもん」師匠は、笑いながら説明した。

「これは、刺す時にザクッと音がして、抜く時にポンッと音がするから、ザッポンっていうんだ」

「あ、そんな簡単な理由だったんですか……」彰は拍子抜けした。

ザッポンは、菜箸《さいばし》を少し太くしたような、細長く尖った金属の棒で、持ち手はゴムで覆われているが、先端は人の頭蓋骨を貫くほどの硬度がある。持ち手の後端と、握った時に親指が当たるくぼみはボタンのようになっていて、そこを押すと、先端からさらに細長い針が出てくる。ボールペンをノックすると芯《しん》が出てくるような要領だ。

「刺した後、この二箇所のどっちかを押すと針が出る。その針が伸びきったところで、相手の脳幹をえぐってから抜く。まあ、模型もうまく作ってはあるが、そろそろ本物の人間で実技をやって、感覚をつかみたいところだな」

師匠は、そのザッポンを手に、改めて説明する。

「上達すれば、ナイフよりもザッポンの方が使いやすい。複数の相手を数秒で即死させることだってできるからな。銃のように音も出ないし、出血も少なくて済むから死体の後始末が楽だ。それに、細いから隠し持っておくのも比較的たやすい。ただし、死体に特殊な傷が付くから、事故や自殺には見せかけられないのがデメリットだな」

師匠は、そこまで話して少し考えた後、付け加えた。

「あとは……依頼人の要望で、ターゲットを苦しませて殺してほしいとか言われた時は、ザッポンを使えるような相手でも、わざわざナイフで刺して殺すようなこともあるな」

＊　　＊　　＊

雄也は、床に就いてもまだ後悔していた。

ナイフの刺し方を、なんであんなに得意になって教えてしまったのだろう、と。

やはり、美菜の前で知識をひけらかしたかったのか。自分の浅はかさに愕然《がくぜん》とする。

思えば、ナイフを最後に使った仕事は……ああ、あの時か。

数ある仕事の中でも、もっとも悲しいあの殺人だ。――雄也は回想する。

「おお、新入り、こっちの方が落ちてるぞ」

先輩ホームレスが声をかけた。

「すいません、恩に着ます、健《けん》さん」

雄也が礼を言って、道端のアルミ缶を拾い上げる。

多摩《たま》川《がわ》の河川敷でホームレス生活を始めた雄也は、気のいい先輩ホームレスと知り合った。名前を聞いたところ、健太《けんた》という下の名前だけ教えてくれたので、健さんと呼ぶようになった。

アルミ缶を拾い終えて、換金した金で、スーパーで値引き品のおにぎりと総菜、それに健さんの分のカップ酒を買う。まだ服から強い異臭がしていない雄也が、おのずと店に入って買い物をする役割になっていた。

雄也がスーパーから出たところで、健さんが前歯の欠けた笑顔で「サンキュー」と礼を言い、カップ酒を受け取った。

その笑顔を見ながら、雄也は一ヶ月ほど前のことを思い出していた——。

「あいつだけは絶対に許せない。金はいくらでも出すから、殺してくれ」

その依頼人、泉修一郎《いずみしゅういちろう》は、大学在学中に立ち上げたIT企業を成長させ、三十代にして大きな富を築いた社長だった。だが、彼にはコンプレックスがあった。顔に大きな火傷《やけど》の痕《あと》があるのだ。

「忘れもしない。今から三十年も前の、小学校三年の夏休みだ。公園で遊んでた時、俺がトイレに入ってる間に、あいつが火遊びをして、それがトイレに引火したんだ。炎はどんどん燃え広がって、俺は大火傷をしながらなんとかトイレから脱出して、奇跡的に一命は取り留めたけど……この顔は治らなかった。最近まで治療を続けたが、今の医学でも、もうこれ以上はよくならないらしい」

泉は無念そうにうつむいた後、話を続けた。

「しかも、その後あいつは、治療費をろくに弁償もせず、逃げるように引っ越して転校したんだ。親子共々、人間のクズだ」

「しかし、そのお顔でも、社会的には十分成功なさったと思うのですが……」

山田が言ったが、泉は強く首を振った。

「この顔のせいで、結婚の話がなくなったんだよ」

「あ……そうでしたか」山田はうつむく。

「婚約してた彼女が言ったんだ。この顔を毎日見続けることに、どうしても耐えられそうにないって」

「それは、はっきり言って、彼女の方にも問題があるんじゃないですか？」

山田の隣に座る雄也が、遠慮なく言った。その瞬間、山田が口髭《くちひげ》が揺れるほどの勢いで振り向き「おいっ」とたしなめたが、泉は悲しげに微笑んで答えた。

「そんなことは俺だって分かってる。それでも俺は、彼女を妻にしたかった。……ここで出た話は、秘密を守ってもらえるんだよな？」

「ええ、もちろんです」

山田がうなずく。すると、泉は言った。

「その彼女っていうのは、栗本《くりもと》あずみだよ」

「えっ……あの、人気女優の？」

山田が驚いて声を上げた。泉はうなずいて、ぼんやりと床を見つめながら語る。

「彼女を責めるつもりはない。彼女は美しいものばかり見てきた人間だ。醜いものへの免疫がなかったんだろう。付き合って、何度かセックスもした。その間もずっと、醜い男に抱かれることに耐えてきたんだろうな。むしろそこまで我慢してくれたことに感謝してるぐらいだよ。……何より、すべての原因を作ったのはあいつなんだ。死ぬべきなのはあいつなんだよ」

と、そこで泉は顔を上げ、思い出したように付け足した。

「そうだ、聞いた話だと、殺すところを撮影するサービスがあるらしいな」

「ええ、あります」

山田がうなずくと、泉は強い口調で言った。

「やってくれ。奴が苦しんで死ぬ瞬間を見ることが、俺にとっての再出発になるんだ」

夜の河川敷——。

新築の段ボールハウスの中で、健さんと二人で酒を飲んでいた雄也が、ふと尋ねた。

「健さんは、どうしてホームレスになったんですか？」

するとと、普段は温厚な健さんが、顔を曇らせて、ぶっきらぼうに答えた。

「この世界じゃ、それだけは聞いちゃいけねえよ……」

「すみません、デリカシーなかったっすよね」雄也は頭を下げつつも、話を続けた。

「じゃ、俺がなんでホームレスになったか、聞いてもらっていいですか？　俺は、誰かに聞いてほしいんですよ」

健さんは、じっと雄也を見つめてからうなずいた。雄也は語り出す。

「二年前、俺は友人とバイクで二人乗りしてました。そこで、俺はスリップして事故って……俺は奇跡的にほとんど怪我なく助かったけど、友人は別の車にはねられて死にました。それで、彼の遺族に多額の賠償金を請求されたんだけど、とても払える金額じゃなかったから、ばっくれたんです。……自分でも、最低の行動だったと思ってます」

雄也は、徐々に声を詰まらせて語った。

「本当に、今でも思い出しては後悔するんです。なんであそこでスリップしちゃったんだろうって……。マジで、俺が死んで、あいつが助かってればよかったんだ……」

と、そこで健さんが、雄也の涙声を遮って言った。

「いや……そのダチが生きてても、きっとつらかったと思うぞ」

驚いた表情で見つめる雄也に、健さんが語りかける。

「奇遇だな。実は俺も、似たような経験をしてるんだよ」

潤んだ目を見開いた雄也に、今度は健さんが語る。

「こうなったら、俺も話すよ。――今から三十年ぐらい前の、小学校三年の夏休みだ。俺はその日、神社の脇の公園でみんなで遊んでた時に、家から持ち出したライターで火遊びを始めたんだ。そしたら急に強い風が吹いて、火が近くの木造の便所に燃え移っちまった。しかもよりによってその時、友達の一人がその中に入ってたんだ……。その子は火だるまになって脱出してきて、命は助かったけど、大火傷を負ってな。その賠償金が払いきれなくて、俺の一家は夜逃げしたんだ。でも、それから一年もしないうちに、家族はバラバラになっちまった。まあ、元々両親の仲は悪かったんだけどな」

健さんの目にも、みるみる涙が溢《あふ》れていった。

「本当に、その友達には申し訳ないことしたよ。あいつはどうしてるのかな、今でも俺のこと、恨んでるのかなあ……」

健さんがそう言って涙を拭《ぬぐ》ったところで、雄也はポケットから、まるで煙草でも取り出すような自然な手つきでナイフを取り出し、冷淡に告げた。

「ええ……恨んでますよ」

次の瞬間。刃を上向きにしたナイフは、健さんの腹に深々と刺さった。

「竹宮《たけみや》健太さん。あなたを殺す依頼を、泉修一郎さんから受けたんですよ」

「じゃあ、お前は……」

健さん――竹宮健太は、目を丸くして、かすれた声で尋ねた。

「……殺し屋ってことか？」

雄也は、ナイフの柄《え》から手を離さずに、こくりとうなずいた。

すると竹宮は、口元を細かく震わせながら、ぽつりと言った。

「そうか……ありがとう」

「えっ？」

雄也は思わず聞き返した。すると竹宮は、腹から突き出たナイフの柄と、それを握る雄也の手を撫《な》でながら、かすれた声で語った。

「俺はずっと、償いたいと思ってた。それに、ずっと死んじまいたいと思ってた……。これで、いっぺんに二つの願いが叶《かな》ったよ……」

さらに竹宮は、虚《うつ》ろな目で雄也を見上げて尋ねた。

「殺し屋を、雇えるってことは……修ちゃんは、今は金持ちってことか？」

「ええ。とある会社を立ち上げ、社長を務めています」

雄也は、つとめて冷静に答えた。

「最高じゃねえか」竹宮は力なく微笑んだ。「火傷のせいで、つらい生活をしてたら、申し訳ないって思ってたんだ。……でも、俺のことは、許せてなかったんだな。そりゃそうだよな。……これで修ちゃんの気持ちが晴れるなら、俺もうれしいよ。俺もやっと楽になれる……」

ナイフの周りに赤黒い染みが広がっていくにつれ、竹宮のまぶたが閉じていき、声も小さくなっていく。

「痛えのは、最初だけなんだな。もう眠るみたいに楽だ……飲みすぎてたせいかな……でも、修ちゃんには、俺が苦しみ抜いて、七転八倒して死んだって伝えてくれ……その方がきっと……修ちゃんにとっては……いいんだ……」

竹宮は、閉じたまぶたの隙間から涙を一筋流して、ぽつりと言った。

「ごめんな、修ちゃん………」

その言葉を最後に、竹宮は眠るように息絶えた。雄也はその様子を見届けた後、服のボタンに取り付けられた超小型カメラの録画スイッチを切った。


「うわあああああっ！」

依頼人の泉修一郎は、竹宮健太の最期の映像を見て、膝《ひざ》から崩れ落ちて泣き叫んだ。

「なんでだよお！　こんなはずじゃなかったんだよお！」

「しかし、これがあなたの依頼でした」雄也は淡々と告げる。

「なんで殺したんだ！　あいつがあの事件を覚えてて、俺のことをずっと気にかけてたと分かった段階で、殺さないことだってできたじゃないか！」

顔を真っ赤にして泣き叫ぶ泉に、雄也は無表情で返した。

「無茶を言わないでください。殺せと依頼したのはあなたですし、事前にそんな条件も付けませんでした。急に契約内容と違う話を持ち出すというのは、ビジネスの世界ではルール違反だということぐらい、あなたは当然ご存知のはずですよね」

「じゃあ、俺は自首する！　そして、このことを警察に言うぞ！」

泉は叫んだ。しかし、雄也は淡々と聞き返す。

「そうですか。では、あなたの話を聞いて警察はどう動くのでしょう？」

泉はそこで、はっと息を飲んで押し黙った。

「小学校の同級生の竹宮健太さんを、自分は殺し屋に頼んで殺させ、その模様を撮影した映像も見た。ただし、その映像は手元には残っていない。また、竹宮さんはホームレスだったため十年以上前から所在不明で、どこで殺され、死体がどう処分されたのかも分からない。さらに、自分は殺し屋と秘密のアジトでしか会ってないし、その場所は毎回分からないように連れて来られていたし、会話の録音も禁止されていたので、会ったことの証明はできない。――こんな通報で、警察が捜査を始められると思いますか？」

泉は、床にひざまずいたまま、がっくりうなだれた。雄也はさらに続ける。

「とはいえ、警察にたれ込むと宣言している人間を、我々としても放っておくわけにはいきません。これからあなたには監視を付けさせていただきます。そして、あなたが我々の不利益になる行動をとったことが確認された時点で、あなたの家族、友人、そしてあなたのもとで働いてきた社員の中から、複数名に死んでもらうことになります。もちろん、とびきり残虐かつ苦痛の大きい方法で、死体は見つからず、証拠も残らないように殺します。我々もプロですから、それぐらいのことは朝飯前です」

「分かった……すまなかった……すべて取り消す」

泉は、ゆらゆらと頭を振って言った。

「じゃあ……もう一つ、依頼をさせてくれ。あんたらにとっては簡単な依頼だ」

「追加の依頼ですか？」

雄也が尋ねた。泉はうなずき、涙でぐしゃぐしゃになった顔で、微笑んで言った。

「報酬はいくらでも出す。もう一人、なるべく苦痛の大きい方法で、自殺に見せかけて殺してほしい人間がいるんだ」

泉修一郎は、そう言った後、自らを指差した。

——後日、新聞の片隅に載った記事を読んで、雄也は深くため息をついたのだった。

ＩＴ企業社長が死亡　自殺か

11月4日午前6時頃、東京都港区赤坂の高層マンションの一室で、株式会社ノックウェブの代表取締役、泉修一郎さん(39)が、腹部から血を流して倒れているのが発見され、搬送先の病院で死亡が確認された。現場の部屋からは、家族や従業員に宛てた遺書のような直筆のメモが見つかった。警視庁では、現場の状況から泉さんが自殺した可能性が高いとみて調べている。

9

演技概論の授業で、刑事ドラマの冒頭の殺人シーンを演じる課題の発表を終えた後、昼休みのロビーで、明日香が言った。

「超ほめられてたじゃん、美菜と結希のペア」

「ちゃんと稽古《けいこ》したんでしょ、えらいね」小春もうなずく。

「うちら全然やらなかったから、松岡先生に見抜かれちゃった。『さては稽古不足でしょっ』って、オネエ口調で」葵が言った。

「マジウケるよね、あのオネエ口調」明日香が笑う。

「ていうか、よその人にダメ出しもらうなんて、うちら恥ずかしくて結局できなかったもんね。美菜と結希は、稽古の時、誰かに見てもらった？」

小春が尋ねた。すると、結希が硬い表情で答える。

「うん……。ただ、その見てもらった人っていうのがね……」

「え、何かあったの？」明日香が尋ねる。

すると結希は、美菜を振り向いて確認した。

「美菜、しゃべっていい？」

「え？　あ、う〜ん……」

美菜は返答に迷ったが、ＯＫの意味でとられてしまったらしく、結希は話し始めた。

「美菜のアパートのお隣さんに見てもらったんだけど……その人、たぶんヤクザなの」

「いや、ちょっと待ってよ、それは言い過ぎだって！」

美菜が慌てて声を上げるが、明日香と小春と葵は、当然食いつく。

「え、なになになに？」

「超面白そうなんだけど」

「聞かせて聞かせて！」

するとと結希が語り出した。

「ほら、この前、美菜が話してたじゃん。お隣さんが優しい人だとか、背が高くて格好いいとか。それ聞いて、私もどんな人なんだろうって気になってたんだけど……課題の稽古の時、そうだお隣さんに見てもらおうって、美菜がお隣さんに声かけて、どんな人が来るのかと思ったら、見た目からして超怖い人だったの」

「いや、結希はそう言うんだけど、そこまでじゃないよ～」

美菜がフォローを入れるが、結希は真剣な顔で続ける。

「でもその人、ナイフで人を刺す方法を、やたら詳しくレクチャーしてきたの。人を刺す時は両手でしっかり持って体重を乗せろとか、刃を上向きか横向きにした方がいいとか言って……なんでそんなに詳しいんだって、私ゾッとしちゃったの」

「え～、何それ？」明日香が、怪談を聞いた子供のように興奮する。

「本当に人刺したことあるってことじゃない？」

「超ヤバいんだけど！」

小春と葵も興奮気味に言う。それに対し、美菜がまたフォローを入れる。

「いや、それもさあ、ヤクザ映画とかに詳しいだけかもしれないし……」

「で、実際かっこよかったの？」

明日香が、美菜の言葉を遮って尋ねると、結希が少し考えてから答える。

「たしかにすごく背が高くて、体つきはがっちりしてたけど……顔は微妙かな」

「うそ〜、かっこいいじゃん！」

すぐさま反論する美菜。その様子を見て小春が笑う。

「なんだ、やっぱり美菜は惚《ほ》れてるんだな！」

「いや、それは……違う、今のはね、その……」

あたふたする美菜。一方、明日香は怖がる様子もなく言う。

「私もそのヤクザっぽい人見に行きた〜い」

「私も〜」葵も同調する。

「今度、みんなで美菜の部屋行こうぜ〜」と小春。

「で、お隣さんも呼ぼう！」と明日香。

盛り上がる三人に対して、結希は「え〜、絶対怖い人だって〜」と首を横に振る。

「ちょっと待ってみんな、まずお隣さんの都合があるからね。その日は出かけてるかもしれないし……」

と、美菜が言いかけたところで、背後から声が響く。

「楽しそうだね、お嬢さんたち」

一同が振り向く。そこには小柄な男が立っている。あれ、この人誰だっけ……と美菜はすぐに思い出せなかったが、幸い明日香が思い出してくれた。

「あ、大森さん、お疲れ様で～す」

「お、うれしいね。名前覚えてくれてて」

大森はポスターを片手に持っていた。そして、ふいに美菜を指差した。

「君、このポスター貼るの手伝ってくれない？」

「あ……はい」

美菜は、言われた通り、ロビーの壁にポスターを貼るのを手伝った。そこに書かれた内容までは見ないまま、あっという間に貼り終わる。

「はい、できました」

「うん、ありがとう……」

大森の戸惑い気味な態度を気にすることもなく、美菜はまたおしゃべりの席に戻る。

「あ、そうそう、みんなで集まるなら結希の部屋にしない？　うち狭いから……」

「ちょっと、美菜……」

葵が目くばせする。さらに、明日香が大森の方を見て、普段より高めの声を上げる。

「えっ、その映画、オーディションやってるんですかあ？」

「そうなんだよ～。よかったら君たちも参加してよ」

大森がうれしそうに言った。美菜もそこでやっと、ポスターの内容に目をやった。

そこには「映画『見上げれば一番星』オーディション開催！」と書かれていた。

「これ、放マルのOBが撮ってる映画で、俺も参加してるんだけど、結構重要な役もオーディションで選ぼうと思ってるから、よかったら受けてみてよ」

「ギャラ出るんですか～？」葵が冗談交じりに尋ねる。

「ギャラは、う～ん……交通費程度は出るかな」大森が苦笑して答える。

「へえ、行きたいです～」

明日香が目を輝かせる。すると大森は上機嫌になって言った。

「いやあ、忙しいよ。この『見上げれば一番星』だけじゃなくて、こっちも新人向けの映画祭への出品が決まったし、こっちは制作資金が集まって撮影再開が決まったしね」

大森が『高円寺ロマンチカ』と『Ｍｒ．Ｄａｒｋｓｉｄｅ』のポスターを順に指差す。

「へえ、すごいですね～」

嬌声《きょうせい》を上げた小春が、ふと時計に目をやって言った。

「あ、そろそろ時間じゃない？」

「あ、ほんとだ。もう行かなきゃ」明日香もうなずく。

ただ、昼休みが終わるまでにはまだ十分以上時間があるようだった。美菜は「いや、まだ……」と言いかけたが、それを遮るように葵も「そうだ、行かなきゃ」と立ち上がる。みんなが立ち上がったので、美菜も合わせて立ち上がるしかなかった。

「そっか。じゃ、またね～」大森が手を振る。

「どうも～、失礼しま～す」

明日香と小春が、笑顔で大森に手を振り、五人はロビーを出て、廊下を少し歩いた。

「ねえ、まだもうちょっと時間あるんじゃない？」

歩きながら美菜が言うと、明日香が苦笑する。

「もう、ほんと鈍感だな美菜は。――さっきの大森さんの話、長くなりそうだったでしょ？　だから時間ないって理由付けて抜けてきたの」

「それに、あのまま話が進んじゃったら、オーディション受けるのを正式に決められちゃいそうだったしね」小春が付け足す。

「あ、そういうことか……」

美菜はようやく状況を理解した。さらに結希も言う。

「あと『ポスター貼るの手伝って』って言われたでしょ。あれは『このポスター見て』っていうことだったんだよ」

「え、そうだったの？」

「で、さらに言うと、わざわざ美菜を指名したのは、たぶん美菜のこと狙ってるから」

「最初に会った時も、大森さん、美菜の方ばっかり見てたからね」

葵と小春が、ニヤニヤして言う。

「モテモテだね、美菜」

明日香に言われて、「いやいや、そんな……」と美菜は困惑して首を振る。

「で、どうする、あのオーディション」

小春が言うと、すかさず葵と明日香が答えた。

「う～ん……私は行かないかな」

「私もいいや。正直、あんな映画出ても何にもならないでしょ」

「だよね～。あんなの出るんだったら、ちょい役でもいいからテレビとかのオーディションョン行った方が絶対可能性あるよね～」

小春も大きくうなずく。――ロビーを出た途端に、ぶっちゃけトーク全開になる美菜の友人たちだった。

「あ、じゃあ私、そろそろ行くわ。ダンスの授業、着替えあるから」結希が言った。

「あ、そっか。じゃあね～」

結希が美菜たちと手を振り合って、階段を上っていく。

その後ろ姿を見送った後、明日香が重い口調で言う。

「そっか、私たちも次、着替えなきゃだよね」

「あ～行きたくない、私も結希と同じ、ヒップホップダンスにすればよかった」

「本当だよね～。マジでしくじったわ」

小春と葵もぼやいた。――次は、美菜たちにとって最も憂鬱《ゆううつ》な授業が控えていた。

「ほら！　そこ！　膝《ひざ》曲げねえから重心が安定しねえんだよ！」

「もっと大きく腕振れって言ってるだろ馬鹿！」

殺陣《たて》の授業では、相変わらず、指導助手のOBたちの怒号が飛び交っていた。

しかも、何度か授業に出てみて気付いたのだが、どうやら美菜は、人並み以上に殺陣が苦手なようだった。決して運動神経は悪くないと自負していたのだが、木刀やプラスチック製の刀を持って、相手を斬る演技、また相手に斬られる演技を実演してみても、なかなかうまくできなかった。

「ほら、全然動き違うよ！」「何聞いてたんだよ！」「真面目にやってんのか！」

講師の我妻やOBが見せた模範演技を、学生みんなが実演していく中、美菜の順番になると、ひときわOBたちの罵声《ばせい》が飛んだ。

「馬鹿、全然センスねえよ！　やめちまえ！」

特に、くせっ毛で鼻が高い男が、ひときわ口が悪かった。

「ごめんなさい……」

美菜は思わず小声で謝ってしまった。だが、くせっ毛鼻高男がすかさず「謝る暇があったら練習しろ！」と怒鳴る。美菜は泣きそうになりながら、自分の順番が来る前には、大教室の隅で、教えられた立ち回りを何度も練習した。それでも、次また美菜の順番が回ってきた時は「全然できてねえじゃねえか！」と怒鳴られてしまった。

その後も、美菜は人一倍怒鳴られながら、ストレスで口の中が苦くなるような、とにかくつらいだけの授業が終わった。

「あ～あ、もう殺陣出るのやめよっかな」

「選択科目って、別に単位落としてもいいんだもんね」

「女優って、時代劇でアクションやることとか、そんなにないしね」

更衣室で着替えを済ませた後も、明日香と小春と葵はぶうぶう不満を言っていた。

「だいたい何なの、あのギャーギャー言ってくる奴ら」

「何年も前に卒業した、放マルのOBなんでしょ」

「でも毎回来てるってことは、卒業しても俳優の仕事とか全然ないってことだよね」

「だよね～、なんでそんな奴らに言われなきゃいけないんだって話だよね」

友人たちの会話を聞いて美菜もうなずきながら、四人揃って更衣室を出た。

と、そこでちょうど、階段を下りてきた結希と出くわした。

「あ、結希」

「ああ、みんな、お疲れ～」

結希が手を振って階段を小走りで下り、四人に合流する。

「マジでお疲れだよ～。今日も殺陣の授業、最悪だったんだから」明日香がぼやく。

「特に、美菜がすごい怒鳴られちゃってね」小春がそう言って、美菜の肩を叩《たた》いた。

「うん、今日は結構大変だった」美菜がうつむく。

「でも美菜、たしかに殺陣下手だよね～」葵が茶化す。

「あ、バレてた？　いや、私も最近自覚したんだけどさあ……」

と言いかけたところで、美菜は、階段の下にぱっと目をやった。

「ん、どうしたの？」

結希が声をかける。そこで美菜は、慌てて視線を友人たちの方に戻した。

「いや……何でもない」

美菜はとっさにごまかした。——だが、実は、雄也に似た人影が階段の下に見えた気がしたのだった。

「あれ、美菜、今日バイトじゃなかった？　もう四時半だけど」

結希に言われて、美菜は携帯電話の時計を見た。

「あ、もうこんな時間か。……じゃ、ごめん。私も行かなきゃ。じゃあね～」

「うん、バイバ～イ」

「また明日ね～」

美菜は友人たちと手を振り合って、一階に下り、バイト先へと向かった。

雄也は、階段を下り、一階の柱の陰に身を潜めていた。

その前を、美菜が通り過ぎていった。

ふう、危ない。——さっき階段を上ろうとしたら、美菜らしき声が聞こえて、つい無警戒に目をやってしまったのだ。すると、ちょうど階段のすぐ上に美菜がいて、危うく鉢合わせするところだった。そこで雄也は踵《きびす》を返し、急いで階段を下りたのだった。

ただ、俺の方にも問題があったな——雄也は反省した。美菜の声が聞こえて、無意識のうちに喜んでしまった自分がいたのかもしれない。本当は真っ先に警戒しなければならないのだ。

雄也は、気を取り直して二階へ上り、廊下を歩く。すぐに目当ての部屋が見つかった。職員室だ。中には講師たちが何人もいる。

雄也は、その講師たちをじっと観察する。——ここからが仕事だ。

美菜は、この日は宇野彩音とのシフトだった。

美菜はもう仕事にも慣れ、また先輩の彩音ともすっかり打ち解け、今では「美菜ちゃん」「彩音さん」と下の名前で呼び合うようになっていた。

午後六時過ぎ。店内に客はいない。この時間帯は、制服姿の高校生グループや作業着姿のガテン系グループなどが来店すると一気に忙しくなるが、この日は誰も来なかった。

「いや～、暇ですねえ」

美菜が言った。もうレジの後ろのタバコの品出しも終わったし、商品を手前に出して陳列する「前出し」をするところもない。ホットスナックは、これ以上作ってこの後も客が少なかったら大量廃棄になってしまうので、作るわけにもいかない。

するとレジの中に並んで立つ彩音が、突然言った。

「美菜ちゃん、信じてもらえないかもしれないけど……実は私ね、超能力が使えるの」

「えっ？」美菜は目を丸くする。

「美菜ちゃんが今日何してたか当てられるよ」

「え～っ、本当ですか？」

美菜は半信半疑だったが、彩音は目を閉じ、美菜の方に三秒ほど手をかざしてから、ゆっくりと目を開けて言った。

「今日、美菜ちゃんは学校の休み時間に、友達と、男の人について話してたでしょ」

「えっ……はい」

すぐに美菜は、雄也について話していた昼休みのことを思い出した。さらに彩音は、再び美菜に向かって手をかざすと、眉間《みけん》に皺《しわ》を寄せて遠い目をしながら続ける。

「その男の人は……アパートのお隣さんじゃない？」

「うそっ……当たってます！」驚愕《きょうがく》する美菜。

「その人は背が高くて、体もがっちりしてて、美菜ちゃん的には顔もかっこいい。でも、一緒に喋《しゃべ》ってた結希ちゃんからは、ヤクザっぽいとか、顔は微妙とか言われた」

「す……すごい！」美菜は驚いて後ずさりし、興奮しながら言った。「うそでしょ？彩音さん、本物のエスパーじゃないですか！　今すぐテレビ出られますよ！」

するとと彩音は、にやっと笑った。

「で、そんな話をしてる間に、美菜ちゃんのところに大森さんがポスターを貼りに来て、ちょうどその時、こっちも待ち合わせしてた友達が来たから、私はロビーから出たの」

「……えっ？」

きょとんとする美菜に向かって、彩音はいたずらっぽく笑って告げた。

「私も、放マルの学生なの」

「…………」言葉が出ない美菜。

「昼休みにロビーで、美菜ちゃんと結希ちゃんたちを見かけて、声かけようかと思ったけど、私も待ち合わせしてたし、邪魔しちゃ悪いかと思って、結局声かけなかったの」

「……あ〜、びっくりした〜！」

美菜は、力が抜けて腰砕けしそうになった。

「美菜ちゃん、人信じすぎ！」彩音が笑った。「まさかここまで引っかかるとは思わなかったわ。ちょっと心配になってきちゃった。ダメだよ、変な宗教とかマルチ商法とかに引っかかっちゃ。東京は怖いところなんだから」

「ああ、結希にもそんなこと言われました。……でも、彩音さんの演技もすごい上手でしたよ〜」美菜が感嘆する。

「マジで？　じゃあ演技科入ろっかな」彩音がおどけた。

「アハハ。……あ、ていうか、彩音さんってどこの科ですか？」

「放送技術科。音響の方に進んでるんだ。美菜ちゃんはどこ?」

「私は映像演技科です」

「やっぱりそっか。──前にさあ、美菜ちゃんが『極妻《ごくつま》』って単語知ってたから、もしかして映画好きなのかなって思ってたけど、やっぱりそうだったんだね」

「ああ、はい……」

極妻という言葉をいつ言ったのか、自分では思い出せなかった美菜は、曖昧《あいまい》にあいづちを打った。

「ところで、技術科って、どんな授業とってるんですか?」美菜が尋ねる。

「選択科目は、演技科と同じの取ってたりするよ。映画鑑賞とか取ってたし」

「ああ、あれ楽でいいですよね〜。あ、それじゃ、殺陣《たて》って取ったことありますか?」

「うん、去年取ったよ」

「あの指導助手の人たち、マジむかつかないですか?」

「ああ、うん……」

彩音が複雑な顔でうなずいた。やっぱり嫌な経験をしたことがあるんだな、と思って美菜は続けた。

「私、今日も殺陣あったんですけど、すごい嫌なこと言われて……」

「あ、ごめん、そろそろ発注やらないと」

彩音はバックヤードへ行ってしまった。

なんだか彩音は、殺陣の話題を避けているようだった。もしかすると、話したくもないぐらい嫌なことがあったのかな、と美菜は思った。

と、その時。店に若い女性客が入ってきた。

「いらっしゃいませ……こんばんは～」

美菜は、久しぶりの来客に元気よく挨拶《あいさつ》をしたが、「こんばんは」を言いかけたあたりでボリュームを絞った。

その女性客は、電話をしながら店に入ってきたのだ。

「台本もらったけど、男十人対私一人ってやつでしょ。……いや、コンディションがベストならいけるけど、私今ちょっと腰痛めてるからさあ。……あと、この前の、女潜入捜査官？　かなり長めに戦闘シーン撮ってたけど、あれってそんなにニーズあるの？」

彼女は、目が大きくて肌がきれいですごく美人だった。手足が長く、スタイル抜群で、Tシャツにスウェットパンツというラフな格好でもオーラのようなものが感じられた。さらに電話の内容も合わせて考えると、どうやら彼女は女優のようだった。憧《あこが》れの職業人を目の前にして、美菜の胸は高鳴った。

彼女は通話したまま、弁当とサラダと野菜ジュースとアイスをかごに入れて、レジに来た。美菜が弁当のバーコードをスキャンした後「こちら温めますか？」と尋ねると、彼女は受話器を耳に当てたまま首を横に振り、合計金額を伝えると、受話器を耳に当てたままクレジットカードを渡してきた。美菜はそれをカードリーダーに通し、レシートとともに返し、急いで袋詰めをして挨拶をした。

「ありがとうございました～」

「あとさあ、あの男優……そう、やられ役だったらしっかりやられてくれないと困るよ。こっちだって、好きで蹴《け》ったり踏んだりしてるわけじゃないのに……」

彼女は、最後まで電話をしたまま、買い物を終えて帰った。その内容は、映画かドラマの格闘シーン――まさに美菜が今日学校で習った、殺陣についての話題のようだった。

と、店を出た直後の彼女と、店の外でポスターを貼り替えていた店長がすれ違った。

店長は、彼女の顔を見て目を丸くして、後ろ姿を見送ると、店内に入ってくるやいなや、興奮した様子で言った。

「おお、すげえ、アイムユアだ。本当にこの近くに住んでるんだな」

「あ、やっぱり今の人、女優さんだったんですか？」

美菜が尋ねる。すると店長は、店内を見回して「あれ、宇野さんいないのか……」とつぶやいてから答えた。

「ああ、まあ、女優さんなんだけどね……。宇野さんが何度か店に来てるって言ってて、俺は今日初めて見たんだけどね」

「でも、アイムユアさんって珍しい名前ですね。外国にルーツがある方ですか？」

「いや、たぶん日本人だと思うけど……」

「なんか、電話を聞いてたら、男十人対私一人で戦闘シーンがどうとか、あと蹴ったり踏んだりするシーンがあるとか、たぶんアクション物の殺陣の話をしてたと思うんですけど……アイムユアさんって、アクションもできる肉体派の女優さんなんですか？」

美菜の質問に、店長は「まあ、肉体派ではあるかな……」と、伏し目がちに答えた。

「へえ、すごい。もし電話中じゃなかったら、アイムユアさんに殺陣のコツ聞きたかったな～」

と、美菜が言ったところで、彩音がバックヤードから出てきた。

「あ、アイムユア、また来たんですか？」

会話が聞こえていたらしく、彩音も参加してきた。

「うん、もう帰っちゃった」

店長はそれだけ言うと、さっとバックヤードに入っていった。

「私、知らなかったんですけど、変わった名前の女優さんなんですね。全部カタカナで書くんですか？」

美菜が尋ねると、彩音は発注用の機械を左手で持ちながら、右手で空間に文字を書いて丁寧に教えてくれた。

「たしか、恋愛の愛に、天気の霧って書いて『愛霧《あいむ》』で、『ユア』は片仮名だったね」

「へえ、『愛霧ユア』か。有名な女優さんなんですか？」

美菜が尋ねると、彩音はさらっと答えた。

「ああ、AV女優だよ」

「えっ……」美菜は絶句した。

「最近、深夜のバラエティとかでもたまに見るから、人気の女優さんみたいよ」

彩音はそう付け加ると、発注を始めた。

「なるほど……」

美菜はあいづちを打ちながら、どうりで店長の歯切れが悪かったのだと察した。ＡＶ女優について、一から説明するのが恥ずかしかったのだろう。また、彼女が電話で口にしていた「男十人対女一人」とか「男優を蹴ったり踏んだり」とかいう話は、美菜がイメージしていたのとはだいぶ違うジャンルの映像作品の話だったようだ。

愛霧ユア――美菜が東京に出てきて、最初に見た有名人だった。知らなかったけど。

10

「蒸し暑～い」

「アイス買えばよかった～」

昼食を買って学校に戻る道すがら、美菜と友人たちはぼやきながら歩いていた。

「ていうか、もう七月だよ。マジ早くない？」

明日香が言うと、みんな一斉にうなずいた。

「本当にあっという間だよね。あと一ヶ月弱で夏休みだもんね」結希が言った。

「東京の夏はやっぱり暑いね。覚悟はしてたけど」美菜も汗を拭《ぬぐ》いながら言う。

「そりゃつらいよね、北海道から来たら」小春がうなずく。

と、そこで明日香が提案した。

「ねえ、夏休みにさ、みんなで美菜の実家の牧場行っていい？」

「え〜、牛たちが暴れちゃうかも」美菜が笑う。

「ちょっと何それ〜」

明日香が笑って美菜を小突く。と、今度は葵が言った。

「ていうかさ、美菜の部屋に行くのいつにする？」

「えっ、本当に来るの？」美菜が戸惑い気味に言う。

「そうだ、美菜の部屋でパーティーとかしない？」

明日香が提案すると、小春が「あ、たこ焼きパーティーやりた〜い」と手を挙げた。

「誰か、たこ焼き器持ってる人〜」

葵が言った。だが、誰も手を挙げない。

「じゃ無理か……あ、餃子《ギョーザ》はどう？」葵が提案する。

「ああ、いいねえ餃子」小春が大きくうなずいた。

——と、話が盛り上がっていたところで、結希が「もしもし」と電話に出て、美菜たちから少し離れて通話を始めた。その間もおしゃべりは続く。

「そうだ、ギャンブル餃子やろうよ」

明日香が発した耳慣れない言葉に、葵が聞き返した。

「ギャンブル餃子？ 何それ、法に触れない？」

「いや、ギャンブルっていっても、本当に賭博《とばく》やるわけじゃないから」明日香が笑って説明する。「餃子の具の中に、美味《おい》しくなるかまずくなるか分からないものを、一か八かのギャンブル感覚で入れるの。子供の頃からうちの実家でよくやってたんだ。納豆は結構いけたけど、ゼリーは悲惨だったね」

「わ〜、明日香んちの食育はどうかと思うけど、超面白そう！」小春が笑った。

「うん、やろうやろう！」葵もうなずいた。

「あ、そうだ、私ホットプレート持って行くわ。実家から持ってきたんだけど、一回も使ってないから」小春が申し出た。

と、そこで、電話を終えた結希が戻ってきて、そっと美菜に告げた。

「今日、彩音さんが休むから、バイト代わってって言われた」

「あ、そう。私も今日入ってるから、じゃあ一緒だね」美菜が言った。

「マジで？ よかった」にっこり笑う結希。

そこに今度は、矢島たちの男子グループが、後ろから追いついてきた。

「ラッキー。明日の一限目、全部なくなるんだって。台風来るから」

矢島が言った。すると明日香が、普段より幾分高い声で返した。

「へえ、そうなんだ〜。台風来るの？」

「明日香、天気予報見てないの？　七月にもう台風上陸ってニュースで騒いでたよ」

「あ、私最近ニュース見てないや」

「マジかよ～。――あ、それでさあ、この前の話なんだけど……」

矢島が明日香を手招きして、二人で歩き出した。

その様子を見て、葵がささやく。

「明日香と矢島君、もう付き合ってるの？」

「いや、まだみたいよ」小春がささやき返す。

「もうさっさと付き合っちゃえばいいのにね」

笑い合う葵と小春。一方で、結希がつぶやいた。

「あ～、台風か。今日お客さんガラガラだったら楽でいいのになあ」

「ああ、たしかにそうだね」美菜もうなずいた。

「台風来るからお客さんも来なくなるのかと思ったら、逆でした」

美菜が言うと、店長がうなずいた。

「そうそう、むしろいつもより混むんだよ。しかもたくさん買ってくでしょ」

「でも、別に食料とか買い溜《だ》めしなきゃいけないほど、何日も嵐が続くわけじゃないですよね。明日の朝には通過するって聞きましたけど」結希も言う。

「まあ、嵐の前はみんなテンション上がるんだよ……いらっしゃいませ～」

「いらっしゃいませ〜こんばんは〜」

美菜と結希が揃ってお辞儀をする。普段はもう少しおしゃべりできる時間もあるのに、この日はほとんどなかった。今も、ほんの一分足らず客が途切れただけで、すぐにまた客が来店し始め、あっという間に忙しくなった。

ただ、忙しい方が時間が経つのが早く感じられた。美菜は、「レジ打ちズ・ハイ」のような精神状態になりながら、行列を作る客の応対をひたすらこなした。そんな中、前の客が払った小銭をレジに入れていたところで、見覚えのある派手な茶髪が視界の端に入ってきて、聞き覚えのある声がした。

「これと、フランクフルトを一つ……って、やだ、伊藤さんもバイトしてたの？」

顔を上げて、美菜は驚いた。次の客は、映像演技科の担任の松岡だった。

「あれ、先生！　どうも、いらっしゃいませ」

美菜は慌ててお辞儀しつつも、レジ打ちズ・ハイの勢いはそのままに、軽やかに手を動かした。松岡の買い物かごに入った三個入りのパックご飯と缶詰と発泡酒のバーコードをスキャンし、レジのタッチパネルでフランクフルトのボタンを押して「八百六十七円です」と合計金額を告げ、松岡が財布から代金を出している間にレジ横のショーケースからフランクフルトを取り出した。――こういった動きも、今では流れるようにできるようになった。美菜は密《ひそ》かに自分の成長を感じていた。

「大場さんが働いてるのは知ってたけど、伊藤さんもいたのね。しかも今日はお揃いで」松岡が、財布の中の小銭を取り出しながら言った。

「あ、結希は知ってたんですか？」美菜はあいづちを打ちつつ、袋詰めをする。

「ああ、ごめん、言ってなかったっけ」

隣のレジで袋詰めをしながら、美菜たちの会話に入る結希。

「やだ大場さん、私のこと伊藤さんに隠してたの？　ひど〜い」松岡が言う。

「いや……わざわざ言うほどのことじゃないかなと思って」結希が笑って返す。

「ちょっと何それ〜」

と言いかけたところで、松岡は後ろを見て「あら、ごめんなさい、並んでるわ」と、急いで代金を財布から出した。

「はい、二百円のお返しです。ありがとうございました」

美菜がおつりを渡すと、松岡は「ありがとう、お疲れ様〜」と小さく手を振り、レジ袋を持って内股《うちまた》気味の早歩きで去って行った。その姿を、後ろに並んでいる客たちが、少しニヤニヤしながら見ている。

――と、次の客の会計が終わった直後、また松岡が店に入ってきた。

「伊藤さん、ケチャップとマスタードちょうだい、フランクフルトの」

「あっ……失礼しました！」

美菜は慌てて、レジ台の下からケチャップとマスタードのパックを取り、松岡に手渡した。――松岡とおしゃべりをしたことで、本来のレジ打ちのリズムが狂って、大事な手順を忘れてしまったのだ。やっぱり大して成長してないかも、と美菜は反省した。

「申し訳ありませんでした」

美菜は頭を下げる。だが、松岡は笑って手を振った。

「やだ、そんな大げさに謝んないでちょうだい。……あら、どうも失礼しました」

松岡はくるっと振り返って、後ろに並ぶ客に頭を下げた後、またくるっとターンして、

「じゃあね、お世話様〜」と美菜に小刻みに手を振りながら、例の内股早歩きで店を出て行った。そのコミカルな動きに、後ろの客たちから今度ははっきりと笑い声が起きた。

順番待ちの客も笑顔にして、美菜のミスもフォローするなんて、まさに神対応。さすがエンターテイナーだと美菜は思った。

後ろに並んでいた男子高校生のグループも、松岡の話題で盛り上がっていた。

「本物のオネエ初めて見たかも」

「しかもオネエがフランクフルトって……」

「馬鹿、やめろよ」

「どうやって食うのかな？　上の口で食うのか、それとも下の……」

「お前やめろよ！　俺、今食おうと思ってたんだぞ。もういいよ、頼まねえし」

——その会話がハードな下ネタだったことに美菜が気付いたのは、彼らの会計を済ませた後のことだった。

午後五時から十時までの五時間のシフトが、忙しさのために二、三時間ぐらいの体感時間で終わろうとしていた時だった。店長が、美菜と結希に近付いて、そっと言った。

「バックヤードに宇野さんいるけど、気にしないであげて」

「あ……はい」

どういうことだろう、と思いながらも、すぐに夜勤との交代時間を迎えた。美菜と結希は「お疲れ様で～す」と夜勤の二人と挨拶《あいさつ》を交わして、スイングドアを抜け、揃ってバックヤードへ入った。

するとそこで、二人に声がかかった。

「おひゅかれひゃま～」

声がした方向を見て、美菜と結希は目をむいた。

「えっ⁉」

「ちょっと……彩音さん⁉」

そこには店長が言っていた通り、彩音がいた。

だが、彼女の目の周りと鼻と口元には、紫色の痣《あざ》ができて、大きく腫《は》れていた。

「階段から落ちひゃって」

彩音は、悲しげな笑顔を見せて言った。よく見ると上の前歯も欠けていて、そのせいで喋《しゃべ》る時に空気が抜けるような音がする。

「本当ですか？　大変！」美菜は心配して言った。

「私、どんくひゃいから、たまにやっちゃうの。あ、タイムカード押ひた方がいいよ」

「あ、はい……」

タイムカードを押しつつ、美菜は考えた。――たしかに、彩音は少しぽっちゃりしていて、運動神経が良さそうではない。ただそれにしても、階段から落ちてこのレベルの怪我をしたのが初めてではないというのは心配だ。

「病院行きました？」

美菜が尋ねると、彩音は「うん……」と、小声で力なくうなずいた。

「あと、靴とかも変えた方がいいかもしれませんよ。ヒール履いてたんですか？」

美菜なりに親身になって言葉をかけていたのだが、後ろから結希に肩を叩《たた》かれた。

「美菜……たぶん、違う」結希は小声で言った。

どういうことだろう、と美菜が思っていると、結希は彩音に向かって言った。

「あの、彩音さん、正直に言ってください。……本当に階段から落ちたんですか？」

すると彩音は、うつむいたまま、突然ポロポロと涙を流し始めた。

「えっ……」

美菜は息を飲んだ。彩音は、しばらくうつむいて涙を流してから言った。

「ごめんね、いつか、ちゃんと事情を話すね。今日はまだちょっと、精神的に……」

美菜と結希は言葉を失った。すると彩音は、無理に笑いながら、外を指差して言った。

「ほら、早くひないと、台風来ちゃうよ」

　たしかに、外から聞こえる風の音はかなり大きくなっていたし、天気予報でも、夜中から本格的に雨が降り出すと伝えられていた。早く帰らないといけないのは確かだった。

「じゃ……失礼します。どうか、お大事に」

　結希が彩音に一礼して、バックヤードの裏口から外へ出た。美菜もその後に続いて、何か気の利いたことを言おうとしたものの、結局何も思い浮かばず、「お疲れ様です」と普通の挨拶だけして、外へ出た。

　二人並んでしばらく歩いたところで、美菜が言った。

「彩音さん、どうしたんだろう……」

　すると結希は、少し間を置いてから返した。

「私の予想だけど……彼氏の暴力とかだと思う」

「うそっ⁉」

「いたんだよ、実家の飲み屋のお客さんにも。何回も顔に痣作って『階段から落ちた』って言ってたんだけど、実は酔った夫からDV受けて、うちの店に逃げてきてたおばさんが。一回歯を折られてたこともあったし、だからピンときたんだ」

「すごいね結希、人生経験が豊富」

　美菜は思わず感心してしまった。だが結希は、首を横に振った。

「そうでもないよ……。ていうか、美菜が今まで、汚《け》れ《が》のない世界で生きてこられちゃっただけだよ。まあ、それが美菜のいいところでもあるんだけどね」

「いや、私の方こそ、そうでもないよ……」

それっきり会話が途切れ、風が吹きすさぶ中、しばらくお互い無言で歩いた。美菜も、おそらく結希も、彩音を心配する気持ちで胸がいっぱいだった。

やがて、美菜が沈黙を破った。

「まさか、最後に彩音さんを見て、つらい気持ちになるなんてね。……今日は松岡先生が来た時なんか、楽しかったのにね」

「マジウケた。お客さんまで笑わせるなんて、さすがだよね」

結希が明るい声であいづちを打ったが、すぐにトーンを落とした。

「ただ、松岡先生が店を出て行った後、馬鹿にするようなこと言って笑ってた人もいたね。あれは嫌だったな」

「でも……松岡先生は、それでも構わないって思ってるんじゃないかな？」美菜が自分なりの考えを述べた。「あの年まで、ああいうキャラで学生の前にも立ってるんだから、きっと今まで何度も傷つくこと言われてきただろうし、それも乗り越えて、今あの窮地に達したんじゃないかな」

「そっか……」結希がうなずいてから、やんわりと訂正した。「ただ、『窮地に達した』じゃなくて『境地に達した』だと思うよ。窮地って、大ピンチみたいな意味だから」

「あ、ごめんごめん」美菜が苦笑する。

すると、しばらくして、結希がおもむろに言った。

「美菜は松岡先生のこと、どう思う？　気持ち悪いなって思う？」

「全然思わないよ！」美菜は即答した。「ああいう人たちが、テレビに出てるのを見て笑うのはＯＫだけど、身の回りにいたら差別したり、同じ性別同士で結婚するのも認めないなんてさ、そんな考え方に私は絶対反対だもん」

「そうだよね、私もそう」結希が大きくうなずいた。

それからまたしばらく間が空いた後、「じゃあさ、もし……」と結希が言いかけた、その時だった。

　ばらばらと音を立てて、大きな雨粒が落ちてきた。

「ああっ、降ってきちゃった！」

「やばいやばい！」

　走り出す二人。

「あ、うちそこだから……」

　と結希が言いかけたが、美菜は「うん、じゃあまた！」と夜道を全力で駆け出した。

「いや、あの、よかったら雨宿りしてけば……ていうか、足速くない!?」

「うん、雨宿りしてもたぶん止《や》まないだろうから、ダッシュで帰るわ。じゃあね～」

　美菜は早口で言い残して、手を振って帰った。田舎の山奥での生活で鍛えられた脚力には自信があった。

　美菜はすぐにアパートに着いた。少し濡《ぬ》れたけど、これぐらいで済んでよかった、と思いながら、外階段を上った。ふと見ると、雄也の部屋の明かりは消えていた。さすがに十時台に寝るのは早いだろうから、外出しているのだろう。

どこに行ったんだろう。——美菜は少し気になった。

隣に住む雄也の生活リズムは、なんとなく把握していた。昼間は美菜が学校にいるから分からないが、夜中に出かけるようなことは、今までなかったはずだ。

まさか、私以外の女のところ？——美菜は一瞬だけ思って苦笑した。何を考えてるんだろう私は。そもそも付き合っているわけでもないのに。

部屋に入ってから、隣との間の壁に耳を当ててみた。それでも、やはり雄也の生活音は聞こえず、台風の雨風の音がいよいよ強まっているのが聞こえるだけだった。

「台風っていうのは、一世一代のチャンスなんですよ」

葛城充子《かつらぎみつこ》は、組織のアジトのような部屋で面談した、口髭《くちひげ》を生やした四十代ぐらいの男の言葉を、何度も思い返していた。

今夜、台風が来る。やるなら今夜しかないのだ。——充子は勇気を奮い立たせた。

朝、いつも通り、畑で採れた野菜を、国道と川に挟まれた道の駅の産地直売所に並べた。開店準備中の店内で、充子と同世代の女性店員が二人、作業をしながら会話をしていた。一人はすらっと背が高く、もう一人は小柄でぽっちゃりした体格だ。

「そういえば最近、息子さんから連絡あった？」

小柄な店員が尋ねると、すらっとした店員が答えた。

「ないよぉ。前は、東京で七年は頑張るから絶対帰らないなんて言ってたけど、本当に大丈夫かねえ。自分で勝手に期限区切ってさあ」

「まあ、本人なりに決めたんだろうけどねえ……。でも、うちの娘も大変よぉ。この前、また彼氏に振られたなんて泣いて電話してきて」

「あらら、気の毒だねそりゃ。まあでも、真面目に就職してるんだからいいじゃないの。うちのなんて東京で一旗揚げるとかセレブになるとか言って、どうなることやら……」

この二人の店員は、ともに息子と娘が東京に出ているらしく、こんな内容の会話を、よく開店前に交わしている。とはいえ知っているのはそれぐらいで、充子はこの二人の名前も知らない。都会の人には誤解されがちだが、田舎だからってみんな知り合い同士なわけでも、みんな親切なわけでも、みんな訛《なま》りがきついわけでもない。田舎に住んでいながら、田舎の濃い人間関係が苦手な人もいるのだ。まさに充子のように。

充子は作業を終えると、普段と様子が違うことを悟られないように、店員たちに軽く会釈をしてから、店を出ようとした。

するとと後ろから、小柄な方の店員に声をかけられた。

「あ、奥さん」

「はい、何か？」

充子は思わず声をうわずらせてしまった。不自然に思われてしまったかもしれない。

だが、小柄な店員は、普段通りの笑顔で言った。

「今日、台風来るっつうからね。分かってるとは思うけど、気をつけてね」

「ええ、ありがとうございます」

笑顔を作ってうなずく充子。その台風が、この先の私の人生を決めるのだ——なんて悲壮な覚悟は、決して悟られてはいけない。


午前中は晴れ間も出ていたが、午後から空が一気に暗くなり、夕方には雨が降り始めた。この日の仕事は、田畑やビニールハウスの台風対策に費やされた。

夫の勇一《ゆういち》はいつも通り、面倒な後片付けは充子に押し付け、一人で家に帰った。充子が三十分ほど遅れて帰宅すると、勇一は酒を飲み始めていた。風雨は徐々に強まっている。予報では「のろのろ台風」などと言われていたので、雨は長く続くだろう。

勇一は、テレビの有料放送の野球中継を見ながら焼酎《しょうちゅう》を飲んでいる。ドーム球場なら試合は中止にならないのか、または台風がすでに過ぎ去った西の方の球場なのか、あるいは以前行われた試合の録画中継なのか、充子には分からない。もちろん勇一にそんなことを聞くことは許されない。

これから充子が料理を作り、味や配膳《はいぜん》に少しでも至らない点があったら怒鳴りつけ、殴りつけ、充子が頭を下げて謝る。——勇一は、そんな日常が今夜も続くのだと、当然のごとく思っているのだろう。

「旦那《だんな》さんには何杯か飲んでもらった方が、かえって警察に疑われないかもしれません。ただ、泥酔してしまうと、あなたが最後の情けをかけても、まともに反応できなくなるかもしれませんから、その辺はご自分で判断なさってください」

充子は、口髭を生やした男の言葉を思い出す。――もっとも、勇一はどんなに酔っていても会話はできる。言い換えれば、酔っていようがいまいが、充子の話など聞かず、充子の尊厳など平気で踏みにじる夫なのだ。

充子は、夕食の支度をするふりをして、台所から様子を窺《うかが》った。その手には、すでに一枚の紙がしっかり握られていた。

そして、勇一が三杯目の焼酎を飲み干したところで、ついに踏み切った。

「あなた……」

「お前、話しかけんじゃねえよ！」

勇一はすぐに怒鳴り返した。野球中継を見ている間は話しかけるな、と勇一には何度も言われているのだ。

だが、その勇一の視線が、充子の持つ紙に吸い寄せられる。

「おい、お前、それ……」

「離婚してください」

充子は、自分の欄に全て記入済みの離婚届を広げ、一生分の勇気を振り絞って言った。

「毎日のようにお酒を飲んで暴力を振るう、あなたと暮らしていくのはもう限界です。

慰謝料は結構です。私が出て行きます。だから、この離婚届に判だけ押して……」

「ふざけんな！　この馬鹿たれが！」

勇一は充子の話を最後まで聞こうともせず、テーブルを叩《たた》いて立ち上がった。

「また痛い目に遭いてえのかあっ、このうすのろが！」

勇一は顔を真っ赤にして怒鳴りつけると、充子の手から離婚届を叩き落とし、腹を思いきり蹴《け》り飛ばした。充子は背中と後頭部を壁に強打した。背中で蛍光灯のスイッチが押されて、室内の明かりはテレビだけになった。――ああ、やっぱりだめだった。薄々予感してはいたが、充子は壁際に倒れ込んで痛む腹を押さえながら、無念さを痛感した。

「なんべん俺を怒らせたら気が済むんだ、この……」

勇一は、さらに充子に折檻《せっかん》を加えるべく、詰め寄ろうとした。

だが、その怒号は、ゴツンという鈍い音で途絶えた。

薄暗い中で、勇一は顔を歪《ゆが》ませ、充子の目の前でうつ伏せに倒れた。するとテレビのそばの、勇一の背後に立っていた殺し屋の姿が、充子から見えた。その両手には大きくて重そうな石が抱えられていた。

この人が、ビッグさん？――天井に頭が届くのではないかと思えるほど、巨大な影を前にして、充子は息を飲んだ。

口髭の男から「今回の仕事は、我々の組織の中でも最も優秀な者が担当します。仲間内ではビッグと呼ばれてましてて……」と、簡単な紹介は聞いていたが、たった今まで実際に会うことはなかったのだ。また、一階奥の空き部屋に隠れて待機していると聞いていたが、こんなに迅速に、しかも物音一つ立てずに現れるとは思わなかった。

「これで、よろしかったんですよね」

ビッグの、怖いほど冷静な問いかけに、充子は「はい」と小さくうなずいた。

そこで、待機していたもう二人の男も現れた。一人はリュックを背負った口髭の男で、もう一人は三十代ぐらいのスポーツ刈りの男だ。「当日はビッグと私と、もう一名サポート役が参ります」と口髭の男が説明していた通りだった。

「では、急ぎますので」

口髭の男は、充子に一礼すると、すぐに倒れた勇一の体の下に手を差し入れた。

「行くぞ、せ〜の」

三人で、勇一の体を持ち上げる。勇一は目を閉じたまま動かなかった。

「さすがだ。まだ息がある」

「絶妙な力加減だ。血もほとんど飛んでないな。その辺にちょっとだけだ」

そんな言葉を交わしながら、三人で勇一を風呂場《ふろば》へと運んでいく。

しばらくして、口髭の男が戻ってきて、リュックから取り出した容器に入った薬剤を、わずかに飛び散った血痕《けっこん》にかけ、布で丹念に拭《ふ》いた。一方、風呂場からはザブンという音が聞こえた。勇一の体が浴槽に落とされた音だろう。

浴槽の中には、あらかじめ汲《く》まれた川の水が入っていた。風呂が嫌いで不潔な勇一は、大汗をかいた農作業の後でもすぐに風呂に入らず、夕飯の後で入ることはざらだったし、真冬以外はシャワーで済ませていた。そのため、普段通り浴槽に蓋《ふた》をしておけば、泥の混じった川の水が張られていても、まず気付かれる心配はなかった。

勇一に息があるうちに、川の水が肺に入ることが大事なのだと、口髭《くちひげ》の男から説明されていた。それによって、勇一の死因は川に流された溺死《できし》と判断されるのだと――。

もっとも、勇一が離婚を認めてくれれば、彼らは報酬の半分を受け取るだけで、何もせず帰る予定だった。本来は殺人を請け負う組織が、充子の要望に応《こた》えてくれたのだ。もちろん、その条件下で殺人を実行する料金は、通常よりも上がったが、田畑を売って勇一の保険金が下りれば、充子にも払える金額だった。

窓の外の暗闇からは、どんどん強くなる暴風雨の音が聞こえる。いよいよ台風本体の雲がやってきたようだ。

「よし、いいタイミングだな」

風呂場からそんな声が聞こえたのち、シャワーを流す音がしばらく聞こえ、ほどなくして口髭の男がやってきて、充子に言った。

「勇一さんの処理が完了しましたので、これから川に流してきます」

「はい……お願いします」

蹴られた腹を押さえながら、ずっと床にへたり込んでいた充子は、そこでようやく、よろよろと立ち上がってお辞儀をした。

台風の被害を心配して田んぼを見に行き、増水した川に流されて死亡。――そんな、台風シーズンにしばしば流れるニュースに紛れて、この件が殺人だということは気付かれない。死因は溺死で、肺の中からは泥やプランクトンが混じった川の水が検出される。勇一を気絶させる際に付く傷からは生活反応が出るものの、川から取ってきた石で殴り、傷口にその成分が付着すれば、転んで川に落ちた時か、流されている間にできた傷だと最終的には判断される。この方法は「川流し」というそのまんまのネーミングで呼ばれていて、過去に何十件もの実績がある。――充子はそう説明されていた。

「あとのこと、よろしいですね」

口髭の男が確認してきた。充子はうなずいて、打ち合わせた内容を答える。

「はい。――二時間ぐらい経ってから、夫の姿が見えない、田んぼを見に行ってしまったかもしれないって、警察に通報するんですよね。それで、万が一警察に疑われても、みなさんのことは絶対に話さない。もし話したら、娘と孫は殺される……ですよね」

「その通りです」

口髭の男は重々しくうなずいたが、すぐに充子を励ますように言った。

「ご心配なく。まず間違いなく、事故として処理されますよ」

勇一から暴力を受けていたことは、今まで周囲にはひた隠しにしてきた。そもそも、隣家との距離が百メートル以上離れているこの地域では、隣近所に怒鳴り声が聞こえることもない。それに勇一自身も、外面だけはよく、DVを働いている気配すら外で出すことはなかった。この家の暴力の事情を知っているのは、一人娘の佳奈子《かなこ》だけだ。その佳奈子にも、今回勇一を殺すことは伝えていなかった。

「それでは、今日はこれで失礼します。次お会いする時は、報酬のお支払いについてのお話になると思います」

口髭の男は最後にそう言って、充子に一礼すると、大きな袋を担いだビッグとともに去って行った。その袋に勇一の死体が入っていたようだが、ビッグはまるで重さを感じさせず、平然と肩に乗せて担いでいた。もう一人のスポーツ刈りの男は、もう外に出ているらしく、暴風雨の音に混じって微《かす》かに車のエンジンがかかる音が聞こえた。どうやら彼が運転手のようだった。

――その後の流れは、まさに説明を受けていた通りだった。

充子が拍子抜けするぐらい、勇一の死はあっさりと事故として処理された。

妻の入浴中に、酒に酔った夫が家を出て田んぼに向かってしまった。妻は、夫の姿が見えないことには気付いていたが、部屋で一人で過ごしているのだろうと思い、二時間以上警察には届け出なかった。――そんなシナリオですんなり通用してしまったのだ。

勇一の死亡記事が新聞の地域面に小さく載ったのは、数日後のことだった。充子は落胆した妻を演じきり、娘の佳奈子や親戚《しんせき》にも嘘の説明を通し、葬儀や納骨を済ませた。

こうして、充子の人生は、その台風十五号によって解放されたのだった――。

台風一過の昼下がり。雄也は、新聞に細かく目を通していた。

だが、台風関連の記事は思いのほか少なく、『農業の男性が川に流され死亡』というような記述は見当たらない。もっとも、東京版では他県の記事は少ないのかもしれない。

雄也は新聞を閉じ、携帯電話を取り出した。

大丈夫だろうとは思っていたが、一応、もろもろ無事にうまくいったかどうかなどの確認はしておいた。超一流の冷徹な殺し屋としての振る舞いを、人前で演じてはいても、こういう繊細さは消せないな。――雄也は確認を終えて電話を切った後、一人苦笑した。

11

「ガオ～ッ」「ンガ～ッ」「グオ～ッ」

教室内には、ライオンの咆哮《ほうこう》が飛び交い、学生たちが四つん這《ば》いで歩き回っている。

その様子を、講師の黒瀬勝がじっと見つめた後、声をかける。

「じゃあ、次はチンパンジーだ」

「ウッキ～」「ウキャー、ウキャー」「キー、キキー」

今度は学生たちが跳ね回り、高い声を上げる。

これは、演技基礎の「アニマルエクササイズ」という授業だ。黒瀬が指定した動物を、学生たちがずっと演じ続けるという、なかなか過酷な内容だ。

「私何やってるんだろう、なんて冷静になったら負けだぞ。馬鹿馬鹿しさを超えるのが芝居だ」

黒瀬がそう言いながら、教室内を歩いて回る。

――ただ、やっぱりどう見ても、女子の方を中心に回っている。

夏になり、みんなが薄着になっている中で、四つん這いになるアニマルエクササイズをわざとやらせてるんじゃないかという疑惑は、すでに女子一同に共有されていた。明日香や小春や葵にいたっては、みんなの咆哮に紛れて「絶対見てるよね」などと小声で話し合ってもいた。教室の右サイドに男子、左サイドに女子と分かれているため、同級生に見られる心配は少なかったが、黒瀬は女子の方ばかりを歩き回っているため、女子は一様に、胸元や尻《しり》を覗《のぞ》き込まれないように気をつけていた。ただ、あまり気にしすぎると「おい、動物が服触ってんの見たことあんのか？」などとみんなの前で注意されてしまい、それはそれで恥ずかしいので、加減が難しかった。本当に真剣に動物を演じているように見えるのは、出席番号一番にしてクラス一の意識高い系でもある、荒木友香ぐらいだった。彼女だけは、人間としての羞恥心《しゅうちしん》を完全に捨て、「ガオ～」とか「ウッキ～」とか「ピヨピヨ」と、心の底から動物になりきっているように見えた。

「よし、じゃあ、夏休みの課題を出すぞ」

学生を延々と動物になりきらせ、女子を舐《な》め回すように見続けて満足した様子の黒瀬は、授業の最後に言った。

「夏休み明け一発目の授業で、アニマルエクササイズの発表会を行う」

教室中に、ため息とともに、「ええ？」とか「マジかよ」といった嫌悪感のにじんだどよめきも起きたが、そんなことは意に介さず黒瀬は続けた。

「各自、動物園でもいいし、自分の家で飼ってる動物でもいいから、徹底的に研究して、みんなの前で発表するように。——今は動物の真似だけさせられて、お前らも何のためにこんなことやってるんだって思ってるだろうが、プロの役者は、ここから動物のエッセンスが入った人間の芝居に発展させるんだ。アニマルエクササイズは単に動物の真似をすることが目的じゃない。人間の役作りに深みを持たせるためにやるんだ。マーロン・ブランドやダスティン・ホフマンも役作りに取り入れたと言われてるからな。ただ動物の真似が上手《うま》くなりたいんだったら、こんなところに来ないで、江戸家《えどや》猫八《ねこはち》に弟子入りした方がいいからな。はっはっは」

黒瀬は、自分の冗談に自分で笑ったが、若い学生たちに意味が通じているはずもなく、全員がきょとんとしていた。黒瀬は、すぐにいかめしい顔に戻ってごほんと咳払《せきばら》いした。

「……じゃあそういうわけで、この授業が夏休み前の最後だな」

それを聞いて美菜は、ああもう夏休みなのか、と改めて実感した。

——授業終了後。

荒木友香と黒瀬が、教室に残って、二人きりで何か話し込んでいた。それを横目に、美菜たちは教室を後にした。

「なんか荒木さん、黒瀬の舞台に出るらしいよ」

小春が声を潜めて言った。すると葵も、小声で応じた。

「ああ、私も聞いた。……しかも噂だと、枕営業じゃないかって言われてるらしいね」

「うわ、マジで？」

「本当にそんなのあるの？　枕営業で仕事もらうなんて」

明日香と小春が顔をしかめた。

すると、美菜が眉間《みけん》に皺《しわ》を寄せ、真剣な顔で問いかけた。

「それって、賄賂《わいろ》みたいなこと？」

「ん、いや、賄賂っていうか……」

戸惑った様子の明日香に、さらに美菜が尋ねる。

「枕って、そんなに高く売れるの？」

全員が二秒ほど沈黙する。その後、明日香がプッと吹き出してから聞き返した。

「もしかして美菜、枕営業って言葉、初めて聞いた？」

「……うん」

「マジか！」小春が手を叩《たた》いて笑う。

「本当に枕売るわけないじゃん。通販番組かよ！」葵がツッコミを入れる。

「枕営業っていうのは、偉い人に仕事をもらう代わりに……ここを差し出すことだよ」

明日香が美菜に抱きついて、股間《こかん》を触ってくる。

「ちょ、ちょっと、やめてよ！」美菜は慌ててふりほどいてから、周囲を見回して声を落とした。「えっ、要するに……それって、売春ってこと？」

「まあ、そういうことだよ」葵がうなずいてから言った。「ああ、そういえば荒木さん、今日の授業でも、胸元が開いた服で、ちょっと黒瀬に見せつけてたよね」

「マジで⁉」小春が興奮気味に食いつく。

するとと明日香も、周囲をさっと見回してから、抑えめの声で言った。

「たしかに、黒瀬が明らかに女子の体じろじろ見てたから、みんな見られないようにしてたけど、荒木だけはさらけ出してたよね」

「私は、てっきり荒木さんは、真剣に動物になりきってるのかと思ったけど……」

美菜が言いかけたが、葵は首を横に振る。

「いや、あれは挑発してたんだよ」

「でも、だったら黒瀬も、うちらのことまで見るなよって思うよね～」

明日香が不満げに言うと、葵がにやっと笑って返した。

「そういうプレイだったんじゃない？　他の女も見て、荒木に嫉妬《しっと》させる的な」

「うわ、変態じゃん！」小春が笑った。

だが、そこで結希が疑問を呈した。

「でもさあ、黒瀬先生の舞台って、そこまでして出るようなもんなのかな？　だって、あの人がやってるのって、前衛的な、正直あんまりお金にならないような演劇でしょ。

だったら、わざわざ枕営業までして出るかなって思うんだけど」

すると、葵もしばらく考えてからうなずいた。

「ああ……たしかに、それもそうか。そこから芸能界で売れるのにつながるとは思えないか。だって、そもそも黒瀬が売れてないもんね」

「な～んだ、じゃあやっぱりただの噂なのかな。つまんないの」小春が笑い飛ばした。

と、その時──。

「あれっ？」美菜が、階段の方向に目をやった。

「ん、どうしたの美菜？」明日香が尋ねる。

「いや……何でもない」

階段を下りる雄也らしき人影が見えたような気がしたのだが、目を向けてみると誰もいなかった。ただ、前にもこんなことがあったよな、と美菜は首をひねった。


翌日、演技概論の授業でも、講師の松岡が夏休みの課題を出した。

「三分を目安に、ショートフィルムを撮ってきてください」

クラス全体を見渡しながら、松岡が説明した。

「二年生の最後に、卒業制作で映画を一本作るってことは、もうみんな知ってると思うけど、ショートフィルムは、卒業制作の予行演習みたいな感じで、普通は二年の前期でやります。だけど、映像表現の基本もほとんど知らない今、あえてそれに挑戦してほしいの。――今あなたたちは、映像に関しては何も知らない素人です。それは弱みでもあるけど、実は強みでもあるのね。だからみんな、セオリー無視で、内容も完全に自由で、自分にどんな表現ができるのかを考える夏休みにしてちょうだい。みんなスマホは持ってるでしょ。それで撮影すればいいから。今の機種なら、まず三分は撮れるよね」

と、松岡がそこまで話したところで、明日香が手を挙げて言った。

「先生～、伊藤さんはまだガラケーです」

「えっ、うそ、まだそんな子いるの？」

松岡は目を丸くして驚いた。教室内にくすくすと笑いが起き、みんなの視線が集まる中、美菜は照れながら言った。

「動画も一応撮れるんですけど……三分は撮れないかもしれないです」

「もう、あんたは内容うんぬん以前に、まずスマホ買いなさい！」

松岡が突き放すように言って、さっきより大きな笑いが起きた。美菜は苦笑しながらうつむくしかなかった。

「スマホどうしよっかな～」

ロビーにて、昼食に業務スーパーで買ったおにぎりを食べながら、美菜が言った。

「もう買うしかないっしょ」明日香がカレーパンを食べながら返す。

「でも私の携帯、スマホより小さくて持ちやすいし、料金安いしねえ」美菜がぼやく。

「スマホだって、今は安いの結構あるよ」葵が言う。

「じゃ、今度の餃子《ギョーザ》パーティーで、カタログ持って行こうか」小春が提案した。

――と、その時、脇を通りかかった女子学生を、明日香が呼び止めた。

「あ、宇野さん」

「ああ、こんにちは～」

立ち止まって明日香に手を振ったのは、彩音だった。

「えっ、明日香も彩音さんのこと知ってるの？」美菜が驚く。

「えっ、ていうことは、美菜も知ってるの？」

美菜と明日香がそれぞれ、彩音と相手を交互に見つめて、キョロキョロと首を動かす。

その様子を見て、葵が「ミーアキャットか！」とツッコミを入れた。

「私と葵は『アメリカ文化研究』っていう授業で、宇野さんと一緒の班になったの」

明日香が説明した。美菜はそれに対し、「へ～」とうなずいてから説明をし返す。

「私と結希は、彩音さんとバイト先が一緒なの。彩音さんは、エイトの先輩なの」

「へえ、そうなの？　偶然だね～」明日香が目を丸くする。

「うん、そうなんだ～」

彩音がニコニコしてうなずく。――よく見ると、顔の痣《あざ》は消え、折れた前歯も元通りになっていた。エイトトゥエルブのバックヤードで会った台風の夜の後、ちゃんと治療したようだ。ただ、間違いなくデリケートな話題だし、結希はまだ昼食を買いに行ってから戻っていなかったので、美菜はその件に関しては触れなかった。

「そうだ、餃子パーティー、宇野さんも来ない？」明日香が言った。

「今度、美菜の家でやることになったんです」葵も誘う。

「へえ、行きたい行きたい」彩音が笑顔で返事をした。

――と、その時。美菜が、さっと窓の外を見た。

「え、どうしたの美菜？」小春が言った。

「美菜ちゃん、もしかして、私が来るの嫌だった？」彩音が冗談っぽく言う。

「あ、いえ、そうじゃないです！　ぜひ来てください。狭いですけど……」

美菜はそう言いながら、またちらっと窓の外を見た。でも、さっき見えた気がした人影は消えていた。

また雄也さんが通りかかった気がしたんだけど、気のせいかな。――美菜はすぐ視線を戻して、友人たちとの会話に戻った。


雄也は、放送技術マルチメディア学院の校舎を後にした。

今日も校内で、何人もの講師たちの姿を確認した。

演技概論の松岡丈則は、俳優として活動後、第一線を退いて放マルの講師になったとされているが、業界から干されたという噂もあるようだ。演技基礎の黒瀬勝は、劇団で現在も活動しているが、その劇団は客の入りが芳しくない様子だ。殺陣《たて》の我妻京一は、過去に殺陣指導した舞台で役者が大怪我をする事故が発生して以来、仕事が激減し、今は放マルの講師としての収入が頼みの綱らしい。——その他にも、雄也の頭の中には、講師たちの情報がひと通り入っていた。

そんな中、校内に美菜の姿も見えた。今日は、ロビーにいた姿をちらっと見ただけですぐに立ち去った。前は危うく見つかりそうになってしまったが、同じヘマはしない。

ただ、肝心の仕事のスケジュールは遅れている。

ただでさえ遅れているのに、美菜を意識して支障が出るようなことがあってはいけないのだ。——雄也は、改めて肝に銘じた。

12

放送技術マルチメディア学院は、間もなく夏休みに入る。雄也の仕事も、一部は中断を余儀なくされる。

だが、そんな時でも、雄也は道具の手入れと肉体の鍛錬を怠らない。プロの殺し屋として理想的なコンディションを常に維持しておくのは当然のことだ。

筋力トレーニングは毎日欠かさない。腕立て伏せ、ダンベル、腹筋、背筋——種目だけ見れば、筋トレ好きの一般人とそう変わらないだろう。ただ、筋肉を大きくしすぎてはいけない。分厚いマッチョな肉体は、軽いフットワークで動き回り、死体の処理まで請け負う仕事においては、持久力や敏捷性《びんしょう》が損なわれてマイナス面が大きいのだ。

筋トレに続いて、格闘術の自主トレも行う。だが、やはり徹底的に鍛え上げるようなことはしない。そもそもプロの殺し屋というのは、標的の隙を突いて抵抗されないうちに命を奪う、武道の精神から見れば卑怯《ひきょう》極まりない仕事なのだ。相手と格闘になった時点で失敗だし、本業の格闘家とルール通りに戦って勝てるようになるわけもない。

ただし、万が一そのような相手と対峙《たいじ》しても、最初の一撃で動きを止めることはできるように、訓練を重ねる必要があるのだ。目つぶし、膝《ひざ》つぶし、金的蹴《げ》り――人型のサンドバッグに向かって何度も繰り出す。相手がどんなに強い格闘家でも、急所を突いて動きを止めることはきっとできるだろうという自信が、雄也にはある。もちろん、武器を持っていれば初めから使うのが殺し屋だ。格闘術というのは、武器を持っていないか、持っていても取り出す暇がなかった場合の、緊急手段の訓練なのだ。

その後、雄也はランニングをこなす。走りながら自宅周辺の防犯カメラに目を配り、設置状況を確認する。雄也は、非常時には一切証拠を残さず家まで帰り着けるようなルートを確保してある。特に近くの善福寺川沿いは、広範囲にわたって緑地になっていて、防犯カメラもまばらだ。カメラに写らず移動し、しばらくの間身を隠すこともできる。目撃者にさえ気をつければ、アジトとして申し分ない立地なのだ。

途中で、少しだけ寄り道をする。五日市街道から住宅街に入ったところに、そのコンビニがある。――美菜のバイト先、エイトトゥエルブ松ノ木三丁目店だ。

実は雄也は何度か、この店で働いている美菜の姿を、外から見たことがあった。ただ、今日は美菜はいないらしい。代わりに、以前美菜に紹介された、友人の大場結希がレジにいるのが見えた。どうやら二人は、バイト先も同じらしい。

雄也は踵《きびす》を返し、ランニングのコースに戻った。

ひと通りルーティンをこなし、部屋に帰ってシャワーを浴び、体重計に乗る。八十二キロを超えている。雄也の身長からすれば標準体重の範囲内だが、もう少し絞った方がいいか、などと考えていた時だった。

部屋の外から、何人もの若い女の声が聞こえた。

「あの八百屋さん超安かったね～」とか、「餃子の皮も安かった～」などという声と、「わっ、ゴキブリ!」という声も聞き取れた。そして、しばらくして外階段を上る足音が聞こえてきた。雄也は警戒して玄関ドアに忍び寄り、ドアスコープから外を見る。

すると、美菜を先頭にした合計五人の女が「ああやっと着いた」「マジ重かった～」などと言いながら、雄也の部屋の前を通過して、隣の部屋に入っていった。それぞれがレジ袋を持って、一人は平たく大きな荷物を両手で抱えていた。

なんだか騒がしくなりそうだな――雄也は身構えた。

「高円寺の北口の、あの八百屋さん超安かったね～。『ニラ3束～5束100円』だよ」

「あんな値札初めて見たよね。あれで三束買う人なかなかいないでしょ」

「あと餃子の皮も安かった～。今度からあそこの常連になろう」

美菜と、明日香、小春、葵、それに彩音の五人は、美菜のアパートに餃子パーティーを開催すべくやってきた。結希はあいにくバイトのシフトが入っていたが、終わったら来ると言っていた。

と、アパートの門を入ったところで、明日香が地面を指差して声を上げた。

「わっ、ゴキブリ！」

見ると、たしかにゴキブリらしき長い触角の黒い影が、庭をさっと横切っていった。

「ああ、この辺公園も近くて、結構自然が豊かなんだよねぇ」

美菜は平然と言った。だが、ホットプレートを抱えた小春が、怯《おび》えた様子で尋ねた。

「やだ、もしかして部屋にも出る？」

「ううん、部屋には出たことない」美菜が首を振る。

「ま、ゴキブリもうちらみたいな凶暴な生き物がいたら逃げるっしょ」葵が笑う。

「でもなんか、実はゴキブリってあんまり汚くないとか、殺さなくてもいいみたいな説も最近出てるみたいね」と彩音。

「……ていうか、これから食べ物作るのにゴキブリの話やめない？」

小春の言葉に、「たしかに」とみんな揃ってうなずいた。

その後、美菜の先導で五人は外階段を上り、「ああやっと着いた」「マジ重かった～」「ていうか明日香お菓子買いすぎ～」などと言いながら、ようやく部屋に到着した。

美菜が玄関のドアを開け「どうぞ」と五人を招き入れる。

「お邪魔しま～す」葵が声を上げる。

「あ、全面クッションフロアなんだ。いいね～」彩音が室内を眺めて言った。

「あと、ほどよく散らかってるのもいいね～」明日香が続けて言う。

「うそ、これでも頑張って片付けたんだけど」美菜が笑う。

その後、五人とも手を洗って、「よし、じゃあ餃子《ギョーザ》作り始めますか」と美菜が号令をかけた——のだが、台所が狭く、包丁とまな板も一セットしかないので、結局タネ作りは美菜が一人で担当することになった。

「ごめんね、あんまり手伝えなくて」

彩音が台所の隅に立って、申し訳なさそうに謝った。

「いえいえ、大丈夫です。テレビでも見ててください。……あの三人は、一切謝ったりせずにテレビ見てますから」

美菜がそう言って、明日香と小春と葵を指差す。三人はここが自宅かのようにテレビの前に陣取り、扇風機を首振りにして、食材と一緒に買ったお菓子をぱくついていた。

「しょうがないじゃん、だって嵐《あらし》出てるんだも～ん」

「しかもゲストがセクゾだよ。見ないわけにはいかないっしょ」

明日香と葵が言う。小春にいたっては床にごろんと寝転んでいる。美菜は「まったくもう」と苦笑しつつ、ニラとキャベツとネギを手早くみじん切りにする。

「美菜、やっぱ料理うまいね～」

「お弁当も作ってるもんね～」

包丁がまな板をトントンと叩《たた》く音を聞いて、葵と小春が声を上げた。

「まあ、最近は面倒になって、ＯＫストアとか業務スーパーで買っちゃってるけどね」

美菜が答えつつ、みじん切りにした野菜を挽《ひ》き肉と合わせ、調味料を加える。一方、その間も友人たちは、リビングで好き勝手やっていた。

「ねえ美菜、これ何～？　でっかい楽器とかのケース？」

明日香が、ファスナー付きの大きな縦長のバッグを手にとって尋ねてきた。

「ああ……それはたしか、引っ越しの時にパイプのラックをバラバラにして入れてきたバッグだわ」美菜が答える。

「マジで？　ちょうど私、引っ越しの時にパイプのラックをバラバラにして入れる用のバッグが欲しかったんだ～。もらっていい？」

「ダメ！　ていうか絶対嘘でしょ」

美菜が、明日香のボケに珍しくツッコミを入れる。すると小春と葵も悪ノリを始める。

「ねえ美菜、この服もらっていい？　ちょうどこの柄のやつが欲しかったんだ～」

「ねえ美菜、この五千円札もらっていい？　ちょうど樋口一葉《ひぐちいちよう》の柄のやつが欲しかったんだ～」

「いいわけないでしょ。ていうか葵、勝手に人の財布の中見ないで！」

美菜が台所から叫ぶ。時間がかかると何をされるか分からないので、美菜は急いで野菜と挽き肉と調味料を合わせて餃子のタネを作り、「はい、できました〜」と、テレビの前の炬燵《こたつ》テーブルに持って行った。

「ありがとう、本当にごめんね、一人でやらせちゃって」

彩音が、美菜に対して改めて頭を下げたが、彼女もちゃっかり、買ってきた缶チューハイを一本空にしていた。

「ほら、あんたたちも手を洗って手伝う！」

美菜が友人たちに声をかけると、明日香、小春、葵が「は〜い」と返事をして、手を洗ってから集まり、餃子を包む作業が始まった。

「なんか美菜、いつも天然なのに、今日はお姉さんみたいだね」小春が言う。

「だって、一応年齢的には一個上だからね」美菜が胸を張ってみせる。

「あ、そっか、美菜って定時制だったんだね」明日香が思い出したように言った。

「え、じゃあ美菜ちゃんって、私と同い年なんら」と彩音。

「やだ彩音さん、『同い年なんら』って、もう呂律《ろれつ》回ってないんだけど！」

明日香がつっこんで、みんなで笑う。——そんな感じで和気あいあいと、餃子のタネを皮で包む作業は進んでいった。

「このクネクネするところ、うまくできないんだけど」葵が言った。

「水をちょっと付けて、こうするんだよ」彩音が丁寧に包み方をレクチャーする。

「すごい、彩音さん上手。しかもお酒飲みながらやってるのに」

彩音は器用に餃子を包んでいるが、ちびちびと二本目の缶チューハイを飲んでいる。缶を軽そうに持っているところを見ると、中身はだいぶ減っている様子だった。

「私は酔えば酔うほど上手《うま》くなるの。ジャッキー・チェンみたいにね」

彩音が冗談交じりに言った。だが、明日香が首を傾げる。

「あれ、ジャッキー・チェンってどんな人でしたっけ？」

「うそっ、知らないの⁉ じゃあ酔拳《すいけん》知らないの？」彩音が驚く。

「ジャッキー・チェンって、あの人でしょ、黄色い服着てる人」と小春。

「えっと……それはブルース・リーだし、だとしても黄色い服着てる人って表現はどうかと思う。それだとマギー司郎《しろう》とかダンディ坂野《さかの》も含まれちゃうから」葵が返す。

「アハハ、そうか」小春が笑う。

――と、この上なく他愛もない会話をしながら、五人の手で餃子がどんどん包まれていき、皮は残り二十枚弱になった。

「よし、じゃあ、ギャンブル餃子いきますか」

明日香が言った。そこで、餃子の中に入れたら面白そうだと思って買った変わり種の具を、みんなで包み始めた。

「チーズは美味《うま》いの確実でしょ」

「かっぱえびせんも、まああいけそうだよね」

「レーズンはどうかな〜」

「チョコとマシュマロに関しては、完全に悪ふざけだよね」

「そのへん全部明日香が買ったんでしょ？　まずかったら全部食べてよね」

そんな会話をしながら、スリル満点の具をはらんだギャンブル餃子も全部包み終わり、いよいよ焼く作業に入る。

ところが、小春が持参したホットプレートの電源を入れてみて、五人は気付いた。

「やばい、暑いんだけど！」

決して広くはない部屋の中央でホットプレートをつけると、扇風機だけでは耐え難い暑さになることを、誰も計算していなかった。

「じゃ、エアコンつけよう」

美菜が、窓を閉め、エアコンの電源を入れた。

――ところが、その途端に、部屋が真っ暗になった。

「えっ、停電？」

暗い部屋の中で明日香の声が聞こえる。

「やばい、ブレーカー落ちちゃった」

美菜が慌ててブレーカーを上げたところで、彩音が声を上げた。

「あっ、分かった。エアコンとホットプレート、同時につけるのは無理なんだよ」

「最悪じゃん！　餃子焼いたら灼熱《しやくねつ》地獄じゃん」

明日香が頭を抱える。だがそこで、葵が提案する。

「じゃあ、もう一回窓開けて、ガスコンロで焼けばよくね？」

「あ、そっか……」

あっさり解決策が見つかった。すぐに美菜が窓を開ける。

ただ、今度はホットプレートの持ち主の小春が、ショックを受けた様子で言った。

「でも、それじゃこのホットプレート、ただの荷物になっちゃったってこと？　最悪だよ〜。しかも油引いちゃったから一回洗わなきゃだし」

小春は嘆きながらも、ティッシュペーパーを取って油を拭《ふ》き始める。

「あ、じゃあその油ちょうだい。こっちで使っちゃうわ」

美菜がフライパンを持って言った。

「あっ、もうティッシュでちょっと拭いちゃった！」小春が慌てる。

「まあ、ちょっとぐらい紙の繊維が入っても食べられるよ」美菜がフォローする。

「うちらヤギかよ」葵がツッコミを入れる。

「え、紙食べるのって、鹿じゃないの？」明日香が聞き返した。

「いや、ヤギでしょ。だって、ほら、歌あるじゃん。♪白ヤギさんからお手紙着いた、黒ヤギさんたら読まずに食べた……っていう」

「てか、ちょっと待って。今の歌、音程違ってない？」小春が笑う。

「私も思った！　葵ちゃん音痴疑惑出ました！」明日香も同調する。

——なんて、すっかり脱線した話題で盛り上がっている間に、美菜はホットプレートの油をフライパンに移し、餃子《ギョーザ》を焼き始めた。

「今の葵の歌さあ、♪大きな栗の木の下で～、の音程じゃない？」と小春。

「え、そうだった？」葵が首を傾げる。

「ああ、そうだそうだ。白ヤギさんの歌はこうだよ。♪白ヤギさんからお手紙着い……あれ、ちょっと待って、私も分かんなくなってるんだけど。ウケる～！」

明日香が大笑いする。すると今度は彩音が歌う。

「いや、こうでしょ。♪白ヤギさんからお手紙着い……あ、私もなんか違うわ！」

妙にテンションが盛り上がり、その後も延々と歌い続けるリビングの四人。

一方、キッチンの美菜は、餃子の一皿目を焼き終えると、フライパンを逆さまにして大皿に盛りつけ、テレビの前の炬燵テーブルに運んだ。

「わあ、おいしそう！」

彩音が感嘆する。だがそこで、美菜が遠慮がちに言う。

「あの、みんな。……もうちょっと静かにして」

「あ、ごめんごめん」明日香が謝る。

「ていうか、私たちもテーブル拭いたりとかするね」彩音が申し出る。

「ああ、お願いします。あと、麦茶も冷えてるんで」

美菜は、絞った台拭きを彩音に渡し、冷蔵庫から出した麦茶をテーブルに置いてから、二皿目の餃子を焼き始めた。一方、他の四人は皿や割り箸《ばし》を並べたり、小皿に酢醤油《すじょうゆ》を注いだり、コップに麦茶を注いだりと配膳《はいぜん》をしながら、「いただきま〜す」と言って、早くも餃子をぱくつき始めた。そしてその間も、成り行きで始まった『やぎさんゆうびん』の音程の正解探しゲームで盛り上がってしまった。

「ちょっと、マジで分かんなくなってるんだけど。♪白ヤギさんからお手紙着いた……ここまでは合ってるよね？」と明日香。

「いや、最後の方の音、そこまで下がらないんじゃない？」小春が指摘する。

「でもそれだと、♪大きな栗の木の下で〜……と同じにならない？」と葵。

「いやいや、葵に言われたくないんだけど！」

「そうだよ、葵はそもそも音痴なんだからね。こっち一軍、あんた二軍だからね〜」

「は〜⁉　超ひどいんですけど〜」

葵が、小春と明日香に抗議する。その間も餃子を焼き、二皿目を焼き終えた美菜。焼いている間はジュージューという音でごまかされていたが、焼き上がって音が止むと、やっぱりうるさい。美菜は二皿目の餃子をテーブルに持って行って、改めて注意する。

「ちょっとみんな、マジで静かにして！　怒られんの私なんだから」

「えっ……もしかひて、お隣さんとか、怖いの？」

彩音が三本目の缶チューハイを手に、呂律が回らない様子ながら声を潜めた。するると、明日香も思い出した様子で、声を抑えて言った。

「あっ、そうだ！　お隣さんって、たしかヤクザなんだっけ？」

「いやいや、ヤクザじゃないけど……」

美菜は否定したが、小春と葵が大げさに怖がってみせる。

「やっばい、殺される」

「全員犯されて海外に売られる」

「え、どうひよう？　謝りに行く？」

酔いが回った彩音が、本気で怖がった様子で言った。

「いやいや、そこまで怖い人じゃないです。あとヤクザじゃないし、優しい人だし」

美菜がフォローする。だがそこで、明日香が目を細める。

「あ、そっか、美菜は好きなんだもんね」

「いや、そういうんじゃないんだけど……」慌てて首を横に振る美菜。

「じゃあ、お詫《わ》びも兼ねて、お隣さんに餃子持ってってあげなよ。手料理食べてもらうチャンスじゃん！」小春が提案する。

「そうだよ、うまかったらその場でプロポーズされるかもよ」明日香が茶化す。

「ウケる〜」小春が笑う。

「じゃ、ついでに一発ヤッてきちゃえば？」と明日香。

「そうだ、美菜も食べてもらえば？」葵も悪ノリする。

「馬鹿なこと言わないで！」

美菜がたしなめるが、明日香がますます盛り上がる。

「ていうかさ、マジでお隣さん連れてきてよ」

「私も見た〜い」彩音が手を挙げる。

「見たい！　見たい！　見たい！」

手を叩《たた》いて盛り上がる、美菜以外の四人。

「分かったから、ちょっと静かにして！」

やむなく、美菜は餃子一皿と箸《はし》を持って、玄関から出て行った。

――一方、残された四人のうち、缶チューハイを三本飲んで酔いが回った彩音が、出来上がったチーズ入りの餃子を見て言った。

「うわ、チーズがお皿から垂れちゃってる……ちょっと、これだけ先食べちゃうね」

「あ、私も食べた〜い」明日香も箸を伸ばす。

「明日香ずるい、チーズはうまいに決まってるんだから、もっと危険なやつ行きなよ」

葵が言いつつ、小春と一緒に箸を伸ばした。

「あっつい……けど、おいひい」

彩音が、チーズ入り餃子を食べて顔をほころばせた。――だが、その直後。

「あっ、差し歯取れた！」

彩音が突然叫んで、差し歯を左手に吐き出した。

「えっ、彩音さん差し歯だったの？」

上の前歯が一本なくなった彩音を見て、明日香が驚く。

「ていうか、なんで前歯なくなっちゃったんですか？」小春が尋ねる。

「誰かに殴られたとか？」葵が冗談っぽく言った。

ところが、しばしの沈黙の後——彩音は突然、しくしくと泣き出した。

「え……マジですか？」

明日香、小春、葵が、餃子を食べる手を止めて一気に静まりかえる。

そこで、明日香が思い出したように言った。

「あっ、そういえば、この前の授業で一緒だった時、急にメイク濃くなってましたよね。しかも目の周りの色がちょっと変で、メイク失敗しちゃったのかなって思ってたんですけど……まさか、あれも？」

彩音は、明日香に向かってうなずいた後、すすり泣きながら告白した。

「彼氏にね……顔を殴られたの」

「うそ……ひどい！」明日香が悲痛な表情で言う。

「彼氏って、もしかしてうちの学校の人ですか？」小春が尋ねる。

「ていうか、あの人ですよね。殺陣《たて》の授業に来るOBの、天然パーマで鼻が高い……」

葵が言うと、明日香と小春が驚く。

「え、マジで⁉」

「ていうか葵、知ってたの？」

「うん。ちょっと前に、二人が並んで歩いてるの見たことあったの。で、彼氏さんの方が、ずいぶん強い口調で何か言ってるなあって思ってたんだけど……」

「そうなんですか？　あの人が彼氏なんですか？」

明日香が尋ねると、彩音は泣きながら、こくりとうなずいた。

「マジかよ。超ひどいじゃんあいつ。彼女殴って前歯折るなんて」

ほんの数分で、二〇二号室の空気は、一気にしんみりしてしまった——。


その、ほんの数分前のこと。

隣の二〇一号室で、雄也は歯がみしていた。

う、うるせえええ〜！

会話の内容が全部聞こえるわけではないが、『やぎさんゆうびん』を歌い出したのはさすがに分かった。しかも音程が微妙に違う。こういうのが一番イライラする。あれはたぶん『大きな栗の木の下で』の音程だ、と思っていたら、今度は『大きな栗の木の下で』を誰かが歌い出して、両方の音程が微妙に混じったキメラソングを次から次に歌っては笑い転げ……と、カオス状態になってきた。まったくもう、全員違うじゃないか。『やぎさんゆうびん』の正しい音程は「♪白ヤギさんからお手紙着いた……」あれっ、しまった、俺も分からなくなってる！

しかもそんな中、食欲をそそるいい匂いが漂ってきた。どうやら餃子のようだ。よりによって、少し体重を落とそうと決意した日に……。そういえばこのアパートには、下の住人がいないのだ。一〇二号室は相変わらず空き部屋だし、一〇一号室に住んでいた婆さんは、入院が長引いているのか、まだ姿を見ない。となると、苦情を入れるとしたら俺しかいないのか——雄也は思い悩んだ。いっそのこと壁でも蹴《け》ろうか、とまで思ったが、美菜に嫌われたくないという思いがそれを躊躇《ちゅうちょ》させる。

しかし、さすがにうるさすぎる。それに、アパート内に他の住人はいなくても、近隣の住民からの苦情も入りかねないし、万が一警察に通報でもされたら一大事だ。雄也は、思わぬきっかけで素性を疑われる危険性も考慮しなければならないのだ。

とりあえず一発だけ壁を蹴ろう、と雄也が決意し、壁に向かって右足を上げかけた、まさにその時。ピンポーンとドアチャイムが鳴った。雄也は思わずバランスを崩して、転びそうになる。

慌てて玄関に出て、ドアを開けると、美菜が立っていた。彼女は両手で、餃子《ギョーザ》が盛られた大皿を持っていた。

「あの、すいません、うるさくしちゃって」美菜が頭を下げて言った。「実は今、友達と餃子パーティーをやってまして、これ今焼いたんで、よかったらどうぞ」

「あ、はあ……」

どうぞ、と言われても、美菜は両手で皿を持ち、右手の指の間に箸を挟んでいる状態だ。箸を抜き取ったらバランスが崩れてしまいそうだし、受け取りようがない。まさか一皿全部食えというのか。あるいは熱々の餃子を素手で取れというのか——と、雄也が迷っていたら、美菜が左手だけで器用に皿を持ち直し、箸で餃子を一つ取って言った。

「はい、あ～ん」

えっ、そうなる？——ドキドキしながら口を開けて食べる雄也。

「熱っ……でも、うまい」雄也は本心から言った。

「よかった」美菜はにっこりと笑った。

ときめいていない。俺はときめいてなどいない。隣に住む可愛い女子学生に「あ～ん」で餃子を食べさせてもらったからって、この俺がときめいたりなどするはずがないのだ。——雄也は心の中で必死に自分に言い聞かせる。

「で、実は……ちょっと来てもらいたいんです」

美菜がふいに言った。雄也は「えっ？」と聞き返す。

「実は、お隣さんがかっこいいって私が話したら、みんなが見たいって言って……」

と、そこまで言ったところで、美菜がはっとしたように訂正する。

「いや、その、かっこいいっていうのはちょっと、そういうことじゃなくて、いや、そういうことじゃないわけでもないんですけど……」

美菜はたどたどしい説明をしながら、耳たぶが赤くなっていた。それを見て、雄也の頬もかっと熱くなる。——別にうれしくなんかない。隣に住む可愛い女子学生が、俺のことをかっこいいと思っていることを知らされたからって、この俺の暗黒の心に、うれしさなどという感情がわき上がるはずがない。

「とにかく、あの、みんなすごいウェルカムなんで、ぜひ来てください」

「はあ……」

断ることはできなかった。一般社会に溶け込んで生きていくためには、隣人との関係を損なうことはマイナスになる。だからやむをえず行くしかない――というのは建前で、本当は美菜とその女友達にちやほやされたいという気持ちがあったんじゃないかと問われれば、強く否定することはできなかった。だが、前に雄也の正体を怪しんでいた結希という女は、先ほどドアスコープ越しに姿が見えなかったので、来ていないことが確認できている。ということは、行っても大丈夫なんじゃないか。……雄也は考えた末に、美菜に従って部屋に上がることにした。

「みんな、わいわい羽目外しちゃうかもしれないですけど、もっとたくさん餃子あるし、お酒もあるんで、よかったら楽しく飲んでいってください」

美菜が笑顔で言った。雄也は、心が浮き立ち頬が緩みそうになるのを抑えつつ、サンダルを履いて隣の部屋までついて行った。そして、美菜が玄関のドアを開ける。

すると部屋の中には、缶チューハイを片手にしくしく泣く小太りの女と、それを囲む、沈んだ表情の三人の女がいた。

その雰囲気は、まるで葬式のように暗い。

――おいっ、話が全然違うじゃないか！

「あれ、みんな、どうしたの？」

美菜は、自分が不在だったわずかな時間で、急に暗くなっていた部屋の雰囲気に驚いて尋ねた。すると彩音が、左手に差し歯を載せ、右手で涙を拭《ぬぐ》いながら答えた。

「差し歯が取れちゃってね……彼氏に殴られて前歯折られたっていうこと、成り行きで話しちゃったの」

「あ……そうだったんですか」美菜は目を丸くした。

「しかも、その彼氏ってのがね……言っていい？」

明日香が言いかけて、いったん彩音を振り向いて尋ねる。彩音がうなずいたのを見て、明日香が話す。

「あの、殺陣の授業の指導に来てるOBの中でも、一番うざい奴いるじゃん。天パで鼻が高い奴。あいつなんだって」

「ええっ、そうだったんですか？」

美菜は驚いた。――だが、そこでふと思い出した。アルバイト中に美菜が、殺陣の授業の指導に来るOBの悪口を言った時、彩音はその話題を避けるようなそぶりを見せたことがあった。その中に彼氏がいたからだったのだと、美菜は今になって分かった。

「あの、俺は、帰った方が……」

雄也が玄関に立ったまま、気まずそうに言う。だが、美菜はとっさに引き留めた。

「あ、いや……それはなんか悪いです」

「なんか、って……」

雄也は戸惑い気味につぶやいた。——それもそうだ。なんか悪いって言っても、こんな状況の部屋に連れてきたことがすでに十分悪いよな、と美菜は自覚した。

だがそこで、明日香が雰囲気を変えようとした様子で、雄也を指して言った。

「あ、ていうか、この人がお隣さん？」

「たしかに結構かっこいいかも」

「ていうか超背高い！」

葵と小春も、笑顔になって雄也に声をかけた。

「どうぞどうぞ、上がってってください。って私んちじゃないですけど」

明日香が言った。彩音も、涙を拭《ふ》いて笑顔を作った。

「あ、はあ……」

おずおずとサンダルを脱ぎ、部屋に上がる雄也。

「どうぞ食べてってください。って私ほとんど作ってないですけど」

明日香が餃子を勧める。美菜が取り皿を持ってきて箸《はし》を置き、麦茶を入れる。

「ああ、ありがとう」

床に座った雄也に、明日香が遠慮なく声をかけた。

「ていうか、声渋いですね」

「あ、ああ……」

「一回、『麒麟《きりん》です』って言ってもらっていいですか？」

明日香に言われて、雄也は少し躊躇したが、リクエストに応《こた》えた。

「……麒麟です」

「似てる～！」

明日香と小春と葵が、手を叩《たた》いて笑う。一方、雄也は明らかに戸惑っている。

「ちょっと、初対面の人いじらないで！」

美菜がたしなめた後、改めて餃子を指し示して、雄也に勧めた。

「本当にすみません。じゃ、よかったらどうぞ」

「ああ……じゃ、いただきます」

雄也も軽く頭を下げつつ、箸で餃子を一つ取って食べた。

「うん、うまいです」

雄也はうなずいて、さらに立て続けに二つ食べる。

「よかったねえ、美菜」明日香がにやっと笑って言う。

「この餃子、ほとんど美菜が作ったんですよ」と小春。

「美菜、いい奥さんになれるねえ」葵が茶化す。

「ちょっと、やだ……」一気に顔が熱くなる美菜。

だが、雄也が四つ目を食べたところで、「んっ⁉」と顔をしかめた。

「あ、そこギャンブル餃子ゾーンだ！」明日香が皿を指差す。

「ごめんなさい、言い忘れてました。この辺からこっちの餃子の中に、変な物入れちゃったんです。かっぱえびせんとかマシュマロとかチョコとか……」

美菜が慌てて説明してから、おずおずと尋ねる。

「で、何入ってましたか？」

「……レーズンかな」雄也が答える。

「わあ、ごめんなさい」

手を合わせて謝る美菜。それに対して、雄也は微笑んで返した。

「いや、でも……そんなに悪くないよ」

「えっ、本当ですか？」

そこで葵が、「え～っと、これだな」と、皮の外側からレーズンの影を確認して口に運ぶ。——だが、すぐに顔を歪《ゆが》めた。

「いや～、私はないわ～」

その様子を見て「アハハ」と美菜たちが笑った。

だが、その後、一瞬沈黙が訪れたところで、ぐすっという声が部屋に響いた。

見ると、また彩音がすすり泣いていた。

「あ、彩音さん……」美菜が声をかける。

「ああ、ごめんね。空気壊しちゃって。ほんとごめんね……」

彩音は、またポロポロと涙をこぼしながら、雄也を指差し、途切れ途切れに言った。

「なんか、筋肉質の男の人、間近で見たら……彼氏に思いっきり殴られた時のこと、思い出しちゃって……ごめんなさい本当に。私、酔っ払っておかしくなってますよね」

彩音が謝る。雄也は「あ、いえ……」と返したが、明らかに戸惑っているようだった。本人も自覚している通り、彩音は酒のせいでかなり情緒不安定になっていた。

「マジ殺したいわ、ヒロキのこと」

彩音がぽつりと漏らした。――ヒロキというDV彼氏の名前を、その場にいる全員が認識したようだった。

「もう、しんみりしないで～」明日香が笑顔を作って、彩音の肩を叩く。

「ねえ、別れる方法、真剣に考えない？」

葵が提案したが、彩音はまた涙をこぼしながら首を横に振った。

「別れたら……マジで殺されるかもしれない」

「本当に？」葵が顔を歪める。

「もう、警察に相談した方がよくない？」明日香が言う。

「でも相談しても、最近のニュース見てるとさあ……」彩音が涙を拭きながら言う。

「ああ、そっか……」

全員が沈黙した。――ちょうど数日前、ストーカー化した元恋人について警察に相談していた女性が、その元恋人に刺されて重体になったというニュースが流れていたのだ。

と、そこで彩音が、さらに衝撃的な発言をした。

「それにね、実はヒロキ、振り込め詐欺もやってたの」

「ええっ⁉」一同が驚く。

すると美菜が、ふと思い出して声を上げた。

「あっ……そういえば、私の初バイトの日、彩音さんそんな話をしてましたよね。たしか、知り合いの知り合いが詐欺をやってたとか、あとヤクザの関係者のお婆さんが騙《だま》された、みたいな話も……」

「ああ……実は、あれもヒロキのことだったの。あいつ、よりによってエイトのATMを使わせて、ヤクザの組長が昔世話になったっていうお婆さんを騙してお金振り込ませて、そのあとヤクザに命狙われてるとか言ってびびって、慌てて足を洗ったの」

「わあ……そんな大変なことになってたんですか」

美菜は、目を丸くしながらもうなずいた。すると、明日香と小春が口を開いた。

「なんかよく分かんないけど……要するに、彩音さんの彼氏が、暴力振るう上に詐欺までやって、ヤクザとも関わっちゃったってこと？」

「超やばいじゃん！　絶対警察に言った方がいいですよ」

だが彩音は、涙を拭きながらも強い口調で返した。

「それはやめて！　私がたれ込んだってばれちゃうから！」

その剣幕に押されて、全員が黙るしかなかった。

「今はもう、ヒロキも詐欺やめてるしね、グループでも下っ端だったらしいし……あと、私も、あいつがそういうことやってるのうすうす分かってたのに、通報してなかったのもあるから、もしかしたら私も捕まるかもしれないし……」

彩音が、少し言い訳じみた口調で説明した。要するに、警察に通報する気はないということのようだ。

「とにかく、私もね、別れようとは思ってるの。でも、あいつがキレるポイントとか、ちょっと間違えるだけでも危ないし……ただ、そういうの一番分かってるのはやっぱり私だから、私に判断させて。そうすれば、殺されることはないはずだから……」

彩音はそう言った後、低い声でつぶやいた。

「まあ、本当はこっちが殺してやりたいけどさ」

「殺してやりたい……？」

ずっと黙っていた雄也が、ぼそっと聞き返した。すると彩音は、はっきりと言った。

「殺してやりたい。もし完全犯罪で殺せるんだったら、今すぐ殺してやりたい！」

しばらくの沈黙の後、今度は葵が口を開いた。

「マジでさ、世の中、殺した方がいい奴っているんだよね」

「本当にそう思う。殺してもいい人間なんていないとか言うけど、きれいごとだよね。DV野郎なんて、世の中にとって迷惑でしかないわけじゃん」小春もうなずいた。

そこからまた少し沈黙が流れた後、彩音が涙を拭きながら、苦笑してみんなに謝る。

「なんか……嫌な話になっちゃったね。ごめんね」

「すいません本当に、こんな感じになっちゃって……」

美菜も雄也に謝った。だが、雄也は壁の一点を見つめて、じっと何かを考えているようだった。

「楽しい話しよう。夜は長いわけだし。――外泊届、寮に出してきたんだもんね？」

明日香がまた、空気を変えるように明るい声で言った。明日香と小春と葵の三人は、同じ寮なのだ。

と、そこで、小春が少し不安げな笑顔で言った。

「あれ、外泊届は、明日香が出してくれたんだよね？」

すると明日香は、即座に首を横に振った。

「えっ、私出してないけど……小春じゃないの？」

「いや、出してない……」小春の笑顔が消える。「え、うそ、葵は？」

「出してない」葵も首を横に振る。

「マジかよ！」

「誰も出してないじゃん！」

明日香と小春が、揃って頭を抱えた。さらに葵が言う。

「ていうか私たち、今月はもう二回門限破ってるから、次罰金じゃん！」

「え、罰金あるの？」

美菜が驚いて聞き返すと、明日香が頭を抱えたまま答えた。

「うちの寮、一ヶ月で門限三回破ったら、五千円の罰金なの。……あ～、マジ最悪」

明日香は泣きそうな表情になっていた。小春もすっかり気落ちしている。

だが、そこで葵がスマホを取り出し、しばらく操作をしてから声を上げた。

「あっ……今から駅までダッシュすれば、ギリ間に合うかも！」

葵はどうやら電車の時刻表を調べていたようだった。それを聞いて、明日香と小春もぱっと顔を上げて、葵のスマホの画面を見た。

「マジで⁉……あ、本当だ、ギリ行けるかも！」

「よし、じゃあ行こう！」

言うやいなや、三人同時に立ち上がった。

「じゃ、美菜、彩音さん、ごめんね急に！」

「悪いけど、そういうことだから」

三人は慌ただしく帰り支度を始めた。

「あ……うん、分かった」

「気をつけてね」

美菜と彩音が声をかける。三人はすぐに荷物を持って、玄関へと出て行った。

「じゃあまたね！」

「あ～、餃子《ギョーザ》ほとんど食べられなかった、もったいない！」

「また今度ね！」

　すぐに靴を履き、美菜たちに雑に手を振ってから、玄関を出て去って行く三人。

「なんか、あっという間の展開でしたね……」

美菜は彩音の方を向いて言った。——ところが、そこで彩音も腰を上げた。

「私も、これで失礼しま～す」

「え、彩音さんも帰っちゃうの？」

「うん……今日は本当にごめんね。私のせいで空気悪くなっちゃって」

「いえいえ、それはいいんですけど……」

彩音は手早く荷物をまとめると、酒の臭いを漂わせながら、そっと美菜に耳打ちした。

「あとはお二人でね」

「えっ……？」

美菜が戸惑っている間に、彩音は「じゃあね」と手を振って、酔っている割にはしっかりした足取りで、さっさと玄関から出て行ってしまった。——そこで美菜はやっと、自分と雄也を二人きりにするために、彩音が帰ったのだということを察した。

雄也と二人きりの部屋。美菜の胸は高鳴った……が、炬燵《こたつ》テーブルの上を見て、一気に現実に引き戻された。

「ていうか、誰も片付けてないし！」

美菜は思わず叫んだ。四人とも、一切後片付けをしないで帰ったため、餃子が載った大皿も取り皿も、割り箸《ばし》もコップも全部そのままだった。

するど、雄也が立ち上がった。

「ああ、片付けましょう」

「いやいや、それは申し訳ないですよ！」慌てる美菜。

「でも、俺もちょっと食べたし」

雄也は立ち上がり、空いた食器を手早く重ねて、流し台へ運んで水に浸《つ》けた。

「わあ、本当にごめんなさい」

美菜は謝りつつ、テーブルの上を急いで片付け、余った餃子にラップをかけて冷蔵庫に入れた。そしてすぐ流し台に行って、スポンジに洗剤をつけて食器を洗い始めた。

すると雄也は、自然な素振りで隣に立ち、美菜が洗った皿の泡を流し始めた。

「あ、あの、私一人でも大丈夫なんで……」

「いや、手伝うよ」

——結局、二人で並んで食器を洗うことになった。

しばらく二人とも無言で洗っていたが、意を決して美菜が言った。

「なんか、これって、同棲《どうせい》してるカップルみたいですね」

「ああ……」

美菜としては、あわよくば距離を縮めようと、勇気を出して発した言葉だったのだが、雄也は生返事をしただけだった。そういえば雄也は、さっきから上の空で、じっと何かを考えている様子だ。美菜は少し戸惑った。いったいどうしたんだろう──。

と、そこで雄也が、ふと声を上げた。

「あの……さっきの話、本気で思った？」

「えっ？」美菜は、照れながらはにかんで言った。「思いませんか？　こうやって並んで食器洗って、同棲してるカップルみたいだなって……」

「いや、あの……そっちの話じゃなくて」

雄也に否定され、美菜は「あっ、すいません」と、恥ずかしさにうつむく。

すると雄也は、少し間を空けてから、慎重な口ぶりで切り出した。

「えっと……彩音さんだっけ？　彼女の、暴力を振るう彼氏を、殺したいっていう話」

「あ、その話ですか……」

ずいぶん前の話題だったのかと思いながら、美菜は苦笑して答える。

「いや、まあ……殺すなんて物騒な話ですし、そもそも、実際は無理ですよね」

「でも、もし本当に、その男が消えてくれたら、君もうれしい？」

雄也がなおも尋ねる。美菜は、物騒な話題に執着する雄也に少々違和感を覚えつつも、慎重に言葉を選びながら答えた。

「うれしいっていうか……まあ、正直……本当に消えてくれたら、彩音さんにとってはいいことだと思うから、やっぱり私もうれしい、かな」

「なるほど……」

雄也は、意味深な表情でうなずいた。

そこで、雄也が最後の一枚の皿をすすぎ、食器を洗い終わった。

「本当にありがとうございました。おかげですごく早く終わりました！」

美菜が笑顔で礼を言った。だが、雄也の返事は素っ気なかった。

「ああ、いえ……」

そのまま美菜に背を向け、台所を離れる雄也。その様子を見て美菜は、彩音の彼氏が消えてくれたらうれしい、なんて言ったせいで、嫌われてしまったんじゃないかと危機感を覚えた。密《ひそ》かに思いを寄せていた雄也と、せっかく部屋で二人きりになれたのに、このままではいけない。——美菜はそう思って、勇気を出して口を開いた。

「あの、ほんとに今日は、急にお招きしちゃって、その上お手伝いまでさせちゃって、どうもすみませんでした」

「いや、いいよ。すごく美味《うま》かったし」雄也は、少しだけ表情を和らげて返した。

そこで美菜は、さらに勇気をもう一絞りして言った。

「それで、あの……今日はなんか、友達が何人もいてごちゃごちゃしちゃいましたけど、もしよかったら……」

今度は二人で、と美菜が言おうとした時だった。

カンカンと、外階段を駆け上がる足音が聞こえた。そして、玄関のドアが開いた。

「お待たせ～……あれっ？」

現れたのは、結希だった。その左手には、エイトトゥエルブのレジ袋が提がっていた。

「あ、結希……ああ、あのね、説明しなきゃいけないことがいっぱいあるんだけど」

美菜は慌てながら釈明をした。

「まず、明日香と小春と葵は、寮に外泊届を出すのを忘れてて、今日門限を破ると罰金払わなきゃいけないから帰っちゃって、あと、彩音さんは……」

自分と雄也を二人きりにさせようとして帰った、とは言えずに、美菜は続ける。

「あ、たぶん、夜道の一人歩きは危ないと思ったのかな。三人と一緒に帰っちゃった」

「え〜、マジで？」

結希はそう言いながら、スマホを取り出して見て、残念そうに声を上げた。

「あっ、本当だ。葵からＬＩＮＥ来てる。……な〜んだ、そうだったんだ」

結希はスマホをしまうと、靴を脱いで部屋に入った。だが、そこで雄也と目が合って、「あっ」と声を漏らして、表情をこわばらせた。——どうやら、それまで結希からは、玄関の壁の陰になって、雄也の姿が見えていなかったようだ。

そのことを、雄也も即座に察したようだった。

「じゃあ俺は、これで失礼します」

雄也は、素早く結希の横を通り抜けて玄関に出て、サンダルを履いてドアを開けた。

「あ、あの……どうもすみません本当に、おやすみなさい」

美菜がとっさに、雄也の背中に声をかけたが、すぐにバタンとドアが閉まった。美菜は、申し訳なさと名残惜しさが交じった視線を、雄也が去った玄関に向けた。

「美菜……まさか、あの人ともう付き合ってるの？」結希が小声で尋ねてきた。

美菜は、結希が雄也を警戒していることを知っているので「いやいや、そういうわけじゃないよ」と、慌てて首を横に振った。

「付き合ってるわけじゃないのね」結希が念を押す。

「……うん」うなずく美菜。

すると結希は、表情を緩めて、部屋の中を見渡して言った。

「いや～、でもまさか、みんな帰ってるとはね。みんな喜ぶかと思って、バイトの後、廃棄のスイーツ持ってきちゃったんだけど」

「あ、そうだったの。ごめん」

美菜が謝ったが、結希は「ううん、気にしないで」と笑って、炬燵テーブルの上に袋を置いて座り、袋からスイーツを出して並べていった。

「どうしよっか……でも、そんなに個数多くなかったから、みんないなくてよかったかも。いたら取り合いになってケンカになってたかもしれないしね」

「アハハ、それもそうだね」

美菜もうなずいた。たしかに、ショートケーキが一つ、チーズケーキが一つ、エクレアが二つ、シュークリームが二つ……と、人数分が揃っているわけではない。

「じゃ、二人だけど、食べよっか」

「うん」

美菜がうなずいて、フォークと小皿とコップを持ってきて、コップに麦茶を入れた。

結希が「ありがとう」と微笑む。

その後、美菜がシュークリーム、結希がチーズケーキを食べた。ただ、結希が浮かない表情で、じっと黙っている。

「本当にごめんね、みんな帰っちゃって」

美菜は、結希の様子を気にして言った。

「ううん、それを気にしてるわけじゃなくて……」

結希は、軽く深呼吸をした後、話し始めた。

「あのね、実は今日、みんなに話す予定だったんだけど……でも、もう言う気で来ちゃったから、言うね」

「うん……」

いつもと違う様子の結希に、美菜は戸惑いながらもうなずく。

そこで結希は、もう一度深呼吸をした後、意を決したように言った。

「私ね、女の子が好きなの」

「……えっ？」戸惑う美菜。

「恋愛対象が、女なの。レズビアンってこと」

結希は、まっすぐ美菜を見据えて言った。

数秒の沈黙の後、美菜は「そう、なんだ……」となんとか返したが、それっきり言葉が出なかった。

「ビックリしたよね」

結希がうつむき加減で、様子をうかがうように言った。

「うん、でも……」美菜は言葉を選びながら返す。「何というか、そういうのって、人それぞれだし、それに、結希ってちょっとボーイッシュなところあるじゃん。それも、そういうことだったのかって納得したっていうか……ごめんね、うまく言えなくて」

「ううん……ありがとう」

結希は微笑んだ後、さらに続けた。

「ここまでは、今日みんなに知ってもらおうと思ってたの。で、ここからは……アドリブで言っちゃうことにするわ。なんかもう、ずっと抱えてるの嫌だし。結果は八割がた分かってるんだけど、言って楽になるわ」

そして結希は、さっきよりもさらに強い眼力で、美菜を正面から見据えて言った。

「私、美菜のことが好きなの」

「へっ⁉」目を極限まで見開いて驚く美菜。

「最初からずっと、美菜に恋してた。天然なところもすごく可愛くて、一緒にいてずっと楽しくて……この子と恋人同士になりたいって、ずっと思ってたの」

結希の衝撃の告白に、美菜はまごつくばかりだった。

「え、あの……それは、ちょっと……」

するとすると結希は、ふっと寂しそうに笑って言った。

「分かってる、無理だよね」

「いや、あの、無理っていうか……」

「でも、私と恋人同士になる気持ちは、ないってことだよね」結希が問いかける。

美菜は「うん……」と小さくうなずいた。さらに結希は言った。

「もし、さっきのお隣さんと私、どっちかと付き合うんだったら……」

「それはお隣さん」

美菜は、自分でも驚くほど即答した。

「うん、だと思った」

結希は笑って、「ごめん、忘れて」と言った。

「あ、あの……」

美菜は、声を震わせて、おそるおそる尋ねた。

「これからも、今まで通り、友達ではいられるんだよね？」

「うん……美菜がいいなら」結希は笑顔でうなずいた。「何も変わらなくていい？」

「私は、もちろん！」美菜も大きくうなずいた。

「うん。むしろ私の方こそいい？」結希が聞き返す。

「うん！」美菜がまた大きくうなずく。

「じゃ、よかった」

二人とも安心して、しばし笑顔で見つめ合った。

と、結希が視線を外し、部屋の隅を指差した。

「あ、あれは？」

壁際に寄せて置かれていたのは、ホットプレートだった。

「あっ、小春、持って帰るの忘れてんじゃん！」

美菜が頭を抱える。と、そのホットプレートから連想して思い出す。

「ああ、そうだそうだ、餃子《ギョーザ》食べてって！」

美菜が台所まで小走りして、ラップをかけた餃子の皿を冷蔵庫から取り出した。

「そっか、餃子あるんだね。……先にケーキ食べるんじゃなかった」結希が苦笑した。

「ああ、そうだね。絶対に順番逆の方がよかったね」

二人で笑い合った。――今まで通りの二人の会話ができて、美菜はホッとした。

その後、餃子をレンジで温めて、一口食べて「うわっ、何これ？」と驚いた結希に、

「あ、ごめん、中にマシュマロとかチョコが入っているのもあるの」と美菜が説明して、

「あんたたち狂ってるわ」と結希が笑いながら呆《あき》れて、そのあとテレビをつけて一緒に見て、他愛もない話をして……一時間ほど経ったところで、「じゃ、そろそろ帰るね」と結希が立ち上がった。

「あ、夜道危ないから、送っていくよ」美菜も立ち上がる。

「でも、そんなことしたら、帰りの美菜が危ないじゃん」

「あ、そうか……いや、でも私は襲われないから大丈夫だよ」

「ほら、また悪い癖が出た。美菜はなにかと無自覚なんだから……。あんたは可愛いんだからね。男から見れば私なんかよりよっぽどそそられる、最高の獲物なんだから」

結希は笑って言った後「じゃ、また」と手を振って帰って行った。

その背中を見送って、美菜はしばらく立ち尽くしたまま、今日の出来事を振り返った。

今夜は、本当にいろんなことを知った夜だった――。

彩音が彼氏から暴力を受けていること。その彼氏というのが、殺陣《たて》の授業の指導助手の中でもひときわ口の悪いOBで、ヒロキという名前だということ。しかも彼には振り込め詐欺に手を染めた過去もあるということ。そして、それとは全然関係ないけど、結希が美菜のことを好きだということ――。

結果的には、結希のことを振ってしまった。でも仕方ない。結希は心を許せる友達だけど、さすがに恋人同士にはなれない。

「もし、さっきのお隣さんと私、どっちかと付き合うんだったら……」

あの会話が、美菜の胸の中で反響している。

「それはお隣さん」

自分でも驚くぐらい即答だった。

ただ、そこで雄也の様子が思い出される。彼は、彩音の彼氏の話を聞いているあたりから、ずっと上の空のような感じだった。まるで何かをじっと考えているような――。

雄也は、部屋で一人、壁の一点をじっと見つめたまま、考え込んでいた。

まさか、あんな話を聞くことになるとは――。

情報源は、彩音という、色白で小太りの女だった。最初は美菜の友人だと思っていたが、時々敬語を使われていたことから察して、どうやら先輩のようだった。

雄也が部屋に入って早々、彩音が彼氏に暴力を振るわれているという話を聞いた時は、重い話に巻き込まれて困ったな、という程度にしか思っていなかった。だが、その後の告白の内容は、雄也の耳を一気に引きつけるものだった。

「実はヒロキ、振り込め詐欺もやってたの」

「あいつ、よりによってエイドのATMを使わせて、ヤクザの組長が昔世話になったっていうお婆さんを騙《だま》してお金振り込ませて、そのあとヤクザに命狙われてるとか言ってびびって、慌てて足を洗ったの」

それにしても、彩音も相当酔っていたのだろう。あんな重大な秘密を人に話してしまうとは。――どう考えても、川西組の事件のことで間違いないだろう。あそこまで酷似した事件が、他に起きているとも思えない。

あの話を聞いた瞬間、雄也は猛烈に興奮していた。もちろん、表情には出さないよう気をつけていたので、美菜とその友人たちには気付かれなかっただろうが。

しかも、その男はヒロキという名前で、放送技術マルチメディア学院のOBで、殺陣の授業の指導に来ていて、鼻が高くて天然パーマ。――十分すぎるほどの情報を、彩音からもらってしまった。

そのヒロキについて、彩音は「殺したい」と発言した。また、周囲の友人たちも口々に言っていた。

「マジでさ、世の中、殺した方がいい奴っているんだよね」

「本当にそう思う。殺してもいい人間なんていないとか言うけど、きれいごとだよね。DV野郎なんて、世の中にとって迷惑でしかないわけじゃん」

そして、きわめつきは美菜だ。彼女と交わした会話を、雄也は思い出す。

「もし本当に、その男が消えてくれたら、君もうれしい？」

「うれしいっていうか……まあ、正直……本当に消えてくれたら、彩音さんにとってはいいことだと思うから、やっぱり私もうれしい、かな」

それらの言葉を、心の中で何度も反芻《はんすう》しながら、雄也は決意した。

美菜まで喜んでくれるのなら、すぐにでも実行してやろうじゃないか――。

13

沢口浩樹《さわぐちひろき》は、パチスロ店から自宅アパートへの帰路に就いた。三本ラインのジャージの裾《すそ》とサンダル履きの汚い両足を見つめながら、蒸し暑い夕暮れの街を歩く。

くそ、今日も二万負けた。ここ最近負けが込んでいる。しょうがない、また彩音から取ろう。あいつはまだ仕送りをもらってるし、バイトもしてるから財布に余裕がある。もし渋るようだったら、また殴ればいい。——浩樹は歩きながら考えていた。

俳優を夢見て上京し、放送技術マルチメディア学院に入学した当初は、毎日が楽しく、順風満帆のように感じていた。在学中にオーディションを受け、OBが撮る自主映画に出たり、全国公開されたメジャー映画にもエキストラとはいえ出たことがあった。この調子でいけば、近い将来きっと俳優として成功できると、浩樹は本気で思っていた。だが、次第に現実に気付くようになった。自主映画もエキストラも、オーディションとは名ばかりで、ほぼ全員受かるものだったということ。その証拠に、メジャーな作品の台詞《せりふ》がある役は、何度オーディションを受けても合格する気配すらないこと。卒業制作にも全力で打ち込んだが、それが有力な業界関係者に評価されるような奇跡が起きることもなく、卒業後も有名な芸能事務所には入れず、小劇団に入るのが精一杯だったこと。——厳しい現実に直面するうち、浩樹の夢はしぼんでいき、生活も自堕落になった。しまいには、せっかく所属できた小劇団も、先輩と喧嘩《けんか》した勢いですぐに辞めてしまい、夢見ていた俳優業とのつながりは、気付けばほとんど絶たれてしまった。

しいて俳優業とつながりがある活動を挙げれば、放マルの殺陣の授業を、指導助手として手伝うことぐらいだ。これは放マル時代の同級生のつてで参加できているのだが、ギャラが出るわけではない。講師の我妻に気に入られれば、映画やドラマのアクションシーンの撮影に呼ばれることもあると、その同級生から聞いていたのだが、実際は我妻に有力なコネなど無いようで、授業の手伝いが仕事に結びついたなんて話は聞いたことがなかった。結局、ストレス解消に在校生相手に威張り散らすことぐらいしかすることがなかった。それ以外のストレス解消法といえば、彩音を殴ることと、あのだぶついた体を乱暴に抱くことぐらいだ。いや、彩音と会う時さえ、金をせびる際にはどうしても卑屈に振る舞うしかなく、自尊心が傷ついてストレスが溜《た》まるので、結果的にはチャラになってしまう。

本当は、スロットで安定して稼げればいい。放マル在学中にスロットを覚え、上級者はスロットだけで生活できるという情報を知ってから、浩樹はバイトなんてする気になれなかった。だが、スロットで生活できるようになるには、パチスロ雑誌を買って熱心に新台を研究したり、台ごとの確変などのパターンを記憶することが必要で、浩樹にはそれを満たすだけの根気と記憶力がないことは自覚しつつあった。

楽して稼ぎたい。その一心で、怪しい儲《もう》け話に乗ったこともあった。それは振り込め詐欺だった。当初は面白いように儲かり、受け子や出し子の体験談を「知り合いから聞いた話」だと言って、彩音に得意になって話したこともあった。だがその後、ヤクザの親分の育ての母とかいう老婆を騙してしまって、ヤクザから追われる身となり、浩樹は慌ててグループを抜けた。さすがにもう時間が経ったし、警察やヤクザに捕まることはないと思うが、詐欺で得た金は使い切ってしまったので、金欠なのは相変わらずだ。

——と、どうしようもない過去を回想している間に、アパートに着いた。一階の一番奥の、ゴミと埃《ほこり》にまみれた六畳の和室が浩樹の部屋だ。その先はブロック塀があり、向こう側は空き地になっている。夏場は網戸を通り抜けて藪蚊《やぶか》が入ってくるのがいらつく。

浩樹は玄関の鍵《かぎ》を開けた。——その時、背後に気配を感じた。

振り返ると、そこには見上げるほど大きな、日本人離れした身長の男がいた。

「えっ……」

声を上げる間もなく、みぞおちに激痛が走り、目の前の景色が一瞬で霞《かす》んだ。さらに、浩樹は男によって部屋の中に蹴《け》り込まれ、苛烈《かれつ》な暴力を受けた。

「女に暴力を振るう奴に、生きてる価値はない」

男にそう言われ、畳の上で執拗《しつよう》に殴られ蹴られるうちに、浩樹の意識は何度も飛びそうになった。頬や両まぶたが腫《は》れ上がり、視野はほとんど塞《ふさ》がってしまった。

その後、しばし暴力が止んだ。——だがそれは、さらなる地獄の予兆にすぎなかった。

浩樹の見えないところで、もっと恐ろしい仕打ちが準備されていたのだった。

浩樹は、よりいっそう陰惨な暴力にさらされた。喉《のど》を潰《つぶ》され、悲鳴を上げられない中で拷問が行われた。浩樹はわずかに残った視野で、詐欺グループについての数々の情報を紙に書いて、白状するしかなかった。

相手の正体が、プロの殺し屋だと知ったのは、その後のことだった。

「川西組の組長の母を騙した詐欺グループには、賞金がかかってるんだよ」

その殺し屋は、低い声でそう言って、懐から細長い金属の棒を取り出した。

「この東京で、目当ての詐欺グループなんて簡単には見つけられないと思ってたが、まさか見つかるとはな。こんなラッキーを起こしてくれた神様に感謝だ。しかし、酔った女にばらされるとは、お前も間抜けだったな。……まあ、これも女を殴った罰だ」

「た……助けて……」

浩樹は、潰された喉から、かすれた声を絞り出して訴えた。

だが殺し屋は、手に持った金属の棒を、何の躊躇《ちゅうちょ》もなく浩樹の頭に突き刺した。浩樹がこの世で最後に聞いたのは、鼓膜のすぐ近くを金属が貫く、ザクッという音だった。

その瞬間、脳幹が破壊され、すべての生命活動が停止したため、それが抜かれるポンッという音を聞くことはなかった。

14

夏休みが始まっても、美菜はなにかと忙しかった。

まず初日から、映像演技科のクラス全体でミュージカル鑑賞をする行事があったし、バイト先で日勤が一人辞めてしまったため、美菜が昼間のシフトに入るようにもなった。

それに、小春が忘れていったホットプレートは、ミュージカル鑑賞の時に「ごめん、今度美菜んち行って持って帰るから」と小春に言われたものの、相変わらず部屋に鎮座していた。決して広くない美菜の部屋では、邪魔で仕方ない。そもそも美菜は、部屋の片付けや整理整頓《せいとん》があまり得意ではないのだ。

ある日の黄昏《たそがれ》時、美菜はひどく散らかった部屋から電話をかけた。番号は覚えているのに、あえて電話帳の「実家」という登録番号からかけてみる。

「はいもしもし」

電話に出た洋一に対し、美菜は畳の目を指でなぞりながら、照れ隠しのようにおどけて言った。

「もしもしパパ。ごめん、お部屋散らかしちゃったから片付けに来て〜」

「おいおい、久々にかけてきたと思ったら、どうしたんだ……」

電話口の洋一は苦笑いしていた。美菜は話しながら、久々に聞く声に安堵《あんど》感《かん》を抱いていた。そして、故郷の涼しい夏を、一時《いっとき》だけ懐かしんだ。

——その数日後だった。バイト先で、大きな出来事が起きたのは。

その日、美菜は朝九時から夕方五時の日勤に、彩音と二人で入った。そこで彩音が、深刻な表情で美菜に告白したのだ。

「浩樹がね、行方不明になったみたいなの」

「行方不明って……どういうことですか？」

美菜が目を見開いて聞き返した。すると彩音は、眉間《みけん》に皺《しわ》を寄せて言った。

「浩樹にLINEしても、返ってこないの。家に行っても留守みたいだし」

「いつからですか？」

「先週の餃子《ギョーザ》パーティーあったじゃん。あの何日か後ぐらいかな。……まあ、連絡がつかなくて会うこともなければ殴られなくて済むから、それはありがたいんだけどさ」

彩音は冗談のつもりだったのか、ぎこちない笑みを浮かべて言ったが、美菜はうまく言葉を返せず「ああ……」と曖昧《あいまい》にうなずくしかなかった。

その後、彩音の様子は明らかにいつもと違っていた。煙草の品出しで同じ銘柄の箱を二つ開けてしまったり、廃棄の作業で賞味期限切れの弁当を二つも取り忘れたり、フライドチキンを揚げないままショーケースに入れようとしたり――あれだけひどい男だと言っていたのに、彼氏が失踪《しっそう》して相当動揺しているようだった。

正午を過ぎて、部活や夏期講習をやっていたらしい高校生や、近くの現場で昼休みになったらしい作業着姿の男たちが、昼食を買いに一気に来店した。ひたすらレジ打ちをする時間を経て、ようやく客が引いたところで、美菜が彩音を気遣って言った。

「彼氏さんのこと、やっぱり心配ですか？」

「いや、別に……いいんだけどね」彩音が強がるように言った。

「でも、餃子パーティーの日には、死んでほしいなんて言ってましたけど……」

やっぱり実際にいなくなるとつらいですよね、のような、いたわりの言葉をつなげるつもりだった。――ところが彩音は、美菜の言葉を遮って大声を出した。

「やめてよ！　浩樹は死んだわけじゃないんだから！」

「あっ……ごめんなさい」

どうやら、その話題には触れてもいけなかったようだ。デリカシーのないことを言ってしまったと、美菜は反省した。

「どうした？　何かあった？」

バックヤードから店長が出てきた。そこで彩音は、はっとした様子で「いえ……何でもありません」と店長に返した。

「あ、そう。……ずいぶん大きい声出したから、愛霧ユアよりすごい有名人でも来たのかと思ったよ」

店長は軽口を叩《たた》いてバックヤードに戻った。でも当然、彩音は笑っていなかった。

「本当に、ごめんなさい」

美菜は、改めて彩音に謝った。彩音はうつむきながら、首を横に振った。

「ううん、私こそごめん、ちょっと興奮しちゃって」

結局その日は、それ以来、彩音との会話はほとんどないままバイトを終えた。勤務時間が終わると、彩音は美菜を避けるように、廃棄の弁当も食べずにすぐ帰ってしまった。

美菜は、彩音を傷つけてしまったことを後悔しながら、バイトから帰宅した。

そして、アパートの外階段を上っていた時だった。

ちょうど、二〇一号室から雄也が出てきた。まるで、美菜が階段を上る足音を聞いて、タイミングを計ったかのような顔の合わせ方だった。

「あ……おかえり」

雄也に声をかけられ、美菜は頭を下げた。

「あ、こんばんは。この間はどうも……」

美菜は、とっさに笑顔を作ったつもりだった。だが、すぐに雄也から指摘された。

「どうしたの？ いつもと様子が違うみたいだけど、何かあったの？」

「いや、あの……」

美菜は迷ったが、話すことにした。誰かに聞いてほしい気持ちもあったのだ。

「今日、バイトだったんですけど、彩音さんと一緒だったんです。そしたら彩音さんが、彼氏が急に行方不明になって、連絡が取れなくなったって言ってて。……あ、その彼氏っていうのは、前の餃子パーティーの時に話してた……」

「ああ、例の、ひどい暴力を振るう彼氏？ たしか浩樹とかいう名前の」

雄也が、微《かす》かに笑みを浮かべたような表情で言った。美菜は「はい」とうなずく。

すると雄也は、冷たく言い放った。

「よかったじゃないか」

「……えっ⁉」

美菜は絶句した。一方、雄也は微かに笑みをたたえたまま続けた。

「だって、消えてほしいと思ってた人間が本当に消えたんだろ。喜ぶべきことじゃないか。浩樹とやらが、もしどこかで死んでてくれれば万々歳だ……」

「なんてこと言うんですか！」

美菜は、思わず大きな声で叫んでいた。

すると雄也は、目を丸くして、意外で仕方ないというような表情で言い返してきた。

「いや……君だって、奴が消えてくれたらうれしいって言ってたじゃないか？」

それに対して美菜は、泣きそうになりながら訴える。

「それはそうなんですけど、彩音さん、本当に落ち込んでたみたいだったし……とにかく、喜ぶべきだとか、死んでればいいとか、そんなこと言うのはひどすぎます！」

美菜も、なぜ自分がここまで怒っているのか、うまく説明できなかった。自身も数時間前、浩樹の死を連想させることを言い、彩音を怒らせたことを負い目に感じていて、自分以上にひどい言い方をした雄也にカッとなってしまった部分もあった。ただ何より、美菜の前では常に紳士的だった雄也が、ひどい言葉を吐いたことが悲しかったのだ。

「そんなこと言わないでください。……雄也さんは、優しい雄也さんでいてください」

美菜は、目に涙をにじませながら言うと、「失礼します」と雄也に一礼して部屋に入り、そのまま鍵《かぎ》をかけた。

雄也はショックを受けたまま、自分の部屋に戻った。

そして、ついさっきの出来事を回想した。

「なんてこと言うんですか！」と怒鳴られた時は腹が立った。自分だって沢口浩樹について、死んでほしいとか、消えてくれたらうれしいと言っていたくせに何だ、と――。

だが、その後に美菜が発した言葉は、あまりにも意外で、心に深く刺さった。

「雄也さんは、優しい雄也さんでいてください」

――今まで「優しい雄也さん」なんかでいたつもりはなかった。むしろ、沢口浩樹の案件こそが、今までで一番、美菜に喜ばれると思ってやったことだった。浩樹の絶望に満ちた顔は、今でも覚えている。自分より弱い者をいたぶる人間が、圧倒的強者を目の前にした時の、無残な表情は実に見ものだった。雄也は快楽殺人者のような趣味は持ち合わせていないつもりだったが、あの時は快感すら覚えたものだった。

なのに、美菜には喜ばれなかった。美菜が言うところの「優しさ」は、自分で意識して出そうとしても、まったくうまくいかないのだ。

やはり自分には、人間として大きく欠落した部分があるのだろう。――雄也は部屋で一人、自嘲《じちょう》的に笑った。

15

二日後。美菜は、結希と二人で夕勤に入った。

「どうしたの、元気ないじゃん」

勤務開始早々、結希に声をかけられた。美菜は沈んだ気持ちを隠していたつもりだったのに、すぐ見破られてしまった。

「隣の彼のことで、恋患い？」

「いや……そういうわけじゃないけど」

本当は、結希の指摘がほぼ正解だったが、美菜は首を横に振った。

彩音の彼氏が行方不明だということを、結希は知らないはずだ。美菜はそこから説明しようかとも思ったが、今は店内に客がいる。間違っても客に聞かれてはいけないから、しない方がいいだろうと判断した。

レジに客が来る。会計を済ませる。「ありがとうございました、またお越しくださいませ」とマニュアル通りに言う。――しばらくその作業をこなして、店内に客がいなくなったところで、結希がふと言った。

「ごめん、混乱させちゃったよね。女に告《こく》られたんだもんね」

「いや、それで元気がないわけじゃないからね。ていうか、普通に元気だし！」美菜は慌てて否定し、笑顔を作って言った。「だって、今まで通り友達だもんね」

ところが、今度は結希が、浮かない顔で言った。

「ただ……今まで通り友達ってのは、もう難しいかもしれない」

「えっ？」

やっぱり、告白を断ったことで傷つけてしまったのかと、美菜は焦った。

だが、結希の次の言葉は、まったく予想外のものだった。

「私、学校辞めようかと思ってるんだ」

「うそっ……本当に？」美菜は目を見開いて驚いた。

結希はうなずいた後、訥々《とつとつ》と語り始めた。

「特別な何者かになれるかと思って、放マルに入ってみたけど……授業受けて、周りのみんな見てるうちに、私には無理だって自覚したんだ。芝居かじってみてすぐに、才能がないってことは自覚したし、私にはレズビアンってこと以外に大した特徴もないし、それを売りにしようなんて図太いやり方もできないし……。そうと分かったら、早めに決断した方が、これからの人生に与えるダメージも少なくて済むと思ったんだ。とりあえず、来年の春に大学に入り直そうかと思ってる」

「ああ、そうなんだ……」

美菜は、引き留めようかとも思ったが、結希の言葉から意志が固いことが伝わってきたので、結局何も言えなかった。しばらく間が空いて、また結希が口を開いた。

「ただ、親に無駄な入学金と授業料払わせちゃったから、次はできるだけ自力で賄いたくて、バイトは多めに入ろうかと思ってるんだ」

「大丈夫？受験勉強とかしなきゃいけないよね」

美菜は心配したが、結希は笑って答えた。

「今入ろうと思ってるところは、正直、偏差値的には入れそうだから大丈夫。自分で言うのもなんだけど、私、高校までは結構勉強できたんだ」

「あ、そうなんだ」美菜は少し安心した。「でも、意外だったな。結希は、進路とかは迷いなく考えてる感じがしてたから」

「私だって迷うよ」

結希がぽつりと返したところで、また客が来た。「いらっしゃいませ」と二人で挨拶《あいさつ》する。——バイト中の会話は、どうしても途切れがちになる。

その後、さらに客足が増えて、レジ打ちの他にホットスナックを作ったり品出しをしたり、二人とも忙しくなった。夏場は冷たい飲み物の売り上げが格段に伸びるので、春頃は一度品出しすればよかった紙パック飲料を、二度も三度も品出ししなければいけなくなる。美菜と結希はほとんど会話する余裕もないまま、交代で休憩に入って、気付けば夜九時を回っていた。

と、レジの客の列が一段落したところで、二人の担任講師の松岡が、缶ビールとおつまみを買い物かごに入れて、美菜のレジにやってきた。

「いらっしゃいませ……あ、先生こんばんは」美菜が笑顔で挨拶する。

「あら、伊藤さんと大場さん、二人ともお揃いね」

松岡はにっこり笑って、紙パック飲料の品出しをしていた結希と、レジの美菜を見比べた。結希も「こんばんは」と笑顔で頭を下げる。

「今日も学校あったんですか？」

美菜がレジ打ちをしながら尋ねると、松岡はうなずいて答える。

「講師は夏休みだって暇じゃないのよ。補講もあるし、オープンキャンパスとかだってあるんだから」

「そういえば先生、家こっちなんですか？」

「うん、善福寺川沿いのアパートで、学校までは片道三キロぐらいあるんだけどね、健康のために歩いて通ってるの」

「へえ、すごい」

「あと、学校に駐輪場無いし、歩道に停めておくと撤去されちゃうから、自転車通勤ができないっていうのもあるけどね」

「ああ、それは私も同じです。駐輪場欲しいですよね〜」

美菜はそんな会話をしながらも、バーコードをスキャンし終えて「五百二十五円です」と告げて、手早く袋詰めをする。

「どう、夏休みは？」

松岡が、結希の方にも目をやって尋ねた。結希が笑って答える。

「バイトばっかりです」

「宿題忘れちゃだめよ」

松岡が、笑みを交えつつ怖い顔を作った。すかさず美菜が、おどけて返す。

「あっ、宿題の存在を忘れてました」

「もう、馬鹿っ！」松岡は、美菜に向き直って顔をしかめたが、ふと心配そうに言った。

「あ、そうだ、伊藤さん大丈夫？　宿題のショートフィルム、スマホなくても撮影できそう？」

「ええ、まあ……何とかやります」

本当はまだ何も考えていなかった、とは言えずに、美菜は答えた。

「実はね、うちに使ってないビデオカメラがあってね、もしよかったら……」

と、松岡が言いかけたところで、別の客がレジにやってきた。

「あ……じゃ、またね。夏休みは長いから」

松岡は急いで財布から小銭を出し、「ちょうどあるわ。レシートは要らないです」と言い残して、レジ袋を持って去って行った。

やがて勤務時間が終わり、タイムカードを押したところで、結希が言った。

「松岡先生はいい先生だし、シンパシーも感じてたけど、それだけで二年間通うわけにもいかないしね。――あ、ありがとね。さっき松岡先生に、私が学校辞めようと思ってること、言わないでおいてくれて」

「そりゃ、私が勝手に言っちゃまずいってことぐらい、いくら間抜けな私でも分かったよ。そういうのは、自分のタイミングで言わなきゃだよね」

美菜が笑って答えると、結希は静かに微笑んで、首を横に振った。

「美菜は間抜けなんかじゃないよ。——美菜は間抜けじゃないし、私も進路に迷わないわけじゃない。むしろ迷ってばっかり」

「あ……ごめん、さっき私が言ったこと、引っかかってた?」

美菜は申し訳なく思って尋ねた。しかし結希は「いや、美菜は悪くないよ」と、また首を横に振ってから、静かに語り始めた。

「ただ、実は私、高校時代にも、レズビアンだってカミングアウトしたことがあったんだ。仲のいい女友達に、万が一にもいじめられたりしないように、卒業間際にね——。そしたら、その子たちにも悪気があったわけじゃないんだろうけど『だから芸能の道に進むんだね』とか、『結希は何でも本音で言えるから、そういうの合ってるよね』とか言われて。あげくの果てに、人生相談みたいの受けるようになっちゃって……」

結希は困ったような笑顔を浮かべて、話を続けた。

「たぶんだけど、LGBTの人はみんな物事の本質を見抜く能力があるんだって、思ってる人が多いんだろうね。しかも人前に出るのも得意で、ご意見番みたいなイメージが付いてるんだと思う。たしかに、芸能界にはそういう人が何人もいるけど」

「なるほど……」美菜がうなずく。

「でも、私には、物事の本質を見抜く能力なんて全然ないんだよね。——ただ、そう言っときながら、私自身も、自分にどこか特別な能力があるんじゃないかって勘違いして、放マルを選んだところもあったと思う。まあ、あとは、大学受験が大変そうだから逃げたいっていう部分も、今思えばあったんだろうけどね」

結希は、遠くを見つめながら言った。

「偏見とか決めつけとか、自分に対しても他人に対しても、百パーセント取っ払って、生きていければいいんだけどね。そういう人になりたいけど……無理だろうね」

結希の言葉が、美菜の胸に重く響いた。

16

その三日後が、彩音との夕勤のシフトだった。

その日が、本当に大変なことになるとは、美菜は予想もしていなかった。

もっとも、天気予報では、夜から翌朝にかけて大気の状態が不安定で、ゲリラ豪雨の恐れがあるでしょう、と伝えられていた。文字通り、嵐の予兆はあったのだ。

出勤して、バックヤードのロッカーの前で彩音と顔を合わせ、「おはようございます」と挨拶を交わしたところで、美菜は気を遣いながら、おずおずと尋ねた。

「あの……彼氏さんは、どうですか？」

すると彩音は、吹っ切れたような表情で答えた。

「ああ、もう気にしないで。あいつがこっちの連絡ガン無視してるってことは、別れたってことでしょ。せいせいしたわ」

「あ、そうですか……」

前とはすっかり変わった彩音の様子に、美菜は驚いた。

「私、狂ってたんだよね。ぶっちゃけ、そう思ってたでしょ？」

彩音は、笑みを浮かべて尋ねてきた。

「いえ……」

美菜は戸惑いながらも、首を横に振った。しかし彩音は、さばけた口調で続けた。

「正直に言っていいよ。暴力振るうような男と付き合って、やばいことやってるって分かってても警察に相談しないで、馬鹿だなって思ってたでしょ？」

「いや、本当に思ってないです」美菜はさらに強く首を振る。

「私は思ってるよ。ほんとに私、馬鹿だったって」彩音は自嘲《じちょう》気味に笑った。「浩樹、今どうしてんのか知らないけど、何もかも嫌になって実家に帰ったとか、きっとそんなところだと思うよ。いや、もしかしたら、別の女作ってそっちの家に転がり込んだのかもしれないし……」

――と、その時、店内からスイングドアを開けて、店長が顔を出した。

「あのねえ君たち、きわどい話を、ちょっと大きな声でしすぎです。お客さんに聞こえちゃうから」

「あ……ごめんなさい」美菜と彩音は、揃って頭を下げた。

その後、勤務時間が始まると、彩音は前回とは大違いの働きぶりを見せた。品出しも発注も素早くこなし、レジの応対も完璧《かんぺき》で、従来通りの頼れる先輩に戻っていた。

そして、勤務が終わった後は、美菜とともに廃棄の弁当とデザートをしっかり平らげていた。――前の勤務では、彩音は廃棄の弁当にまったく手をつけずに帰っていたが、食欲もちゃんと従来通りに戻っているようだった。

「それじゃまた」

「お疲れ様で～す」

バイトを終えて店を出て、家が反対方向の美菜と彩音は、挨拶《あいさつ》を交わして別れた。

美菜は一人で夜道を歩き、住宅街の路地に入った。

背後から声がかかったのは、その時だった。

「伊藤さ～ん」

美菜が振り向くと、大きなトートバッグを持った松岡が、手を振って駆け寄ってきた。

「あっ、松岡先生！」美菜は笑顔でお辞儀をする。

「お店に行ったら、もう伊藤さん帰ったって言われて、慌てて追いかけてきたの」

「あ、そうだったんですか、すいません」

美菜は頭を下げながら、松岡が持っているトートバッグに視線を移す。すると松岡が説明した。

「これ、ビデオカメラ入ってるからね。課題のショートフィルムを撮るのに使って」

「えっ、本当に持ってきてくれたんですか？　ありがとうございます」

美菜は恐縮して頭を下げた。すると松岡は、鼻先で人差し指を立ててから言った。

「みんなには内緒ね。特定の学生をえこひいきするのは本当はダメだから。……まあ、そうはいっても、スマホ持ってない子はクラスに一人だけなんだから、別にえこひいきでもないか。むしろ均等に機会を与えてるわけだから、褒められてもいいぐらいだわ」

「ええ、本当にうれしいです。ありがとうございます」

美菜は笑顔で、また頭を下げた。すると松岡が、少し困った顔になって言った。

「ただ、実はこれ、プロ用の古いカメラだから、ちょっと使い方が特殊でね。説明書もないし、今時ネットで見れるかなって思って家で調べてみたんだけど、ちょっと見つからなかったのね。使い方を説明してあげたいんだけど、この辺で電源取れる場所ないわよね。コンセントは家庭用なんだけど……」

「ああ……うちじゃダメですか？」美菜が少し考えてから尋ねる。

「え、大丈夫？　伊藤さんって、実家じゃなかったっけ」

「いえ、一人暮らしです」

「あら、そう。……ああ、実家は別の子だったかしらね」松岡はつぶやいた後で言った。

「うん、じゃあね、十分ぐらいで終わるから、ちょっとだけお邪魔するわね」

と、松岡がトートバッグの中から、缶飲料を取り出した。

「あ、あと、これ飲む？　ノンアルコールカクテルなんだけど、新商品なの」

「え、いいんですか？　ありがとうございます」美菜が缶を受け取る。

「さっきあなたの店で買ったのよ」

「あ……じゃあ、店員としてもありがとうございます」

美菜はにっこり笑ってお辞儀してから、缶を開けて一口飲んだ。そして、松岡と並んで、アパートまでの夜道を歩き出した。

「ごめんなさい。夜遅くに、先生に遠回りさせちゃって」美菜が言う。

「ううん、大丈夫よ。私の家もこっちの方向だから。……ていうか、こっちこそ悪いわ。夜中におっさんが家に上がり込んじゃうんだから」

「先生はおっさんじゃないから大丈夫です」美菜が笑って返す。

「あら、うれしいこと言ってくれるわ。じゃあ、おっさんじゃなくてマダムかしら？」

「……マダムって感じでもないですけど」

「やだ、じゃあ何？」

「先生は……先生です。私は私だし。みんな、一人一人違うんです」

美菜は、ふと結希の顔を思い出しながら言った。

すると松岡は、美菜を見つめて、心を打たれたようにしみじみと言った。

「やだ、伊藤さん詩人だわ。……やっぱりね、何か違うと思ったの。あなたにはきらりと光るものがあるわ」

「本当ですか？」

「いけない、またえこひいきしちゃった」松岡が笑う。

と、美菜が、中身が半分ほどになった缶を覗《のぞ》き込むようにしてから言った。

「これ……なんか、ちょっと苦いですね」

「あ、そうだった？　でも、それグレープフルーツ入ってるよね。その味じゃない？」

「ああ、そっか……」

美菜は特に気にせず、また松岡と雑談をしながら歩いた。数分後、アパートが見えてきた。ちょうどカクテルも空になったところだった。

「あ、私の部屋、あそこです」美菜がアパートを指差す。

「ああ、よかった。本当にうちと近いわ」松岡が笑顔を見せた。

美菜が先導して、二人で外階段を上る。と、その途中で美菜が少しふらついた。

「あら、大丈夫？」松岡が後ろから、心配そうに声をかけた。

「すいません、ちょっと疲れが出ちゃったかも……でも、大丈夫です」

美菜は気丈に振る舞って、玄関の鍵《かぎ》を開け「どうぞ、散らかってますけど」と、松岡を招き入れた。

雄也は、この日も放送技術マルチメディア学院に行ってきた。

夏休みで学生が少ない中でも、一部の学科では授業が行われていて、何人もの講師の姿が確認できた。放マルの講師たちの情報は、すでに雄也の頭の中に入っている。

ただ、肝心の仕事の方は、まだ完了するめどが立っていなかった。

美菜のことは忘れることにした。仕事に集中していれば、雑念は湧いてこなかった。それに、女などいくらでもいるのだ。たまたま隣人になっただけの女に、心を奪われそうになったこと自体が間違いだったのだ。そもそも、自分のような罪人が恋に落ちたりすれば、結果的に相手を不幸にしてしまうに決まっているのだ。美菜を忘れることは、お互いのためなのだ――雄也は、そう自分に言い聞かせていた。

と、外階段を上る複数の足音が聞こえた。そして、微《かす》かに男の声も聞こえる。

雄也は、玄関のドアスコープから外を見た。

そこで、自分の目を疑った。

美菜が、年配の男と並んで歩いている。しかもその男は、放マルの講師の松岡丈則だ。

そんな、どうして奴が？　まさか、あいつが――!?


「お邪魔しま～す。じゃあ、まずセッティングしちゃうね。そのあと説明するから」

部屋に入って、松岡がトートバッグの中からカメラやコードを取り出した。

一方、美菜は倒れ込むようにして、クッションフロアに座り込んだ。

「すみません、なんだか急に眠くなっちゃって……最近バイト多いから、一気に疲れが出ちゃったのかな……」

すると、松岡が優しい声で返した。

「あら、本当に疲れてるみたいね。いいよ、横になってて。セッティングだけして、最後に説明して帰るから」

「すみません……お言葉に甘えて」

美菜は、そのまま横になって目を閉じた。

ああ、まだ手も洗ってないや、と思ったが、仰向《あおむ》けの背中がぐっと伸びるのが気持ちよくて、起き上がって流し台に行くのも億劫《おっくう》になってしまった。外からはいつの間にか雨音が聞こえる。ああ、そういえば今夜はゲリラ豪雨が降るって予報が出てたっけ、とぼんやり思いながら、美菜はたった数分で、深い寝息を立て始めた。

——だが、その時だった。

体に走った異常な感触に、美菜は思わず目を開けた。

すると、松岡が、美菜の傍らで前のめりに座る格好になり、美菜の胸から腰、太もも、そして股間《こかん》へと、撫《な》でるように両手を這《は》わせていた。笑みを浮かべた視線も、美菜の胸から下半身にかけて凝視しながら、何度も往復している。

「えっ……えっ……なんで？」

半開きの目をしばたかせて、混乱しきった声を上げる美菜。

すると松岡が、ぱっと美菜の顔を見て、少し驚いた様子で言った。

「あれ、起きちゃった？　寝てな、すぐ終わるから」

「ちょっと、やめてくらさい……」

舌がもつれる美菜。しかも声がやけに小さい。

「あのね、芸能界に入ったら、こういうことは当たり前なんだよ。今スターになってる女優もアイドルも、枕営業の一回や二回は経験してるんだから」

枕営業——少し前に意味を知ったその言葉を聞き、美菜は身震いした。松岡はにやりと笑って続ける。

「取引だと思えばいいんだ。今日俺に抱かれる代わりに、君の成績は最高にするし、卒業の時には力のある事務所に推薦する。そうすれば君も芸能界で食っていけるよ」

自分のことを「俺」と言い、声もいつもよりずっと低い。——松岡のオネエキャラは嘘だったのだと、美菜は確信した。

さらに、同時に思い出されたのは結希のことだった。結希はこう言っていた。

『松岡先生はいい先生だし、シンパシーも感じてた』

美菜も同じだった。松岡のキャラクターが作られたものだなんて、今日まで疑ってもいなかった。だが結希は、こんなことも言っていた。

『たぶんだけど、LGBTの人はみんな物事の本質を見抜く能力があるんだって、思ってる人が多いんだろうね』

『でも、私には、物事の本質を見抜く能力なんて全然ないんだよね』

『偏見とか決めつけとか、自分に対しても他人に対しても、百パーセント取っ払って、生きていければいいんだけどね』

まさに結希の言った通りだった。「松岡先生はいい先生」という、結希や美菜が抱いていた印象は大外れだった。結希は松岡の本質を全然見抜けていなかったのだ。それに、美菜が松岡を信頼したのには、同じＬＧＢＴというカテゴリーに属している結希が信頼しているからという先入観もあったのだと、美菜は今になって自覚した。結希が言っていた通り、偏見や決めつけなど取っ払っていればよかったのだ――。

「おとなしくしてろよ、悪いようにはしないから」

松岡の鼻息が荒くなり、美菜の体をまさぐる手つきが熱を帯びてくる。

「睡眠薬があんまり効かなかったのは計算外だったが、熟睡してるよりは反応があった方がいいからな。……でも、大きい声は出ないだろ」

「やめて……やめて……」

美菜は抵抗しようとするも、松岡の腕を力なく押す程度にしかならなかった。それに、声もささやくほどの大きさで、大きく息を吸って叫ぼうとしても、はあはあと息が漏れるばかり。外の雨音にかき消されてしまうほどだった。

「ふふ、やっぱり力が入らないみたいだな。声も小さくてふにゃふにゃで、自分じゃないみたいだろ。みんなそうなっちゃうんだよ、あれを飲むと」

松岡は、口の右端だけ引き上げて笑いながら、床の隅に置かれたノンアルコールカクテルの空き缶に目をやった。美菜はそれを見て、目を見開いた。

「あれ……苦かったの……薬……？」

途切れ途切れの声で言った美菜に、松岡は笑顔でうなずきかける。そして、今度は美菜の足先の方向を指差す。

そこには、三脚に載ったカメラがセッティングしてあった。

「いいか、今あのカメラで録画されてる映像は、Wi《ワイ》・Fi《ファイ》でうちのパソコンに飛ばして、自動で保存されて、いつでもネット上に公開できるようになってるんだ。だから、警察に通報なんかしちゃだめだぞ。俺が捕まってアクセスがなくなったら、この映像は、一定時間が経つと自動的にネット上に公開される設定になってるからな」

松岡は、今までと同一人物とは思えない、雄々しい低い声でささやいた。そして、美菜の脚を無理矢理広げ、セッティングされたカメラの方に向けた。

「さあ、カメラを見るんだ。君の一番大事なところを、今から全部写してあげよう」

松岡の両手が、美菜のショートパンツにかかり、ゆっくりとずり下げ始めた。

「や……やめて」

美菜は、ささやくような涙声で訴えながら、なんとか左手で拳《こぶし》を握り、松岡の顔の方向へと振り下ろした。しかし、それは力なく空を切り、美菜の体に顔を近づけて鼻息を荒くしていた松岡を、結果的にさらに抱き寄せる形になってしまった。

「おお、抱きしめちゃってるぞ。積極的じゃねえか」

松岡が笑いながら、美菜の体に体重を預け、胸に頬ずりしてきた。

「ああ、柔らかい。じゃ、まずはこっちの方から気持ちよくして……」

と、松岡が言いかけた、その時だった。

美菜にのしかかっていた松岡の体が突然持ち上がり、「わあっ」という声に続き、足先の方向でドスンと鈍い音がした。美菜は、突然の事態に混乱しながらも、右手を腰の下に置いてから、ふらふらと体を起こし、おそるおそる音のした方向を見た。

そこには、雄也がいた。

彼は鬼のような表情を浮かべ、松岡の後ろ襟をつかんで持ち上げていた。

「死ね」

雄也は低い声で告げた。心の中は、怒りと殺意で満ちあふれていた。

まずは、後ろ襟をつかんで持ち上げていた松岡の顔面を殴った。松岡は「ぐっ」と呻《うめ》いて吹っ飛び、三脚にセットされていたカメラを下敷きにして倒れた。その松岡の腹に、すぐさま蹴《け》りを入れる。「げっ」という呻き声とともに、松岡の体が床の上でくの字に曲がる。そして、さらにその顔面を踏みつけようとした時——。

「だめっ！」

雄也の腰に、後ろから美菜が抱きついた。雄也は思わずバランスを崩してよろけた。

「そんなにやったら……殺しちゃう！」

美菜は、弱々しい声ながらも必死に訴えた。その隙に松岡は「ひいっ」と悲鳴を上げて立ち上がり、玄関から逃げ出した。カンカンカン、と外階段を下りる足音が響く。

「離せ！」

雄也が美菜の腕を振り払う。だが、「いやっ」と床に倒れ込んだ美菜を見て、慌てて抱き起こす。そして、美菜の両肩を抱き、正面から顔を覗《のぞ》き込んで問いかける。

「なあ、あいつも殺しちゃいけないのか？　今君を犯そうとした、あの屑《くず》野郎のことも、本当に殺しちゃいけないと思うか？」

美菜は、床にへたり込んだまま、涙目でふらふらと首を横に振った。

「この前のDV男も、今の強姦魔《ごうかんま》も、本当に殺しちゃいけないと思うのか？」

雄也は詰問した。片膝《かたひざ》をついて、思わず美菜の両肩を強くつかんで揺さぶっていた。

「痛い……」

美菜が声を漏らした。雄也は我に返り、「ごめん」とつぶやいて彼女の両肩を離す。

すると美菜は、両手で肩を押さえながら、潤んだ目で雄也を見上げて訴えた。

「あなたが……人を殺して、警察に捕まっちゃうのは、だめ……」

「いや、俺はもうとっくに……」

と言いかけて、雄也は慌てて口をつぐんだ。

そして、慌てたのをごまかすように、美菜の胸元がはだけそうになっているのを見ないようにしながら、シャツの裾《すそ》を引っぱって直してやった。美菜は「あっ」と小さく声を上げ、恥ずかしそうにうつむいてから言った。

「あと……松岡先生を殺しちゃいけない理由が、もう一つあって……」

美菜は、床に倒れた三脚とビデオカメラを指差し、たどたどしい口調で説明した。

「このカメラで撮った映像が、えっと……よく分からないんですけど、ネットにつながってて、松岡先生がずっとアクセスしないと、自動的に公開されるとか言われて……。だから、警察には通報するなとも言われて、ていうことは、松岡先生に何かしたら、私が体を触られて脱がされかけた映像が、ネットに出回るってことかも……」

「馬鹿な、そんなの……」

嘘に決まってる、と言おうとして、雄也は瞬時に考えた。

実際のところ、そんな話は間違いなく嘘だろう。だが、今ここで雄也が嘘だと断定してしまうと、美菜はこの事件を警察に通報することになる。そうなると困るのは雄也だ。美菜を助けるために玄関の鍵《かぎ》をピッキングで開けて突入し、松岡を殴りつけた雄也に、警察が事情を聞かないはずがない。警察に関わることになるのは、雄也としても避けたいところだった。

「……ハッタリに決まってる、と言いたいところだが、技術的には可能だ。もし本当だったら、君が傷つくことになる。まったく卑怯《ひきょう》な奴だ」

その卑怯な嘘を利用して、自らの保身を図るのは、雄也としても気分が悪かったが、この状況では仕方なかった。

「でも、俺が今から、日本の法律じゃ与えられない罰を奴に与えてくる。だから警察を呼ぶ必要はない。君はここで待ってるんだ」

雄也は、そう言い残して駆け出した。美菜の「待って」という声を背中で聞いたが、もう振り返らなかった。

くそっ、もう少しだったのに。それにしてもあいつは何者だったんだ。伊藤美菜の彼氏か、友人か、それとも隣人か。いずれにしても、なぜあのタイミングで部屋に入ってこられたんだ。玄関の鍵はちゃんと内側から閉めたし、美菜は薬が効いてたから大きな悲鳴も上げられなかったのに。——松岡は雨が降る中、まだずきずきと痛む鼻を押さえ、善福寺川沿いの遊歩道を自宅に向かって小走りしながら考えていた。

しかし、本当に惜しかった。伊藤美菜も、もう少しで奴隷コレクションの一人にできそうだったのに……。今年の一年生の中で、顔も体つきも好みで、かつ従順で簡単に征服できそうな女を選んだのだ。しかも今日は、堂々と部屋にビデオカメラを持ち込む、絶好の口実まであった。今までの中でも特にスムーズに事が運ぶ予定だったのだ。

こんな役得でもなければ、専門学校の講師なんて馬鹿らしくてやっていられない。自分に才能があると勘違いして日本中から集まってくる、自意識過剰なガキどものお守《も》りなんて、好きでやるわけがない。中性的な、いわゆるオネエキャラを装えば、若い女は簡単に警戒心を解いた。この方法で近付くことで、今まで何十人もの若い女を抱いてきた。もちろん、ただの好色な素人の演技では簡単に見抜かれてしまうだろうが、松岡は腐ってもプロの俳優。この程度の演技は朝飯前だ。

そもそも、俳優としてそれなりに実績があった松岡が、第一線を退くことになった本当の原因は、後輩の若手女優を酒に酔わせて体を奪うという悪行を繰り返していたのがばれて、業界から干されたことだった。相手にも女優としての将来があったため被害届は出されておらず、また松岡が一般的な知名度は低い俳優だったため、仕事がなくなった程度で済んだが、もし松岡がテレビに頻繁に出ているような有名俳優だったら、マスコミに嗅《か》ぎつけられ、警察も動き、逮捕にまで至っていたかもしれない。

しかし、伊藤美菜に通報されていなければいいが……松岡は危惧《きぐ》した。もっとも、相手が美菜一人なら、まず大丈夫だという自信があった。「撮影した映像はＷｉ－Ｆｉで飛ばしていつでもネット上に公開できるようになっている。俺が逮捕されてアクセスがなくなったら自動的にネット上に公開される。そうなると君の裸の画像は永遠にネット上を漂い続ける」──毎回、そんな嘘を吹き込んでやるだけで、女たちは簡単に信じた。これまで一度も通報されなかったのだから、成功率は百パーセントだった。若くて頭の弱い女は、それらしい脅し文句を並べてやれば簡単に怖《お》じ気づいてしまうのだ。

しかし、突然乱入してきたあの男は分からない。最悪の場合、もう通報されてしまったかもしれない。そうなったら松岡も一巻の終わりだ。今まさに美菜を犯そうとする様子を撮影していたビデオカメラも、睡眠薬を混入したカクテルも、美菜の部屋に残してきてしまった。どちらも証拠としては十分だ。それに余罪も多数ある。今までの被害者も、全員は名乗り出ないかもしれないが、何人かは名乗り出るだろう。まして、その中の一人、小柴杏子が自殺していることまでばれたら、社会的に完全に抹殺される。そうならないためにはどうしたらいいか……。

やっぱり金だ。金しかない。金で解決しよう。――松岡は決断した。

歪《ゆが》んだ性欲を満たすためなら金を惜しまなかった松岡だが、それ以外の出費は極力抑える吝嗇家《りんしょくか》の一面もあった。一人暮らしで生活費も少なく、家賃も安く、専門学校講師の給料だけで十分な貯金ができていた。しかも美菜は、どうやらあまり裕福な家の子ではないらしい。二年分の学費に少し色を付けて、三百万円も出してやれば、きっと黙っておいてくれるだろう。もちろん手痛い出費ではあるが、背に腹はかえられない。

そのためには、早く話を付けなければいけない。そうだ、とっさに逃げてしまったが、すぐにでも戻った方がいいだろう。それに、気付けば雨脚がかなり強まっている。上流ではさらに強く降っているのか、善福寺川もだいぶ増水している。今夜はゲリラ豪雨の予報が出ていたから折りたたみ傘を持っていたのに、それもトートバッグに入れて美菜の部屋に忘れてきてしまった。話がまとまったらあの傘も持って帰ろう。――そう思って、松岡が振り向いた時だった。

すぐ後ろに、あの長身の男が迫っていた。

「い、いつの間に……」

「さっきからいたよ、馬鹿」

男はそう答えると、すぐさま松岡のみぞおちに強烈なボディを入れた。激痛で息が止まり、悲鳴も上げられない。さらに首に腕を回されて、「来い」と一言だけ告げられ、松岡は人けのまったくない公園に連れ込まれて引きずられるようにして歩き、そのまま公衆トイレに引きずり込まれた。

その男は、松岡を個室に連れ込み、内側から鍵をかけた。洋式便器に、通常よりかなり高い水位まで水が張られていて、便器の底にはモップヘッドが見える。俺が思ってたよりずっと早い段階から、この男は俺を見つけ、こんな準備をしてたんだ。——松岡がやっとそのことに気付いた時、案の定、便器の前で足払いをかけられて頭を押さえつけられ、便器の中に溜《た》まった水に顔を浸《つ》けられた。

とてつもない屈辱感。しかし、それどころではなかった。当然ながら息ができない。腕を振り回して抵抗を試みたが、肘《ひじ》の関節をきめられて激痛が走る。水の中で悲鳴を上げ、ごぼごぼと肺の中の空気が泡に変わり、さらに呼吸が苦しくなり、便器の中の水を飲んでしまう。

窒息寸前のところで顔を上げられる。水の中でコンタクトレンズが外れ、ほとんど何も見えない中、松岡は男に質問された。

「松岡、てめえ、今まで何人の女をレイプした？」

松岡は何も答えられなかった。呼吸が苦しくて声を出す余裕などなかったし、そもそも正確な人数を覚えていなかった。——それにしても、こいつはなぜ俺の名前を知っているんだ。疑問が一瞬だけ浮かんだが、そんなことを考えている余裕はなかった。

「被害者たちは、この何十倍もの屈辱を味わったんだよ。人間の屑《くず》が！」

再び顔を浸けられる。抵抗するつもりはなかったのだが、あまりの苦しさに腕を動かしたところ、さっきよりもさらに強く関節をきめられた。骨折したのではないかという激痛に、水中で肺の中の空気をすべて吐いてしまい、再び便器の水を大量に飲む。耐えがたい肉体的苦痛に、絶望的な屈辱感。抵抗が許されず追い詰められる精神。そうか、俺が今まで被害者たちにしてきたのは、こういうことだったのか——と、松岡の心の中にようやく反省のようなものが少しだけ芽生えたところで、すうっと意識が遠のいた。

ああ、これで死ぬのか、と松岡は思った。


肩を叩《たた》いてきたのは、人の手ではなく、無数の大きな雨粒だった。

松岡の意識が戻った。叩きつけるような大雨の中、誰かに担がれて運ばれている。

もしかして、公衆トイレであの男に水責めの暴行を受けた後、気絶していたところを誰かに助けられたのではないか。コンタクトレンズが外れたため、自分を担ぐ人物の姿もろくに見えていないが、とりあえず命は助かったということではないか。——という松岡の希望は、間もなく崩れ去った。

松岡の体は、まるでベランダに干される布団のように、橋の欄干に乱暴に打ちつけられた。頭のはるか下からは、ごおごおと濁流の音が聞こえる。

「ひいっ」思わず声を上げる松岡。

「何だ、起きてやがったのか」

感情がまるでこもっていない低い声に、松岡は戦慄《せんりつ》した。——ああ、なんということだ。さっきのあいつの声だ。

松岡はとっさに手足をばたつかせたが、空を切るだけだった。すぐに両脚を抱えられ、動かせなくなった。上半身は柵《さく》の向こう側に垂れている状態なので、手の届く範囲には相手の体はない。おまけにベルトをつかまれているようで、もはや抵抗の術《すべ》はなかった。

「さすがにこの時間でこの天気で、この暗がりだと、目撃者はいないだろうな」

雨音で遮られながらも、その声は松岡の耳に届いた。

「小柴杏子、覚えてるか？　お前が何度も犯して、自殺に追い込んだ学生だ。お前を殺すのは、彼女の遺族からの依頼だ」

松岡は愕然《がくぜん》とした。まさか、こいつの正体は殺し屋だったということか——。

「す、すいませんでした。彼女には申し訳ないことをしたと思ってます。た、助けてください……」

松岡の口から出たのは、自分でも情けなくなるほど無様な命乞《いのちご》いの言葉だった。当然、そんな言葉が聞き入れられるはずもなく、殺し屋の言葉は淡々と続いた。

「お前には感謝してるよ。小柴杏子は、お前の脅しを真に受けたのか、自分を自殺に追い込んだ相手の名前を遺書に書いてなかった。『先生に汚された』とか『放マルに入らなければよかった』とか、抽象的な言葉しか書いてなかったそうだ。だからこっちも、まずターゲットを特定することから始めなきゃいけなかったんだが、放マルに潜入してもなかなか決め手がつかめなかった。——ところが、お前が浅はかな性欲に任せてまた罪を犯したから、あっさりターゲットが判明。その夜のうちに任務完了ってわけだ」

松岡はぶるぶると震えだした。

「おまけにこの天気。そしてお前の逃げ道が川沿いだったこと。——ちょうどいい条件が揃ったよ。『川流し』は、いつでもできる方法じゃないからな」

松岡の体が前に押し出され、頭の方向に重心が大きく傾き、今にも欄干の向こう側に落下しそうになった。

「頼む、金なら出すから、助けて……」

松岡が泣き声で言いかけたが、冷徹な一言が返ってきただけだった。

「死ね」

脚とベルトが離された。松岡は真っ逆さまに落下する。

このまま首が折れて死ぬのか——と思いきや、ざぶんと着水した。

しめた、泳げば助かるかも……松岡は思った。

しかし、そんな希望は、先ほどと同様、一瞬で崩れ去った。

豪雨で増水した濁流は、泳ぐなんてとても無理だった。便器に顔を浸けられた時とは比較にならない量の泥水が、瞬く間に鼻と口に流れ込む。さらに流木か岩か、それともコンクリートの護岸か、硬い物が腕と顔面を直撃し、激痛が走る。今度こそ骨折しただろう。しかし気絶することはできないまま、さらに大量の泥水を飲む。ああ、このまま俺が溺死《できし》すれば、さっき便器に顔を浸けられていたぶられた痕跡《こんせき》はもちろん残ることはなく、殴られ蹴《け》られた痕跡も、川に流されながら物にぶつかった痕跡と見分けがつかなくなるのか。それも、あの殺し屋の計算通りということか。――肺が泥水で満たされ、凄《すさ》まじい苦しみの中で薄れゆく意識の最後に、松岡はそんなことを悟った。

雄也がアパートに帰ると、外廊下に美菜が立っていた。

「遅かった……」

美菜はうつむいてつぶやいた。外廊下の上には屋根が付いているが、吹き込んできた雨で美菜の体は少し濡《ぬ》れていた。どうやらずっと雄也の帰りを待っていたらしい。

「ちょっと……雨宿りしてたんだ」

雄也がとっさに言い訳した。すると美菜が、顔を上げて尋ねてきた。

「松岡先生は？」

「もう先生って付けるなよ、あんな屑に」雄也は吐き捨てるように言った後、続けた。

「あいつは、もう二度と君を襲いに来ることはない。だから安心していい」

と、そこで雄也が、思い出して尋ねた。

「そうだ、あのビデオカメラはどうした？」

「ああ……鍋《なべ》で煮ました」美菜が答える。

「たぶん、水に浸けるだけでデータは消えたと思うけど……」

雄也が言った。すると美菜は、また恥ずかしそうにうつむいて言った。

「すみません、私機械弱いから……」

「まあいい、それで大丈夫だ」雄也は少しだけ笑った。

と、その時――。

美菜が突然、雄也に抱きついてきた。仄甘《ほのあま》い匂いと、柔らかな感触が伝わってくる。

「本当に、私のせいで……ごめんなさい」美菜は、雄也の胸に顔を埋《うず》めながら言った。

「それと、助けに来てくれて、本当にありがとうございました」

美菜は顔を上げ、潤んだ瞳《ひとみ》で雄也を見つめて告げた。

「あの、お礼に、私……何でもします」

上目遣いの美菜と至近距離で見つめ合い、雄也の鼓動が一気に跳ね上がった。

――しかし、すぐに呼吸を整え、美菜の体を離した。

「今夜君を抱いたら、あいつと変わらないだろ。……もう寝ろ」

それだけ言い残すと、雄也は振り返らずに自分の部屋に入った。

17

新聞配達員の滝村真《まこと》は、松岡が住んでいたアパートの前を通りかかった。

そのアパートの前には、パトカーが二台停まっている。ここで真は、あくまでも自然な素振りで、かつ物腰柔らかく、近所の住人らしい老婦人に話しかける。

「あのぉ……何かあったんですか？」

すると、いかにも噂好きらしいその老婦人は、嬉々《きき》として語った。

「ああ、あのね、そこのアパートに住んでた男の人が、川に流されて死んじゃったらしいの。この前、夜中に大雨降った日があったでしょ。死体がずいぶん下流で発見されたんですって。まあ、あんな大雨の日に川に流されたら、ひとたまりもないよねえ」

その老婦人は、自分が仕入れた情報を誰かに提供したくてうずうずしていたようだ。

もちろん真は、そんな雰囲気の老婦人に初めから狙いをつけて話しかけたのだが。

そこで真は、さも今思い出したかのような表情を浮かべ、声を上げる。

「えっ……その、流された男の人ってまさか、五、六十歳ぐらいで、結構派手な茶髪の人ですか？」

「いや、そこまでは私は知らないけど……あなた、何か心当たりがあるの？」

老婦人が興味津々で尋ねてくる。真は、自信なさそうに首を傾げながら答える。

「あの……いや、違うかもしれないんですけど、もしかしたら、あの人が落ちたのかもっていう心当たりが、ちょっとだけあって……」

「本当⁉ 大変じゃない。おまわりさんに言った方がいいんじゃない？」

「いや、でも、間違ってるかもしれないし……」

「いやいや、それは言った方がいいわ！」

老婦人は興奮気味に、パトカーの傍らにいた警察官に歩み寄り、「ちょっとおまわりさん、こっち来て」と手招きし、真を指し示して連れてきた。ここでは真は、あくまでも自分から乗り気で警察に情報提供をしようとしているわけではなく、老婦人に強引に引き込まれた風を装う。

「あのね、この新聞屋さんが、男の人が川に落ちたところ見たかもしれないって！」

老婦人はそう言った後、真に向き直って尋ねる。

「えっと、派手な茶髪の、五、六十歳ぐらいの男の人って言ってたっけ？」

「ああ、でも、本当にその人が流されたのか分からないですけど……」

真は遠慮がちに言う。しかし警察官は、その特徴を聞いて、目を見開いた。

「本当ですか？　ちょっと、詳しく話を聞かせてもらっていいですか」

約五分後。真は、警察官たちを前に、緊張した表情を作り、訥々《とつとつ》と語っていた。

「あの、この前の、大雨が降った日ですね。僕が新聞配達の職場に向かってた、深夜二時半ぐらいのことなんですけど……。僕、自転車で通勤してて、途中で善福寺川沿いの遊歩道を通るんです。その時はまだ、雨が少し残ってて、川もすごい増水してて……。で、その時、橋の上から身を乗り出して、川を覗《のぞ》き込んでる男の人がいたんです。ああ、たしか、あっちの方の橋だったと思います」

真は、善福寺川の近くに建つそのアパートから、下流の方向を指差した。

「その人、割と年いってるのに、結構派手な明るめの茶髪だったのが印象に残ってるんですけど、橋の柵《さく》からずいぶん大きく身を乗り出してたんで、ちょっと危ないなって思ったんです。でもまあ、注意するのもなんだし、その時間に出歩いてる人って酔っ払いが多いから、絡まれたくもなかったんで、そのまま自転車で通り過ぎたんですね。そしたら、ちょっと走ったところで、後ろから何か音がしたんですよ。今考えたら、ボチャンって、川に人が落ちたような音だった気もするんですけど……。それで振り向いたら、さっきいたはずの男の人がいなくなってて……」

真は、徐々に顔をしかめて語る。――松岡の死体がはるか下流で見つかったのは、死亡から三日後のことだった。この蒸し暑さで腐敗も進んでいたようなので、死亡推定時刻はそう細かくは割り出せない。実際に死んだのはもっと早い時間だったと聞いているが、数時間の誤差が問題になることは、まずないはずだ。

「もしかして、さっきの人が落ちちゃったのかなって思って、慌てて来た道を戻ってみたんです。でも、流されてる人の姿も見えないし、もしかしたらとっくに橋を渡って、どこかに歩いて行ったのかもしれないし……。無事かもしれないのに、警察に通報するのもあれかと思って、きっと大丈夫だったんだろうって、正直ちょっと自分に言い聞かせるような感じで、そのあと普段通り職場に行って、配達に出ました。でも今考えたら、やっぱりあの時通報しておけばよかったのかも……」

真は、反省している様子でうつむいた。すると、年かさの警察官に質問された。

「その男性の特徴って、詳しく覚えてますかね？　さっき、派手な茶髪だったっていうのは聞いたけど、それ以外の服装とかは」

「ああ、ええっと……」

真は、懸命に思い出しているかのように眉間《みけん》に皺《しわ》を寄せ、時折目を閉じながら答える。

「服装は、上がたしか、白地にチェックの柄が入った、半袖《はんそで》のシャツだったと思います。で、下はジーパンだったかな。いや、スラックスだったかな……」

もちろん真は、当日の松岡の服装も聞いている。シャツに関しては正確に答えたが、ジーンズだったと正確に答えることまではしない。目撃者としてのリアルさを追求した。

その後も、目撃した時間や場所などを細かく確認され、真がひと通り答えたところで、どうやらこの中で一番上役らしい、年かさの警察官に礼を言われた。

「なるほど、ありがとうございました。おかげで助かりました」

さらに、隣の三十代ぐらいの警官が言う。

「すみません、念のため名前と連絡先を教えていただいてよろしいでしょうか」

「あ、はい……」

真は本名と電話番号を答える。――この後、それなりに裏付け捜査はされるだろう。ただ、真は正式に新聞販売店で働いていて、実際に証言通りの時間に出勤していた。嘘なのは松岡を目撃したという話だけだが、真が証言した橋の周辺と、松岡が住んでいたこのアパートの周辺には、防犯カメラが設置されていないことはすでに確認済み。あの年齢でアパート暮らしとは、役者崩れの専門学校講師というのは儲《もう》かる仕事ではなかったようだが、おかげで松岡の正確な足取りまでは調べられないだろう。

松岡はあの夜、増水した善福寺川の様子を見に行った。そこで誤って川に転落して、流されて溺死《できし》した。——大雨の日に時々発生する、残念な事故の一つとして、警察では処理されるに違いない。

「あのお、僕、大丈夫でしょうか。もしかして、何か罪に問われるとか……」

真が、怯《おび》えたような顔を作って尋ねる。

「いやいや、そんなことはありません」

「その状況で通報できる人なんて、なかなかいませんよ」

警官たちは、どこかホッとしたような表情で口々に言った。——彼らも正直なところ、事故だったらいいな、と思っていたはずだ。

溺死体が見つかり、所持品などから、身元が放送技術マルチメディア学院講師の松岡だと判明する。学校側も、松岡が出勤しないことについて警察に相談していたらしいので、遺体の本人確認はすぐにされる。ただ、遺体は腐敗が進み、外傷などはほとんど判別できなくなっているし、川に転落した正確な理由は簡単には分からない。誰かに突き落とされた可能性も捨てきれない以上、警察としてはとりあえず調べるしかない。

そんな中、早い段階で目撃者が見つかる。それが松岡の知人だったりすれば、松岡を突き落としたのを隠すため、嘘の証言をしているのではないかという疑いも出てくるが、目撃者は松岡とは一切面識がなく、通りすがりの男を川に突き落とすような凶暴性も体力もあるようには見えない、温和そうな細身の男だ。――真は、そんな外見と演技力と順応性から、今まで連絡役として組織から重宝されてきたのだった。まさにこういった機会に、それが生かされるのだ。

そして、真の証言は具体的で、不自然さもない。ほどなく一件落着となるだろう。

松岡の部屋に、女子学生を犯した映像などがどれだけ残っているかは分からない。しかし、松岡が事故死と判断されれば、部屋の中を警察に調べられることはないはずだ。松岡は女子学生を犯して自殺に追い込み、その遺族の依頼を受けた殺し屋によって殺された――この真相に警察がたどり着くのは、さすがに不可能だろう。

ただ、それにしても、今回の仕事はビッグにしてはずいぶん粗かったな。――真は、警官たちとお辞儀を交わして別れ、原付バイクにまたがったところで思った。

ビッグが仕事を遂行するにあたって、連絡役に後始末を頼んだことなど、今まで一度もなかった。しかも、綿密な計画を立てて実行したとは言い難い、行き当たりばったりの方法だった。ターゲットを期せずして突き止めることができたのが、急遽《きゅうきょ》この仕事を実行することになった理由らしいが、それにしてもかなり強引な上に、たまたま降ったゲリラ豪雨に頼った、運任せの方法だったと言わざるをえない。

「川流し」は、目撃される危険が低い田舎の川で行うのが鉄則だ。また、聞いた話だと、松岡を川に落とす前に殴打も加えてしまったらしい。もしも死体が思いのほか早く発見されて殴打の痕跡《こんせき》が見つかってしまったら、あるいは松岡を落とす瞬間を誰かに目撃されてしまったら、どうするつもりだったのだろう。
一流の殺し屋の仕事とは思えない。いったい何があったんだ？——真は気を揉《も》んだ。

18

発見遺体は専門学校講師　増水した川に転落か
4日午前8時ごろ、東京都新宿区西早稲田の神田川で発見された男性の遺体の身元は、杉並区成田西に住む俳優で専門学校講師の松岡丈則さん（60）と確認された。1日の未明ごろに、上流の善福寺川沿いで松岡さんとよく似た男性が川を覗き込むような姿が目撃されていたことから、警察では松岡さんが誤って川に転落したものとみて調べている。付近では先月31日の夜から1日未明にかけて大雨が降り、川が増水していた。
松岡さんは、「松岡タケノリ」という芸名で、俳優として舞台や映画に出演していた。葬儀の日程等は未定。

——雄也は、新聞の地域面の隅に、その記事を見つけた。
同じ新聞を取っている美菜も、この記事を読んだだろうか。あるいは、友人などから松岡の死を知らされただろうか。

　誤って川に落ちたと報じられていても、美菜だけは、雄也が松岡の命を奪ったのだと察して当然だろう。「日本の法律じゃ与えられない罰を奴に与えてくる」と言い残して雄也が出て行った後、松岡が死体で発見されたのだから。

　もし、このことについて美菜に聞かれた場合、嘘の説明でごまかそうと、雄也は考えていた。

「あの夜、逃げたあいつをぶん殴ってやろうと思って後を追った。すると、あいつが橋の欄干から飛び降りるところを見た。きっとあいつは、警察に通報しないように君を脅したものの、俺に気付かれたことで、警察に通報されて自分の悪事が全てばれることになると悲観して自殺したんだ。おそらく、あいつは君だけじゃなくて、過去に同じような手口で女子学生を何人も犯していたんだろう」

　そう説明した上で、「万が一にも警察に疑われたりすることがないように、あの夜のことは警察に言わない方がいい」と、改めて念を押しておくべきかもしれない。ただ、美菜がどこまで雄也の思い通りになってくれるかは未知数だ。

　──と、そんなことを考えていた時、玄関のドアチャイムが鳴った。

　雄也がドアスコープを覗《のぞ》くと、美菜が立っていた。

　雄也は、一度深呼吸して、心を落ち着かせてからドアを開けた。すると美菜は、少し緊張した様子で、何度も頭を下げながら言った。

「あ、こんにちは。……あの、まず、その節は、助けていただいて、本当にありがとうございました。改めてお礼を申し上げます」

「いいよ、そんな堅苦しい言い方しなくて」

雄也は、苦笑しながらも警戒していた。いつ松岡の話が出るか——。

「それで、あの、新聞のあれなんですけど……」

美菜はそう言って、ショートパンツのポケットに手を入れた。

雄也は身構えた。——来るぞ。新聞という単語を出してきた以上、松岡の死亡記事についての話になることは間違いない。ポケットに入っているということは、切り抜いた記事を持ってきたのか。

ところが、美菜がポケットから取り出したのは、紙製のチケットケースだった。

「これ……今度、一緒に行きませんか？」

美菜はその中から、ディズニーランドのパスポートを二枚取り出した。

「えっ……？」

戸惑う雄也に、美菜が説明した。

「新聞、三ヶ月契約にしてたんですけど、この前の契約更新の時、どうしようかなって迷ってたら、配達員さんがこれをくれたんです。ただ、期限がもうすぐなんで……」

「えっと……さっき言った『新聞のあれ』っていうのは、それのこと？」

雄也が、拍子抜けして尋ねた。すると、美菜はきょとんとした顔で聞き返す。

「あっ、何か別の物の方がよかったですか？」

「あ、いや、そういうことじゃなくて……」

雄也は瞬時に考えた。——そうか、俺が早合点していたのか。美菜は新聞記事も見ていなければ、友人からの連絡もなく、松岡の死亡を知らないのだ。新聞の地域面まで細かく目を通す読者ばかりではないし、専門学校は夏休み中で、連絡網のような物もないだろうから、担任の講師が死んでもすぐに連絡は行き渡らないのかもしれない。

「ごめんなさい、やっぱり、ディズニーランドじゃない方がよかったですか？」

美菜が申し訳なさそうな顔で両手を合わせた。

「ああ、そういえば、野球のチケットとどっちがいいかって聞かれたんです。でも私、入学式をディズニーランドの隣のホールでやったのに、その時行かなかったんで、いつか行きたいなってずっと思ってて。……でも、雄也さんへのお礼のつもりだったのに、私の好みで決めちゃだめでしたよね。やっぱり野球の方に代えてもらい……」

「いや、あの、いいんだ」

雄也は、勘違いしたまま弁解する美菜を、慌てて制して言った。

「一緒に行こう、ディズニーランド」

「え……本当ですか？」

美菜の顔が、ぱっと明るくなった。

「うん、一緒に行こう」

雄也がうなずいて再び言うと、美菜ははにかみながら、小さな声で言った。

「じゃ、行きましょう。……デート」

デート、の部分は特に小さな声になっていた。それから急速に、美菜の耳たぶと頰が赤くなったのは、暑さのせいではないようだった。

雄也は、目の前の美菜を、思わず抱きしめたくなるほど、いとおしく思っていた。

この俺が、簡単に隣人と恋に落ちたりするわけがない。——雄也はずっと、そう自分に言い聞かせていた。しかし、美菜のことが好きだと、もう認めるしかなかった。また、自分のような極悪人が、純粋無垢《むく》な美菜と恋に落ちたりすれば、彼女を不幸にしてしまうと思っていた。でも、少なくともデートの日までは、そんな思いは捨てようと決めた。

ただ、同時に思った。ディズニーランドでデートなんて、俺らしくないな、と——。


「う〜ん、あいつらしくないな」

立ったまま新聞を読みながら、師匠は言った。

「あいつらしくないって、ビッグさんのことですか？」

ザッポンの訓練を終え、刃先の手入れをしていた彰が尋ねると、師匠はうなずいた。

「ああ。しかも聞いた話だと、連絡役にフォローを頼んだらしい。そんなことは今まで一度もなかったのにな」

師匠は、松岡の訃報《ふほう》が載った新聞を畳むと、「いてて」と腰をさすりながらゆっくり椅子に座った。そして、つぶやくように言った。

「まったく、他にも心配事があるってのに……」

「えっ、他にも何かあったんですか？」

彰が食いつくと、師匠は「いや、ビッグのことだけじゃないけどな」と手を振ってから話した。

「まず、訓練用の銃弾が切れそうなんだ。といっても、トイレットペーパーが切れそうなのとは訳が違う。海外に仕入れに行かなきゃいけないから、何かと面倒でな」

「えっ、海外行くんですか？　俺も連れてってくださいよ」

彰が興味津々の表情で言った。

師匠は「馬鹿、旅行じゃないんだ……」と言いかけたが、「待てよ」と考え直した。

「ただ普通に空港を通っちゃ、税関で止められて捕まっちまうから、色々と方法があるんだ。一人前の殺し屋になるのに、それも知っといて損はないし……一緒に行くか」

「はいっ」

彰は喜んでうなずく。師匠も微笑んだが、すぐに険しい顔に戻り、話を戻した。

「まあ、それはそれとして、心配なのはビッグだ。……実はビッグは、川西組の一部の連中に睨《にら》まれてるみたいなんだ」

「えっ、川西組って、あの暴力団のですか？」

彰が声を上げる。師匠はうなずく。

「前にも話したっけか。川西組の組長が小さい頃から世話になって、育ての母と慕う婆さんが、振り込め詐欺に引っかかった事件があってな」

「ええ、聞いてます。その犯人グループを見つけて殺してほしいって、組長から師匠に、個人的に頼みがあったんですよね」

「ああそうだ。もちろんこっちも、そう簡単にできる仕事じゃないと思ってた。ところが、この前ビッグがひょんなことから、その一人を見つけて殺したんだ。沢口って奴だったんだが、なんでも、松岡の件で動いてるうちに、たまたま見つけたらしい」

「へえ、すごいですね、さすがビッグさん」

彰はうれしそうにあいづちを打ったが、そこで師匠の顔が曇った。

「ところが、川西組の一部に、それを面白く思ってない連中がいるって噂が流れてるんだ。ビッグが金欲しさに、別人をでっち上げて殺したんじゃないか、なんて言ってる奴さえいるらしい」

「そんな……」彰は言葉を失う。

「もちろん、ビッグがそんなことするわけがないし、実際、この前殺した沢口って奴に詐欺の一部始終を白状させた内容は、ビッグが証拠としてちゃんと送ってきた。でも、下の組員にまではそれが伝わってないのかもしれない」

師匠は、額を押さえて軽く首をひねってから、話を続けた。

「川西組は最近、末端の組員までは統制が取れてないらしい。そもそも、資金難なのに報酬を言い値で出すなんて景気のいいことを言って、俺に詐欺師の殺害を依頼してきたのだって、組長が独断でやったことだからな。それをよく思ってない者もいるようだ。暴力団への締め付けが年々厳しくなって、金がなくなっていくにつれ、トップの求心力も低下していく。まあ、今はどこの組も似たような状況みたいだけどな。──以前は、川西組の組員が、うちの組織の手伝いに回ることもあるぐらい、いい関係だったんだ。ビッグの過去の仕事でも何度か、川西組の組員が手伝ったことがあるはずだ」

師匠は、ひとしきり説明した後、一つため息をついて、つぶやくように言った。

「川西組の若いもんとの間に、何も起こらなきゃいいんだが……」

その男は、百メートル以上離れたビルの屋上から、雄也の様子を双眼鏡で見ていた。

やっぱり間違いない。ついに見つけたぞ。──男はにやりと笑った。

男はかつて、雄也の仕事を手伝った経験もあった。だが今では、雄也に対する憎しみで心の中が満たされていた。

どうやら奴は、隣の部屋の女とできているらしい。それにしても、玄関先でチケットか何かを持ってイチャイチャと語り合うなんて、無警戒にもほどがある。伝説の殺し屋じゃなかったのか、情けない。──男は少し残念にさえ思った。

男は携帯電話を取り出し、仲間に連絡を入れた。

「間違いない。やっぱり奴だ。……ケジメ付けてやろうじゃねえか」

19

雄也は、善福寺川沿いの公園で一人、ベンチに座っていた。

そして、美菜の勤務先のコンビニがある方向を、じっと見ていた。

いよいよ今日が、デート当日だ。

美菜はこの日、朝六時から九時の三時間、朝勤のシフトに入っていた。それが終わってから、雄也と公園で落ち合って、ディズニーランドへと向かう予定になっていた。

雄也は本来、何者に遭遇するか予測できない人混みの中に入ることは、極力避けてきた。だが、今の雄也の心の中では、もはや警戒心よりも高揚感が勝っていた。恋は盲目とはよく言ったもので、雄也の心は、初恋真っ最中の高校生のように、デートが楽しみという気持ちで満たされてしまっていた。

そのため雄也は、自分が油断しているということにも気付いていなかった。

だから、背後からの襲撃も簡単に許してしまったのだ——。

もっとも、川沿いの遊歩道に現れた、ジョギングウェアを着た男の姿を、雄也もいったんは認識していた。だが、白髪頭で前屈気味にゆっくり走っていたため、警戒対象ではない老人だと判断してしまった。また、彼が通過した数分後、背後の広場の奥に車が停まる音も聞いてはいた。だが、近くの五日市街道から聞こえる無数のエンジン音に紛れていたし、ましてその車に凶悪な連中が乗っているなんて思いもしなかった。

背後から忍び寄る足音をようやく認識し、振り向いた時にはもう遅かった。

雄也の首筋には、高電圧のスタンガンが当てられていた。

どんなに体を鍛えていても、これでは抵抗は難しかった。

雄也は声も上げられず、ベンチから崩れ落ちて地面に倒れた。白髪のカツラをかぶったジョギングウェアの男が、スタンガンを手に、雄也をあざ笑うように見下ろしていた。

「よお、久しぶりだな。——といっても俺は、何日も前からお前を観察してたんだけどな。双眼鏡で」

その顔を見て、雄也は息も絶え絶えながら、声を絞り出した。

「お前は……カメレオン」

彼は、カメレオンの異名を取る変装の名人として、かつては雄也の仕事を手伝っていた男だった——。

「その名前で呼ぶな！」

男は、色白の顔を紅潮させて激高し、雄也の顔面を殴った。非力なパンチでも、ノーガードではさすがに痛い。さらに彼は、雄也の首筋にもう一度スタンガンを押し当てた。

雄也が「ぐっ」と呻《うめ》いて脱力したところで、車が公園の広場に乗り込んでくる音が、後方から聞こえた。すぐに車のスライドドアが開く音、そして複数の人間が駆け寄ってくる足音が聞こえて、雄也は体をつかまれて引きずられた。見上げると、雄也を引きずっているのは三人の男だった。長身で坊主頭の男、色黒で小太りの男、目が細く無精髭《ぶしょうひげ》の男――いずれも、雄也にとって見覚えのある顔だ。

雄也はしばらく引きずられた後、男四人がかりで担ぎ上げられ、車の後部座席に押し込まれた。その車もまた、かつて雄也が乗った覚えがある五人乗りのワゴン車だった。

「本当は、すぐにでもぶっ殺したいが、お前からは聞き出さなきゃいけないことがあるからな」

雄也を車内に運び込む重労働を済ませたカメレオンが、息を弾ませながら言った。

「馬鹿……何かの間違いだ」雄也は、麻痺《まひ》しながらも、なんとか声を絞り出す。

「ほざけ、こっちは全部知ってるんだぞ。お前がうちの……」

と、カメレオンが言いかけた時だった。

誰かが駆け寄ってくる足音が聞こえた。そして、女の叫び声が響いた。

「何してるんですか！　やめて！」

美菜だった。――待ち合わせ場所にやってきて、男たちに拉致《らち》されかけている雄也の姿を見つけて駆けつけてしまったのだ。

「来るな……逃げろ……」

雄也は必死に叫ぼうとしたが、スタンガンによる麻痺で、大きな声が出せなかった。

「何だお前、離せ！」

「いてっ、嚙《か》みつかれた」

雄也は、開いた後部ドアとは反対側に頭を向け、麻痺した体で横たわっていたため、車外の状況を見ることはできなかったが、美菜が男四人を相手に大暴れしているようだということは分かった。――しかし、どう考えても勝ち目があるはずがない。

「この女《あま》！」

ぴしゃっとビンタする音と、「いやっ」という美菜の声が聞こえた。

その瞬間――怒りとともに、雄也の全身に、急激に力が湧き上がった。

「彼女に……手を出すなあっ！」

雄也は、少しよろけながらも立ち上がると、後部座席から飛び降りながらドロップキックを放った。小太りの男の背中に命中し、彼は「ぐえっ」と声を上げて吹っ飛んだ。さらに雄也は立ち上がり、戦闘態勢を作ろうとした。

だが、そこまでだった。――残念ながら雄也の体は、電流のショックから完全に回復してはおらず、すぐに脚が麻痺して右膝《みぎひざ》をついてしまった。

「この野郎！」

坊主頭の男に真横から右肩を蹴《け》られ、雄也はあえなく地面に転がった。そこで再び、背中にスタンガンを押し当てられた。激痛が走り、地べたに伏せたまま動けなくなる。

その後、「いやあっ」という美菜の悲鳴が、車の方向から聞こえた。しまった、と思って顔を上げた時には、もう遅かった。

美菜が、車の後部座席に押し込まれていた。後部座席には小太りの男と坊主頭の男、そして助手席にカメレオンが乗っていて、窓を開けて雄也を見下ろしていた。

「この女を助けたかったら、一人で練馬《ねりま》に来い。そこで話をしよう」

カメレオンがそれだけ言い残すと、後部座席のスライドドアが閉まり、車は発進した。

「くそおっ……」

雄也は地面に倒れたまま、苦しげに呻いた。エンジン音はすぐに遠ざかってしまった。

雄也は、かろうじて感覚が戻ってきた左手で体を起こし、なんとか立ち上がる。

と、そこに声がかかった。

「あの～、大丈夫ですか？」

制服姿の女子高生が二人、緊迫した表情で、遊歩道から公園に自転車で入ってきた。

「今『女を助けたかったら』みたいなことを言って、車が出て行くところを見たんですけど……お兄さん、あの人たちにやられたんですよね？」

「警察呼んだ方がいいですよね？」

女子高生の一人がそう言いながら、スマホを取り出した。

「いや……それはやめてくれ」

雄也はとっさに言って、周囲を見渡した。——幸い、他に人通りはなく、目撃者はいないようだった。それを確認してから、雄也はなんとか平静を装って言った。

「あの……実は、これ、ドラマの撮影なんだよ」

「えっ？」

驚く二人に対し、痺《しび》れが残る顔にぎこちない笑みを浮かべて、雄也は続けた。

「さっきの車の中に、カメラがあってね、俺は、チンピラ役の俳優なんだ」

「あ……な～んだ」

「びっくりした～」

東京では、街中《まちなか》でテレビや映画のロケが行われていることも多い。雄也のとっさの嘘を、女子高生二人は信じてくれたようだ。

「参ったな、ADも誰も来ないのか。ごめんね、驚かせて」雄也が作り笑顔で謝る。

「あ、いえ……」

「こちらこそすいません。撮影、頑張ってください」

女子高生二人組は、ほっとした様子で自転車をUターンさせ、走り去って行った。

「有名？」「知らない」という会話が微《かす》かに聞こえてきた。

雄也は、足を引きずるようにして歩き出した。そして、思い返していた。

この女を助けたかったら、一人で練馬に来い。——カメレオンはそう言った。

あの、ヤクザと呼ぶ値打ちもないチンピラたちの、練馬のアジトのことを言っているのだろう。雄也も以前出入りしていた建物だ。

人質をとれば勝てると思ってるのか——。

奴らは知らない。あのアジトは、正面玄関と裏口は最新式の錠が使われているため、ピッキングでは開けられないのだが、地下車庫のシャッターの脇のくぐり戸だけは、旧型の錠が使われているのだ。地下車庫に出入りする際は、シャッターをリモコンキーで開閉することがほとんどで、その脇の小さなくぐり戸を使うことは滅多になかった。奴らですら、もう存在を忘れているほどだろう。アジトに先回りして、地下車庫のくぐり戸をピッキングで開けて侵入し、中で待ち伏せしていれば、きっと勝てる。

絶対に美菜を助ける。そして奴らを皆殺しにしてやる。――雄也は心に誓った。

あのチンピラたちは、人並み外れて凶暴ではあるが、雄也のように特殊な訓練を積んでいるわけではない。雄也が先回りしていることに気付かれなければ、一気に形勢逆転だ。不意打ちの機会はこちらに回ってくる。

問題は、果たして今から先回りできるかどうかだ。奴らの車が出発してから、すでに数分が経っている。武器やピッキングの道具を部屋に取りに帰る時間は残されていない。

だが、考えている暇はない。やるしかないのだ。

「殺《や》ってやるよ……待ってろ」

雄也は、鬼の形相でつぶやいて駆け出した。

20

美菜は、車が発進した直後、背の高い坊主頭の男によって、両手をガムテープで後ろ手に縛られた。そして「おい、横になれ」と言われて、後部座席の床に押し倒された。

「おい、いいのか？　あいつを逃がして、この女だけ連れて来ちまったけど……」

運転している無精髭の男が、不安げに言った。

しかし、助手席の色白の男は、余裕の態度で答えた。

「結果オーライだ。この女が、今のあいつの最大の弱点だからな。それを手に入れることができたんだ。――それにこの車じゃ、図体《ずうたい》の馬鹿でかいあいつとこの女、両方乗せるのは難しいだろ。だったら、女だけ乗せた方が賢明だったわけだ。この女を置いてけば警察を呼ばれちまったただろうが、あいつなら絶対に警察を呼べないからな」

「なるほど、そういうことか。……でも、誰なんだよこの女？」

「あいつの隣の部屋に住んでて、付き合ってるらしい」

と、後部座席に座る色黒で小太りの男が、前に身を乗り出し、美菜に顔を近づけて、にやにやと見つめながら言った。

「ていうか……よく見たらこいつ、いい女だな」

「そうだな……」隣に座る長身で坊主頭の男も、美菜を見下ろしながら笑った。「よし、犯《や》っちまおうぜ」

「やめて！」美菜は床に伏せながらも、閉まった窓に向かって叫んだ。「助けて！」

だがすぐに、色黒で小太りの男が、ナイフを取り出して美菜に突きつけた。

「馬鹿かお前は！　そういうことすると、今すぐ殺すことになるぞ」

ナイフを喉元《のどもと》に突きつけられ、美菜は思わずひっと息を飲んだ。

「……あんたたち、何者なの？」

美菜は尋ねた。だが、すかさず、小太りの男に頰をビンタされた。

「痛っ！」

「おい、口のきき方気をつけろよ」

小太りの男が、冷たい声で言った。美菜は目に涙を溜《た》めながら、再度尋ねた。

「お兄さんたちは……何者なんですか？」

「お兄さんたちはね、すご〜く悪い人たちなの」坊主頭の男がおどけて言った。「お嬢ちゃん、川西組って知ってる？」

「おい、やめろ！」運転席の無精髭《ぶしようひげ》の男が怒声を上げた。

「いや、大丈夫ですよ」坊主頭の男が運転席に向けて、少し遠慮がちに言った後、美菜に向き直る。「知らないかな、お嬢ちゃんは」

美菜は黙ってうなずいた。

すると、小太りの男が、下卑た笑顔でまた言った。

「なあ、この女、顔もいいけど、体もいいな」

そう言って小太りの男は、ナイフを持っていない左手で、美菜の胸を軽く触った。

「やめて……ください！」

美菜は抵抗しながらも、殴られたくないため敬語に直した。

「外から見えねえよな」

小太りの男は、左右の窓を見ながら、左手で美菜の胸を何度も強く揉《も》んだ。美菜は、屈辱感に震えながら目をぎゅっとつぶる。

だがそこで、助手席の色白の男が怒声を上げた。

「やめろ馬鹿！」

続いて、運転席の無精髭の男も言った。

「前からは見える。万が一通報でもされたら大変だ。それに、俺の気が散る」

「……すいません」

小太りの男が、美菜の胸から手を離す。だが、今度は隣の坊主頭の男が言う。

「でも向井《むかい》さん、練馬に着いたらいいっすよね？　地下室でなら……」

「……ああ、好きにしろ」

助手席の男が答える。この向井と呼ばれた男がリーダーらしい。

「やっほ〜！」坊主頭の男が手を叩《たた》いて喜ぶ。

「たっぷり可愛がってあげるからねえ」

また小太りの男が身を乗り出し、美菜の胸を軽く触りながら、前の席に声をかける。

「あの、触ってるだけならいいですか？」

「だめだ！」運転席の無精髭の男が言う。

「残念だなあ」

小太りの男はそう言いつつ、運転席から見えないように、もう一度美菜の胸を撫《な》でてから座り直した。あまりの屈辱感で、美菜の目に涙が出てくる。

「よし、じゃあ、着いてから犯る順番決めようぜ」

坊主頭の男の提案で、四人は美菜を犯す順番を話し合い始めた。松岡から犯されそうになったところを雄也に助けられたのに、今度は四人の男に拉致《らち》されて、もっとひどいことをされようとしているのだ。美菜は後部座席の床に転がされたまま、静かにすすり泣いた。ひとしきり涙を流すと、その後はただぼおっと、魂が抜けたような表情で押し黙っていた。両手を拘束され、耳をふさげず涙も拭《ふ》けない状態では、ただ抜け殻のように横たわっているしかなかった。

──どれくらい時間が経ったのか、運転席から声が聞こえた。

「そろそろ着くぞ」

さらに、坊主頭の男が、美菜を見下ろしながら話しかけた。

「東京二十三区でも、外れまで来ると、こんな畑の中にぽつんと家があるような場所が残ってるんだよなあ。……あ、そこで寝てちゃ見えないか」

「ていうかお前、ヒントあげてんじゃねえよ」

小太りの男が、坊主頭の男を小突いてから、また美菜の前でナイフをちらつかせる。

「サツにしゃべったら許さねえからな」

美菜は、怯《おび》えた目でうなずいてから、かすれた声で尋ねた。

「あの……命は、助けてもらえるんですか？」

「おとなしくしてたらな。その代わり、おとなしくしないと殺すぞ、マジで」

坊主頭の男が、冷徹な笑顔で言い放った。美菜は顔をこわばらせる。

「でも、気持ちよかったら、おとなしくしないで、声出してもいいんだからな」

小太りの男が、下卑た笑顔で言った後、思い付いたように提案した。

「なあ、この女、しばらく飼わないか？」

「そうだな、一回だけじゃもったいないな」

坊主頭がうなずいて、前の二人に声をかけた。

「ベッドに鎖でつないでおきましょうよ、素っ裸で」

「まあ、奴との交渉次第だな」助手席の男が答える。

——あまりにもひどい会話に、美菜の目にまた涙が溢《あふ》れた。

その後、車が徐行し、ピッと電子音がして、シャッターが開く音がした。車は傾斜を下って行き、後ろでシャッターが閉まる音がする。地下の車庫に入ったようだった。

「よ〜し、いよいよ犯れるぞ〜」

小太りの男が、美菜を見下ろしながら心底うれしそうに言った。彼は自分の股間《こかん》を左手で触っていた。美菜は思わず目を背ける。

やがて車が停まり、美菜は小太りの男と坊主頭の男に両脇を固められて立たされた後、車から降りて歩かされた。美菜がちらっと脇を見ると、地下車庫のシャッターはすでに閉まっていて、シャッターの隣の小さなくぐり戸も閉ざされ、内側から鍵《かぎ》がかかっているようだった。外から助けが来る可能性は、まず考えられなかった。

地下車庫の奥のドアを開け、廊下を歩いた先の、突き当たりの部屋にベッドが置かれていた。男四人は、後ろ手に拘束された美菜を連れ、そこまで歩いた。

「地下だから静かに寝られるかと思って、この部屋にベッド置いたけど、今じゃここ、ただのヤリ部屋だよな」

無精髭の男が言うと、色白の男が笑って応じた。

「ただ、デリヘル呼ぶことはあったけど、素人は初めてだよ」

「それもかなりの上玉《じょうだま》ですよ」坊主頭の男が、美菜を見てうれしそうに言う。

「さてと……」

小太りの男が、後ろ手に巻かれた美菜の両手のガムテープを、ナイフで切り始める。

「縛ったままでも面白いんじゃねえか？」

坊主頭の男から声がかかったが、小太りの男はガムテープを切りながら答えた。

「一回やったことあるけど、脱がしづらくて面倒くせえんだよ」

両手の拘束を解かれると同時に、美菜は後ろから強く押され、ベッドに投げ出された。

「きゃっ」と短く叫んだ美菜の体が、スプリングで跳ねる。

「おい、自分で脱げ」

小太りの男が、ナイフを美菜に向けながら言った。

「分かってるだろうけど、ここは地下室だからな。今さら泣き叫んでも、絶対に外には聞こえねえぞ」

「……はい」

美菜はベッドに座り直し、消え入りそうな声でうなずいた。

そして、両手でブラウスのボタンを外し始めた。

「おっ、覚悟を決めたらしいな」

男四人がにやけながら美菜を見下ろす。

と、うつむいていた美菜が、上目遣いで四人を見上げ、消え入りそうな声を上げた。

「あの……」

「何だ？」ナイフを持った小太りの男が応じる。

美菜は、ボタンを外す手を止め、目を潤ませて、一縷《いちる》の望みをつなぐように尋ねた。

「本当に……ここで大声出しても、外には聞こえないんですか？」

すると、坊主頭の男が、首を横に振って笑った。

「残念だな。車庫で思いっきりエンジンふかしても、シャッター閉めたら全然聞こえないぐらいだからな。絶対に誰も助けに来ねえよ、あきらめな」

「その代わり、感じまくってアンアン大声出しても近所迷惑にならねえから、思う存分感じていいんだぜ」

小太りの男が言うと、他の三人が声を上げて笑った。

「そうですか……」美菜はうつむいて、しばらく沈黙した。

数秒後、もう芝居をする必要もないと判断した美菜は、顔を上げてにやりと笑った。

「そりゃ都合がいい。やりやすい現場だわ」

――そこからの男四人の動きは、美菜にはもはや止まって見えた。

美菜は、服を脱ぐふりをしてブラウスの下に差し入れた右手で、細長い金属の棒を取り出していた。そして、ベッドのスプリングの勢いを借りて一気に跳ね上がり、小太りの男の顎《あご》の骨の奥に、アッパーカットの要領でその棒を深々と突き刺した。念のため、ナイフを持っている小太りの男を最初に始末しておく必要があった。もちろん彼の人並み以下の反射神経では、ナイフを持った右手を少しも動かすことはできず、美菜に応戦することなど到底不可能だった。美菜がザクッと音を立てて刺した棒の持ち手のくぼみを親指で押し、ひねりながら抜くとポンッと音がする。これぞ秘密兵器の『ザッポン』だ。抜いた針の先端には、えぐり取られたピンク色の脳幹の欠片《かけら》が付いていた。小太りの男は好色そうな笑みを残したまま、一切の生命活動を停止し、二重顎の奥からちょろちょろと血を流しながら、まっすぐ後ろに倒れていった。

太った男の体が床に叩きつけられるより早く、美菜は軽くジャンプして、長身で坊主頭の男の左耳の少し前にザッポンを突き刺した。相手が坊主頭だと頭蓋骨《ずがいこつ》の薄い部分が一目で分かるから楽だ。坊主頭の男は小さく「あ」と言ったように聞こえたが、声ではなくただ呼吸が漏れた音だったようだ。美菜がまた持ち手のくぼみを押し、ねじりながらポンッと引き抜く。坊主頭の男は、小太りの男よりもわずかに笑顔が歪《ゆが》んだ表情で、慣性の法則に従い、向かって左側にゆっくり倒れていった。

　美菜は着地すると瞬時に膝《ひざ》を曲げて腰を落とし、その反動で勢いよく前に跳び出し、無精髭《ぶしょうひげ》の男の左目に向かってザッポンを突き出した。無精髭の男は先の二人が刺されたのを目の当たりにしていたため、とっさに両手でガードを作ろうとはしていたが、ザッポンはその両手の間を容易にすり抜けて、眼球とその奥の脳幹に突き刺さった。美菜がねじって引き抜いたザッポンの先端には脳幹の欠片が、また持ち手の近くまでゼリー状の水晶体がこびりついていた。無精髭の男は左目に赤黒い穴が開き、恐怖に引きつった表情で絶命した。車の中で体を触ってきたのはデブと坊主の方で、無精髭はそれをやめさせていたんだから、情けをかけて無精髭を最初に殺してやって、デブと坊主を後から殺して恐怖を多めに味わうようにした方がよかったかな――と美菜は一瞬だけ思ったが、まあどっちでもよかったかと思い直した。

　どさっ、どさっ、どさっと、三人の男が倒れる音が立て続けに響いた。美菜がザッポンを取り出してから、ここまで約三秒の出来事だった。一人を殺すのに一秒もかかっていなかった。

「ひいっ……うわあああっ」

　一瞬で殺された仲間三人を見て、色白の男はやっと悲鳴を上げて後ずさりした。美菜は彼にザッポンを突きつけ、女にしては低い、感情がまるでこもっていない声で告げた。

「死にたくなかったら、黙って床に伏せろ。言う通りにすれば助かるチャンスをやる」

「は……はい」

生き残った色白の男は、膝をがくがく震わせながら床にうつ伏せになった。

そこで美菜は、息絶えた小太りの男のカーゴパンツのポケットから、ガムテープがこぼれ落ちているのを見つけた。美菜は「ちょうどいい」とつぶやいて、そのガムテープを手に取ると、うつ伏せになった色白の男の両手足を手早く拘束した。

それから、美菜は電話をかけた。「実家」の番号だ。――やはり、今日のように急な殺人が入った時、スマホより軽くコンパクトで衝撃に強いガラケーの方が、ポケットに入れたままでも動きやすい。スマホがあれば便利だと思う時もたまにあるけど、たぶんまだ変えないだろうな、と美菜は思っている。

「もしもし、どうした？」

電話に出た洋一に対して、美菜はおどけたように言う。

「もしもしパパ、ごめん、また散らかしちゃった。片付けに来て～」

「おいおい、またか？」

電話口の洋一は、さすがに驚いた様子だった。

「この前もあったよな。あの、川西組の件で追ってた詐欺師の、アジダスのジャージを穿《は》いてた……沢口とかいったっけか」

「うん。それで、実はね……」

美菜は拘束した男をちらりと見た後、いったん廊下に出て、ドアを閉めてから声を落として通話を続けた。

「今始末したのも、どうやら沢口の仲間みたいなの。まあ正確には、元仲間だけどね。しかも四人」

「四人もか？　よく見つけたなあ」

「これから探し出そうと思ってたところで、今日突然あっちから現れたの。今日は私、ディズニーランドに行く予定だったから、それを台無しにされて最初はちょっと腹立ったけど、おかげで仕事の手間は省けたわ。これって、まさにあれだね。飛んで……夏の虫が……あれ、何ていうんだっけ、こういうことわざ」

「飛んで火に入る夏の虫、かな？」

「ああ、それそれ。ダメだね私、本当にこういうの弱いの。あれが無いんだわ。ボケ、じゃなくて、ボキャ……」

「ボキャブラリーか？」

「ああ、そうそう。ボキャブラリーって言葉が出てこないぐらい、ボキャブラリーが弱いの。学校の友達にもよくからかわれてたもん」美菜はふふっと笑ってから告げる。

「まあとにかく、これで川西組の件は片付いたと思う」

「おお、それは何よりだ。よくやったぞ」

「ただ、四人だと運ぶの大変だから、『バリッチャ』を一台持って来て、こっちで処理した方がいいかもね。——あ、あとさあ、今パパの牧場に、育成中の子いるよね？」

「ああ、彰か」

「実技に使えるかと思って、一人残しておいたんだけど、よかったらどう？」

「ほお、そりゃいいな。ええっと……そこは練馬か」

少し間を空けてから洋一が言った。美菜の現在位置をGPSで確認したようだった。

「よし、じゃ、あと二十分ぐらいで俺たちも着けるな」

「えっ、なんでそんな早いの？　牧場からだと二、三時間はかかるでしょ」

美菜は驚いた。すると洋一は答える。

「実は今日から、銃弾の手配に、彰も連れてフィリピンに行く予定だったんだ。それで羽田《はねだ》に向かってたんだけど、こうなった以上、予定は延期だな。まあ、せっかくだから彰の実技をやろう」

「なるほどね、了解。じゃあ待ってま～す」

美菜は笑顔で電話を切ると、ドアを開け、ベッドが置かれた地下室に戻った。そして、両手足を拘束されたまま怯《おび》えた目を向けてきた、色白の男を見下ろした。

「さて、聞きたいことがある」

美菜はまた低い声で尋ねた。――が、すぐ女の子らしい声に戻して言った。

「いや、もう喋《しゃべ》り方戻そうかな。……なんか私ね、人殺すモードに入ってると、男っぽい口調になっちゃうんだよね」

沢口浩樹や松岡丈則を殺した時もそうだったと、美菜は思い出しつつ、手に持っていた携帯電話をカメラモードにして男に向け、動画撮影をしながら質問を始めた。

「え〜っと、まず、あんたたちって、川西組の組長のお母さんを騙《だま》した、振り込め詐欺グループだよね？」

「あ、はい……」

「あんたの名前は、向井凌介《りょうすけ》で合ってる？」

「ええ、はい……」

彼は、なぜそこまで知っているのかと言いたげな、驚いた表情を浮かべていた。

「あんたがリーダーだよね。で、この三人はあんたの連れのチンピラ」

美菜が、さっき殺した三人の死体を指差して尋ねた。向井はうなずく。

「はい……その通りです」

「やっぱりね。車の中で向井さんって呼ばれてたし、リーダーの名前が向井凌介だって聞いてたから、間違いないとは思ってたんだけど……」

美菜はそうつぶやいてから、床に転がった三人の死体と、拘束された向井を順番に撮っていく。

「というわけで、この通り手下の三人は始末しました。最後に残ったリーダー格の向井凌介が、こいつです……」

携帯電話のカメラに自分の声を入れて、最後に向井の顔をアップで撮ったところで、美菜は撮影を止める。――依頼人のための証拠映像は一分少々で収まるし、今日のように急な殺人が入った場合でなければ、あらかじめカメラを用意することもできるので、やはりガラケーで十分だ。

それから美菜は、向井の両足を持って引きずり、部屋のドアを開けた。向井は両足を持たれた時、骨でも折られると思ったのか「ひっ」と悲鳴を上げたが、美菜は彼を引きずって廊下に出てから、部屋のドアを閉めた。これ以上死体と同じ部屋にいると、血の臭いと括約筋が緩んで出てくる便の臭いがきつくなることを、美菜は知っている。

そこで美菜は、もう撮影はせずに、廊下の床に転がした向井に語りかけた。

「詐欺グループのメンバーは、さっき死んだ三人とあんたと沢口浩樹と、あんたたちが今日襲った梶山《かじやま》雄也の合計六人。暴力団とはつながらず、独自に詐欺をやってたっていうんだから、たいしたタマだったみたいね。でも、結局はそれが仇《あだ》になったみたいだけど。――去年、あんたたちはお婆さんから五百万円を騙し取った。相手が川西組の組長の育ての母だとも知らずにね。組長は激怒して、あんたたちは命を狙われるようになった。そのことに恐怖を感じた沢口浩樹と梶山雄也は、グループを抜けた。ただ、梶山雄也はどさくさに紛れて、アジトの金庫に保管してあった札束をいくつか持ち逃げした。彼はそれが他のメンバーにはばれてないと思ってたけど、完全にばれてて、行方を追われていた。とはいえ梶山雄也は、他のメンバーに住所は教えてなかったから、最近までずっと隠れていられたんだけど、とうとうあんたたちに居場所がばれて、今日拉致《らち》されそうになった。――だいたいこんな感じで合ってる?」

「は、はい。……あの、なんでそんなに知ってるんですか？」

向井は、怯えと驚きが混じった表情で尋ねた。

「沢口浩樹に聞いたの。あと、梶山雄也の部屋にも忍び込んで調べた。——もう知ってるだろうけど、私と雄也さん、部屋が隣同士なんだ」

「ああ、はい。……ていうか、浩樹にも会ったんですか？　それはどうして……」

向井が尋ねたのに対し、美菜がまたドスの利いた低い声に戻って言った。

「おい、お前から質問していいって言ったか？」

「あ、すいません……」向井は慌てて謝る。

そんな向井を見下ろしながら、美菜は、半月ほど前に沢口浩樹を殺害した時のことを、その前の経緯からさかのぼって回想していた——。

美菜は、「パパ」と呼んでいる暗殺術の師匠の洋一から、川西組の組長の育ての母を騙した振り込め詐欺グループに関する情報を聞いたら教えるよう、以前に言われていた。そのグループは、暴力団の系列ではなく、独自に組織された若者のようだということ。組長の育ての母は騙されたショックでふさぎ込み、組長は憤って「犯人たちを見つけたら殺す」と息巻き、組員らに捜索を命じたこと。さらに旧知の仲の洋一にも、そのグループを殺せば報酬は言い値で払うと告げたこと。——と、一連の話も聞いていた。

もちろん、この大都会の中で、そんな詐欺グループを見つけることなど無理だろうと思っていた。ところが美菜は、アルバイト初日に重要な情報を入手した。まず、エイトトゥエルブの別店舗のATMで例の事件が起きたこと。そして先輩の宇野彩音が、その事件の詳細に加え、振り込め詐欺の出し子の手口にやたら詳しかったことも気になった。美菜が感心して「詳しいですね」と言ったところ、彩音は「ここだけの話、知り合いの知り合いがやってたんだよね」と返したのだった。

だが、彩音の話があまりにも詳細なこと、また彩音本人が詐欺に手を染めたにしては手口をペラペラ喋り過ぎだったことから察して、きっと彩音の「知り合いの知り合い」よりは近い人物が詐欺をやっていたのだろうと、美菜は判断した。そしてその夜、美菜は、洋一の妻で「ママ」と呼んでいる雅子に電話をかけ、「川西組の件に関わったグループと近い人物を見つけたかもしれない」という旨の近況報告をしたのだった。

その真相が明らかになったのが、餃子《ギョーザ》パーティーの日だった。なんのことはない、彩音の彼氏が、その詐欺グループの一員だったのだ。元々川西組から依頼を受けていた上に、恋人の彩音さえも「殺したい」と言っていたDV彼氏を、殺さない理由はなかった。おまけに殺陣《たて》の授業の指導助手だと分かったので顔も知っていたし、「ヒロキ」という下の名前も聞いたので、彼のフルネームが沢口浩樹だということも調べればすぐに分かった。餃子パーティーの数日後には、いつでも浩樹を殺せる準備が整っていた。

ところが、思わぬ事態が起きた。夏休みの殺陣の補講を終えた浩樹が出てくるのを待ち構えるため、放マルの校舎を遠くから監視していた美菜の視界に、雄也が現れたのだ。雄也は美菜に気付くことなく、校舎から出てきた浩樹を尾行し始めた。美菜は驚きつつ、その雄也を尾行する形で、二人の後をつけた。浩樹はパチスロ店に入った後、二時間ほど経った夕暮れ時に店から出てきて、そのまま帰宅した。

　すると雄也は、美菜が見ているとは知らずに、部屋に入ろうとした浩樹の後ろから忍び寄り、振り向いた浩樹の腹を殴った。さらに部屋に引きずり込み、何度も殴りながら、「女に暴力を振るう奴に生きてる価値はない」とか「暴力をやめる気がないなら彼女の前から消えろ。じゃないとお前を殺す」などと言っていた。浩樹の部屋はアパート一階の一番奥、その先は空き地とブロック塀という、隠れるには絶好の位置だった。また、アパートの他の部屋は明かりがついておらず、近隣の家との距離もあったので、雄也の声や殴打の音は美菜以外には聞かれていないようだった。美菜は、ブロック塀とアパートの壁の隙間にしゃがんで、部屋の中の声を聞いていた。

　すると、驚くべき内容が聞こえてきた。浩樹の声で「詐欺師同士で説教するな」とか「一緒に組長の母親引っかけて」とか「どさくさに紛れて金持ち逃げして」などという言葉が、断片的に聞こえてきたのだ。しかも、それに対して雄也は「うるせえ」などと言い返しても、内容自体は否定しなかった。

　美菜はそこで、雄也も同じ詐欺グループの一員だったのだと悟った。

　ショックだったが、どうりで雄也が出会った頃からいつも謎めいていて、正体を隠そうとしていたわけだと納得した面もあった。

　美菜は、雄也が出て行った後、入れ違いに浩樹の部屋に入った。間取りは美菜の部屋と同じ六畳間だったが、美菜の部屋以上に散らかっていて、全面クッションフロアの美菜の部屋と違って床は畳だった。その畳の上で、雄也に殴られてのびている浩樹の喉《のど》を潰《つぶ》し、悲鳴を上げられなくするのは簡単な作業だった。その後、美菜は浩樹を拷問して、詐欺グループの実態や、残りのメンバーの情報などを筆談で聞き出したのだった。

「川西組の組長の母を騙《だま》した詐欺グループには、賞金がかかってるんだよ」

美菜はそう告げると、ザッポンを取り出した。浩樹は喉を潰されながらも「助けて」と訴えたが、美菜はその頭に躊躇《ちゅうちょ》なくザッポンを突き刺した。――ただ、手元が狂い、血を多めに飛び散らせてしまったのは失敗だった。その直前に、雄也が詐欺グループの一員だったことを知ってしまい、動揺していた影響もあったのかもしれない。

美菜はその後、携帯電話で「実家」という登録番号に電話をかけた。そして、電話に出た洋一に対して、畳の目を指でなぞりながら、ザッポンの刺し方を失敗して血痕《けっこん》を散らかしてしまった照れ隠しのように、おどけて言ったのだった。

「もしもしパパ。ごめん、お部屋散らかしちゃったから片付けに来て～」

――と、長めの回想をしていた美菜だったが、これをすべて向井に説明したら、彼が恐怖でますます動揺してしまい、まともな会話ができなくなるかもしれないと思ったので、あえて細かい説明は省いて、質問を再開した。

「元々、詐欺グループはあんたが中心になって、三年ぐらい前に立ち上げたって聞いたけど、それで合ってる？」

「ええ、はい、そうです」

「当時あんたは、放マルの学生だったわけだよね？」

「そんなことまで……」向井は、美菜が持つ情報量に驚いた様子で語った。「えっと、ただ、その頃の俺は、本当は二年生だったんだけど、もう役者になるのも無理そうだと思って、放マル辞めちゃってたんです。で、そんな時に、その、さっきあなたがお殺しました三人と知り合いまして、楽に金稼ぐ方法ないかなって話し合って、たしか年末頃に詐欺を始めたんです」

向井は『あなたがお殺しました』なんて妙な敬語も交えつつ、怯《おび》えながら語った。

「それから、詐欺で結構稼げるようになって、今からちょうど二年前ぐらいに、もっと人手が欲しいと思ったんで、俺が浩樹と雄也をグループに引き入れたんです。浩樹は俺と同期だったんだけど、もう卒業してて、あと、雄也は一年先輩だったんだけど、その前の年に卒業してから自主映画撮ってて……」

「ああ、『Ｍｒ．Ｄａｒｋｓｉｄｅ』だよね」

「あ、そこまで知ってるんですね」向井は、もうあまり驚かなかった。「雄也は当時、撮影で色々こだわってたら制作資金がなくなっちゃったらしくて、金に困ってたんです。そこで俺が、ちょっと荷物運ぶだけの仕事だって言って誘ったんです。本当は、受け子とか出し子をやらせたかったけど、あいつでかくて目立っちゃうんで、出し子が帰る時の手助けとかをさせてました」

「ああ、出し子って、電車を何度も乗り継いだり、途中で歩いたり変装したりもしながら、時間かけてアジトに戻るらしいもんね」

美菜は、バイト先で彩音に聞いた話を思い出しながら言った。向井はうなずく。

「ええ、そうです。雄也は最初、振り込め詐欺の手伝いだとは分かってなかったと思います。ただ、途中からは分かってやってたはずですけど……」

「そういえばさあ、なんで今日、雄也さんの居場所が分かったの？」

「映画をまた撮り始めたって噂を聞いて、先週放マルの近くまで行ってみたら、あいつが普通に歩いてたから、帰り道を尾行しました。それでアパートも分かったんです」

それを聞いて、美菜は苦笑しながら言った。

「本当にさあ……雄也さんって、笑っちゃうぐらい馬鹿だよね。映画撮ったら無計画にお金使って金欠になって、そのあとどう考えても危ないバイトに手出して、それが詐欺だって気付いた後も、すぐ辞めることもなく続けちゃったんでしょ。芸能界目指してるんなら、犯罪に関わっちゃった時点でもうアウトだって思うよね普通。その上、ヤクザに目付けられたって知って、『自分はもう抜ける』って言いながらどさくさに紛れて大金を持ち逃げして、しばらく潜伏してれば大丈夫だって思ってたのかな。最近まで脚本を直したりしてたみたいだけど、持ち逃げした金使ってまた映画撮り始めてさ」

美菜の様子に、向井も少し緊張が解けたのか、微《かす》かに笑みを浮かべて語った。

「本当にあの人、超馬鹿なんですよ。俺も最初は、先輩だから敬語使ってましたけど、見た目がいかつい割に抜けてるところばっかりなんで、他の後輩もだんだんみんな舐《な》めてきて、俺も含めてタメ口になって……まあ、映画への情熱はすごいし、殺し屋を演じるための役作りとかもすごい頑張ってたんだけど、一般常識とかマジなくて……」

「てめえが雄也さんを悪く言うな！」

突然、美菜が激高した。そして、両手足を拘束された向井の脇腹を、思い切り蹴《け》った。

「ぐえっ……ごべんなさい……」

向井は痛みに悶絶《もんぜつ》しながら、涙目で謝る。

一方、美菜は先ほどとは打って変わって、好きな俳優について熱く語る女の子の口調になった。

「でも、『Mr. Darkside』は面白かったよ。私と同業者が描かれてたから、興味津々で、雄也さんの部屋のパソコンで何回も見ちゃった。パスワードが生年月日だったから、雄也さんの免許証見て簡単にログインできちゃったんだ。まだ未完成だったけど、それでも十分楽しめたよ。映像もよかったし、なんたって主役がかっこよくて、絵になったからね……」

ころころ機嫌が変わる美菜を、向井が、恐怖と困惑が入り交じった目で見上げている。

だが美菜は、そんな視線は気にせず語る。

「血痕に洗剤かけて拭《ふ》き取るシーンとか、死体を袋に入れて運ぶシーンなんて、想像で撮ったんだろうけど、実際に私たちもやってることだからリアルで驚いちゃった。あと、ストーリーもオムニバス形式なのがよかったね。冤罪《えんざい》事件を起こした弁護士を殺す話は、禿《は》げた人が実は二人いるっていう意外性があったし、飲酒運転で娘を殺された父親が犯人をバットで殴り殺す話は、人間の醜さと哀しさが描かれてたよね。あと、ＩＴ社長の依頼で同級生のホームレスを殺す話は切なかったね。結局最後、社長が自殺しちゃうんだよね。——で、その他にもいくつか話があって、これからどういう展開になるんだろうって思ったところで中断しちゃってたから、続きが見たかったなあ」

美菜はそこで、少し首を傾げてから続ける。

「まあ、ちょっと不自然な台詞《せりふ》とかもあったけどね。飲酒運転した男を殺した後、雄也さんが死体を袋に入れながら『あとは運んで埋めるだけ……』なんて独り言をつぶやくシーンがあってさあ、観客に状況を伝えたかったんだろうけど、ちょっと安直だったね。あと、雄也さんは寡黙な殺し屋っていう役柄の方が似合うのに、事件の真相を話すシーンとか、ちょっと喋《しゃべ》りすぎな気もしたね。まあストーリー上、誰かが説明しなきゃいけないからしょうがなかったのかもしれないけど。——それと、年配の役者はたぶん本職の俳優さんだったんだろうけど、若い役者は学生を使ってたんだろうね。何人か、結構棒読みの人もいたよね……」

と、そこまで言ったところで、美菜が向井を見て、思い出したように言った。

「あっ、ていうか、あんたも出てたよね？　たしかカメレオンとか呼ばれてた」

「ああ、はい、そうです」向井が怯えた様子でうなずいた。「ていうか、あれがきっかけで雄也と知り合ったんです。あのシーンを撮ったのは、たしか三年前の春頃で、俺もまだ学校辞めてなくて、雄也に声かけられてオーディション受けて出演することになったんです。まあ、オーディションっていっても、ほぼ全員合格だったんですけど」

「それに、雄也さんの部屋で台本も見たんだけど、あんた『中井』っていう役名じゃなかった？　たぶん、本名の向井から一文字だけ変えたんだろうね」

「はい、多分そうだったんだと思います」向井がうなずく。

「あと、沢口浩樹も出てたね。飲酒運転で人殺して、スナックの地下で遺族に殺される役で、けっこう熱演してたよね。で、たしか台本ではあいつの役名も『河口宏明』っていう、本名をちょっと変えただけの役名だったね。雄也さん、役名を考えるのが苦手だったのかもね。自分の役名なんて、台本ではそのまま『雄也』って書いてあったし」

「ええ、はい……」向井は、美菜の機嫌を損ねないように曖昧《あいまい》な返事をした。

と、その時。美菜の携帯電話に着信があった。ポケットから携帯を取り出すと、画面に「ママ携帯」と表示されていた。美菜は電話に出る。

「もしもし」

「着いたよ〜。今、車に乗って前の道路にいま〜す」電話口で雅子が言った。

「おお、早いね」

「あと、都内のメンバーがちょうど集まってきたところだったから合流した。バリッチャも持ってきてもらったからね」

「ありがとう。迅速な対応助かります。じゃ、地下にいるんで、すぐ車庫開けま〜す」

美菜はそう言って電話を切ると、向井の足を持って引きずり車庫に出た。向井は恐怖で顔をこわばらせていたが、美菜は向井を車庫の壁際に放置すると、「ええっと、これだな」と壁のスイッチを見つけて押し、シャッターを開けた。

すると車庫に、バンが二台入ってきた。幸い、この一戸建てのアジトの車庫は広く、美菜が乗せられてきた詐欺グループの車と合わせて三台、きちんと収まった。片方の車からは洋一と雅子と彰、もう片方の車からは男が四人降りてくる。美菜はシャッターを元通り閉めてから、彼らに説明を始める。

「ここに縛ってある奴は、このままで大丈夫。死体があるのはこっちで〜す」

美菜は向井を指し示してから、車庫の奥のドアを開けて廊下を案内し、ベッドが置かれた部屋を見せた。すると洋一が、部屋に入ってゆっくりとしゃがみ込んで、床に三体転がった死体を観察しながら、淡々と尋ねた。

「なるほど……こいつらが例の詐欺グループだという証拠は、何か持ってるか？」

「ああ、さっき縛ってあったあいつに証言させたところを、ケータイに撮っておいた」

美菜が、車庫の方向を指して答えると、洋一は少し考えてから言った。

「そうか。……まあ、あの組長もちょっと疑《うたぐ》り深いところがあるから、一応、首も取っておいた方がいいかな」

洋一はそう言って立ち上がる時に「いてて」と腰をさすった。——洋一の腰痛は相変わらずのようだ。そのせいで美菜の引っ越しの手伝いもできなかったのだ。

一方、洋一の隣で、雅子がうなずいた後、男たちに向かって指示を出した。

「じゃ、川西組の依頼完了の証拠ってことで、こいつらの首だけ取っておきましょう。残りはバリッチャで処分ね」

「はいっ」男たちが返事をする。

雅子は男たちとともに、死体の後始末を開始した。男たちは一度車庫に戻り、バンの荷台から巨大な寸胴鍋《ずんどうなべ》のような容器を下ろす。下に車輪が付いて持ち運び可能な「バリッチャ」と呼ばれる機械だ。男たちはそれを、三体の死体が転がった部屋へと運び込む。

一方、美菜と洋一と彰も、車庫に移動した。

「じゃあ君、ちょっとこっち」

美菜は彰を手招きし、拘束されて車庫の壁際に転がされた向井を指し示した。

「こいつ、実技に使って」

「あ、はい……わざわざ用意してもらって、ありがとうございます」彰が頭を下げる。

美菜は、彰に軽く微笑みかけた後、向井の手足を拘束したガムテープを剝《は》がし「ほら、立て」と声をかけた。向井は「は、はい」と戸惑いながら立ち上がる。

そこで、美菜がポケットから携帯電話を出して、向井に告げた。

「十秒逃げ切ったら、生きて逃がしてあげる」

「へっ？」

事態を飲み込めていない様子の向井に対し、美菜は彰を指しながら説明した。

「そこにいる男の子が、今からあんたを殺そうと襲いかかってくる。ただし、十秒逃げることができれば、あんたを外に逃がしてあげる。どう抵抗してもいいよ。返り討ちにしたっていいんだから」

「は、いや、その……」

「よ～い、スタート!」

美菜は、戸惑っている向井をよそに号令をかけ、携帯電話で動画撮影を始めた。彰の手には、すでにポケットから取り出したザッポンが握られている。

「一、二、三……」洋一がカウントを始める。

「ひ、ひいいっ」

向井はパニックになりながらも、とっさに車庫の壁際に置かれていた大型のスパナを拾って、後ずさりしながら彰に向かって振り回し始めた。それに対し、彰は駆け出して正面から襲いかかる。

このままでは工夫がないな、と美菜は心配したが、彰は向井が振り回すスパナのリーチに入りそうになった瞬間、素早く右に跳び、壁を使って三角跳びして向井の背後に回った。そして洋一が「六」まで数えたところで、向井の後頭部にザッポンを突き刺した。

向井の右手からスパナが落ち、カアンと高い音が響く。少しぎこちない手つきながら、彰がザッポンをひねって引き抜くと、ちゃんと脳まで達していたようで、針先にはピンク色の欠片《かけら》が付いていた。向井は引きつった顔のまま絶命し、まっすぐ前に倒れた。

「よっ、お見事！」

美菜は笑顔で言うと、撮影した動画を保存し、携帯電話をポケットにしまった。

「初めての実戦にしては上々だ。ほら、見てみろ。ザッポンのいいところは、強く刺した勢いで、頭に開いた穴と反対側に体が倒れるから、血があんまり垂れないんだ」

洋一が、うつ伏せに倒れた向井の後頭部を指して解説する。さらに美菜も続ける。

「本当に、今のは上手だったよ。私もこの前、こいつの仲間の沢口って奴をザッポンで殺《や》った時、ちょっと力が入って血が飛び散っちゃったからね。あと、松岡っていう変態講師のこともザッポンで殺そうとしたんだけど、刺す直前に邪魔が入ってね……まあ、その話はいっか」

美菜はそう言いながらも、松岡を殺した夜のことを思い出していた――。

あの夜、松岡に渡されたノンアルコールカクテルを一口飲んだ時点で、妙な苦味を感じた。その前に松岡が、美菜の部屋に上がり込むように仕向けていたことにも気付いていたので、カクテルに睡眠薬が入っているのだと察した。その段階で、美菜が放マルに入学して探していた、小柴杏子を自殺に追い込んだターゲットが、松岡なのだと悟った。

意外ではあったが、そこからは松岡を部屋で殺そうと気持ちを切り替えた。カクテルは飲んでいるふりをして中身を少しずつ道路にこぼして捨て、部屋に入ってから睡眠薬が効いたふりをして横になり、松岡が襲ってきたらザッポンで仕留め、死体袋に入れてから、処理班を呼んで引き取ってもらおうと考えていた。――ちなみに死体袋というのは、餃子《ギョーザ》パーティーの時に明日香から「これ何～？　でっかい楽器とかのケース？」と聞かれた、ファスナー付きの大きな縦長の袋だ。

ところが、まんまと襲ってきた松岡に抵抗するふりをして、左手で頭を抱き寄せ、松岡が胸に頬ずりして喜んでいる隙に右手でザッポンを取り出し、突き刺そうとしていた時だった。玄関のドアが開き、雄也が現れてしまったのだ。慌てて右手のザッポンを腰の後ろに回してポケットに入れたが、もう少しで見られるところだった。

雄也は、松岡を殴打し、逃げた松岡を追って部屋を出て行った。そこで美菜が松岡のビデオカメラの映像を見たら、美菜がザッポンを取り出したところまではっきり映っていた。もっとも、それは依頼人への証拠映像として使わせてもらったが、その後、雄也に気付かれないように松岡を追って始末するのは、少々面倒だった。

雄也は松岡を、善福寺川沿いの公園の公衆トイレで暴行していた。そこに美菜も追いつき、隠れてその様子を見ていた。雄也が松岡を、便器の水に顔を浸《つ》けていたぶっていたこと、さらにゲリラ豪雨によって善福寺川が増水していたことから、美菜は「川流し」を使おうと思い立った。――それにしても、沢口浩樹に続き、ここでも雄也が暴行した相手のとどめを刺す形で殺すことになるとは、予想していなかった。

松岡が気を失い、雄也が帰ったところで、美菜は周囲に人通りも防犯カメラもないのを確認し、松岡を川岸まで担いで運んだ。大人の男一人を担ぐのは、訓練さえ積めば難しいことではない。松岡は落とされる直前に目を覚ましたが、美菜は冥土《めいど》の土産に死ぬ理由を説明してやった。松岡はたいそう驚き、命乞《いのちご》いをしていたが、もちろんそのまま落としてやった。その後、急いで帰ったら、雄也は途中で雨宿りをしていたらしく、美菜の方が先にアパートに到着できたので、シャワーを浴びる余裕もあったのだった。

――と、美菜が回想している中、洋一が改めて言った。

「まあ、ビッグでさえ失敗することがあるくらいだから、ザッポンは奥が深いんだよ」

するとそこで、彰が「えっ？」と声を上げ、美菜を見つめながら言った。

「ちょっと待ってください。ていうことは……この人が、伝説の殺し屋の、ビッグさんなんですか⁉」

「そうだよ。まあ、伝説は言い過ぎだけどね」美菜が笑った。

「というか、さっき車の中で言ったろ。急遽《きゅうきょ》行き先が変わるけど、この後ビッグと会えるぞって」洋一が怪訝《けげん》な顔で彰に言った。

「いや、もちろん聞いてたんですけど……この人ではないのかなと思ってたんで」

彰は、遠慮がちに美菜を手で示した。――実は、美菜が東京で一人暮らしを始めた今年の春までは、母と二人で暮らしながら地下訓練施設に通う彰と、訓練施設の上の住居で洋一・雅子夫妻と暮らしていた美菜は、すぐ近所に住んでいたのだが、顔を合わせたことは一度もなかったのだった。

「ふふふ、やっぱり、女だとは思ってなかった？」美菜が笑って尋ねる。

「はい。てっきり、すごく大きい男だと思ってたんで……」彰がおずおずとうなずく。

「あと、男だろうと思い込んでた理由として、たしか師匠から、ビッグさんにも風俗代が支給されてるって聞いた気がするんですけど……俺の記憶違いですかね？」

「ああ、女性用風俗、たまに呼んでるよ」美菜はあっけらかんと答えた。「まあ、男の殺し屋にもいるらしいけど、私って人殺した後、なんでか知らないけど猛烈に性欲湧いてきちゃうんだよね。そういう時は、プロの出張ホストにお願いすることもあるよ」

「あ、そうなんですか……」

うつむいて頬が緩むのを抑えている様子の彰に、美菜がドスの利いた低い声で言う。

「おい、想像してんじゃねえぞ」

「あっ……すいません！」慌てて頭を下げる彰。

そういえば松岡を殺した直後も、つい欲望が高まって、前からタイプだと思っていたこともあり、帰ってきた雄也に抱きついて誘いをかけたのだった。出張ホスト以外の男性とは未経験だったからドキドキしてたのに、結局断られちゃったっけ。――と、美菜が思い返していた時、また彰が質問してきた。

「ていうか、ビッグさんは、女性の中でもそんなに背が高いわけじゃないと思うんですけど、どの辺がビッグなんでしょうか？　たしか師匠から、『日本ではめったに見ないぐらいデカい』とも聞いてたと思うんですけど」

「ふふ、見てて」

美菜はにやりと笑った。そして、口を大きく開け、その中に握り拳《こぶし》をこじ入れた。

「おおっ……すごい！」

彰が目を丸くして驚いた。美菜は拳を口から出し、「げ、あいつらの血舐《な》めちゃったよ」と苦笑してから説明した。

「口がビッグだから、ビッグって呼ばれてるの。まあ、別にコードネームなんて遊びで付けてるだけだから、どうでもいいんだけどね。……あ、そういえば『Mr.Dark side』では、雄也さんがコードネームで呼ばれるシーンは一度もなかったな」

「ん、何の話だ？」

洋一が尋ねる。美菜は「あ、ごめん、何でもない」と首を横に振ると、足下に転がる向井の死体を指差して言った。

「さて、それじゃ、こいつの首も切り取って、残りはバリッチャだね」

地下室の方からは、モーターの駆動音と、「バリバリッ、グチャグチャッ」と死体が切り刻まれる音が聞こえてくる。雅子たちが、バリッチャで三体の死体を処理しているのだ。先ほど運び込まれた巨大な寸胴鍋《ずんどうなべ》風の機械は、スイッチを入れると中で何重もの鋼製の刃が回転して、死体を投げ込むと切り刻んでミンチ状にして、かさを減らすことができる。死体を破砕して出た血液などの液体を分離させて捨てることもできるので、トイレにでも流せば重さも一気に減らせる。一、二体の死体だったら袋に入れて運んでもいいが、四体ともなると、バリッチャでかさを減らして運んだ方が楽なのだ。

ただ、今日に関しては、首だけ切り取って保冷ボックスに入れている。川西組への証拠として残し、先ほど美菜が撮った証拠映像と合わせて組長が確認した後、首も処分することになるだろう。映像だけ撮って死体を見せずに処分すれば、殺され役の役者を雇ったのではないか、などと疑われる可能性がある。実際、美菜が沢口浩樹を殺した際は、一部の組員にあらぬ疑いを持たれたという話だった。一般人からの依頼ではまずやらないが、暴力団からの依頼では、今でも稀《まれ》にこの手順が踏まれることがある。

「あ、そうだ。死体の首切ったこともないよね？」美菜が彰に尋ねた。

「あ、はい、ないです」彰がうなずく。

「ナイフは持ってる？」

「はい、持ってきました」

彰はポケットから大型のナイフを取り出す。美菜はそれを見て手ほどきを始める。

「上手にやればそれ一本で切れるから、ちょっとやってみようか。まず、血が出るから、下にシートを敷きます。車の中に入ってると思うけど……」

「あ、さっき師匠に言われて持ってきました」

彰がポケットの中から、吸水シートを取り出した。

「OK。じゃ、それを首の下に敷いてみて」

美菜と彰は、うつ伏せに倒れた向井の死体の傍らにしゃがむ。彰が死体の頭を持ち上げ、下にシートを敷く。

「で、こうやって触ってみると、ここに関節の切れ目があるのが分かる？」

美菜が、向井の死体のうなじを親指でぐいぐい押してみせる。彰も同じように触る。

「あ……はい」

「まずはそこに、まっすぐ刃を入れるの」

「はい……こんな感じですか？」

「そうそう、それで、体重を乗せて一気に切ってみて」

「はい……おりゃっ」

「そう、上手上手……あ、でも、ちょっと斜めになっちゃったかな」

「あ……たしかに、ちょっと、刃が止まっちゃいました」

「うん、やっぱり骨に引っかかっちゃったね。ちょっと貸して。こういう時はね、体重かけてガッガッ切ってもいいんだけど、今日はこれから、血痕《けっこん》を消したりしなきゃいけないから、できれば血とか骨髄をあんまり飛び散らせたくないのね。そういう場合は、いったん刃を戻して、もう一回関節の切れ目に、こうやってまっすぐ刃を入れて……」

と、美菜が彰に、首の切断方法を丁寧にレクチャーしていた、その時だった。

「ひあぁっ」

息を飲む声が、背後で聞こえた。

美菜が振り向くと、地下車庫のシャッターの脇の扉の前に、いつの間にか雄也がいた。汗だくの彼は、目を大きく見開いたまま、こちらを見て床にへたり込んでいた。

美菜は、死体の首を切断中のところを、雄也にばっちり見られてしまったのだ——。

美菜を助け出そうと五日市街道を駆け出した雄也は、すぐにタクシーを拾った。そして、詐欺グループの練馬のアジトに向かったのだが、不運にも渋滞に巻き込まれ、しかも財布に十分な金を入れていなかったためタクシー代が足りず、やむなく途中でタクシーを降りることになってしまった。五キロ近い道のりを走り、途中の道端に落ちていた針金をピッキングに使うために拾い、汗だくになりながらもどうにかアジトに到着し、地下車庫のくぐり戸をピッキングで開け、後ろ手にそっと閉めて中に入った。

だが、そこで雄也は驚いた。車庫の中には、なぜか詐欺グループの車以外にもう二台の車が停められていて、しかも車の手前には死体が転がっていたのだ。さらに、死体の傍らに若い男女がしゃがみ込み、今まさに首を切断しようとしていた。

その死体の横顔が、雄也からも見えた。それは、どう見ても向井凌介だった。

そして、その首を切断しようとしていたのが――あろうことか、美菜だった。

あまりにも予想外の、それも猛烈に残虐な光景に、思わず「ひあぁっ」と息が漏れてしまったところを、美菜たちに見つかってしまったのだった。

すると、美菜たちのそばに立っていた、六十代ぐらいの、短髪で眼光が鋭く筋肉質な男が、ポケットから拳銃《けんじゅう》を取り出して雄也に向けた。

「あ、ちょっと待ってパパ！」

引き金を引く直前に、横から美菜がかけた声で狙いがずれたらしく、銃弾は雄也の左の耳たぶをかすめた。消音器が付いていたようで銃声は小さかったが、かすめただけでも雄也の耳たぶには激痛が走った。

「ひいいいっ」

涙目になって、声を裏返す雄也。逃げようにも立ち上がれない。モデルガンではない本物の拳銃を初めて目の当たりにした恐怖で、雄也は腰が抜けてしまっていた。

「お願いパパ、あの人は殺さないであげて」

美菜が慌てて立ち上がって訴えたが、先ほど美菜にパパと呼ばれていた男が、銃口を雄也に向けたまま返した。

「これを見られた以上、生かしておくわけにはいかないだろう」

「まあ、たしかに、これはさすがに言い訳できないけど……」

美菜は、ナイフの刃がうなじにめり込んだ向井の死体を見下ろすと、ばつが悪そうな笑みを浮かべ、雄也に向かって言った。

「雄也さん、今まで隠しててごめんね。実は私、殺し屋なの」

「ころ……しや……？」

雄也は、車庫の床にへたり込んだまま、口をぽかんと開けるしかなかった。殺し屋が主人公の映画『Ｍｒ．Ｄａｒｋｓｉｄｅ』の脚本監督主演を務めるため、本やネットで世界の殺し屋事情や暗殺術などを調べ、自己流でトレーニングも積み、役作りを徹底していたつもりの雄也だったが、まさかこの国に本物がいるとは思っていなかったのだ。

「びっくりしたよね。殺し屋なんて、映画の中だけの話だと思ってたもんね」

美菜が、雄也の心を読んだかのように言った後、続けた。

「あ、『Mr.Darkside』見たよ。部屋にお邪魔して見ちゃった。あと、撮影で使ったモデルガンとか弾丸のレプリカとかおもちゃのナイフとかが、たくさん置いてあるのもね。――あの部屋の鍵《かぎ》、実はヘアピンでも開いちゃうんだ」

「あ、はあ……」

雄也も、ぐれていた中学時代にピッキング技術を習得し、何度か空き巣程度はやったことがあるため、アパートの鍵が簡単に開くことは知っていたのだが、ここで「俺もそれぐらい知ってるよ」なんて張り合ったりしたら、またあのパパと呼ばれている超怖いおじさんに銃をぶっ放されるかもしれないと思ったので、何も言わないでおいた。

また雄也は、美菜に自分の作品を見られたことに対しても恥ずかしさを覚えていた。雄也が放マルのOBで自主映画制作を続けているという事実を隠すため、美菜と学校で鉢合わせしたりするのを避けていたのは、「休み時間に描いている漫画を男友達には見せられるけど好きな女の子に見せるのは恥ずかしい」的な男子小学生レベルの理由だったのだが、今にも射殺されそうなこの状況で、「うそっ、映画見られてたの？　恥ずかし～」なんてリアクションをとれるはずもなかった。

「正体を知られたんだ。やっぱり殺すしかないだろう」

　雄也に拳銃を向けたまま、パパと呼ばれた男がまた言った。一方、美菜が反論する。

「いや、待って。この人は絶対警察に通報したりはしないの。だってこの人も、こいつらと同じ詐欺グループにいたんだから」

「……だったら、ますます殺すしかないだろ」

　パパが引き金に指をかける。「ひいっ」と息を飲む雄也。恐怖のあまり涙が出てくる。鼻水も出てくる。さらに、股間《こかん》にじわりと生温かい感触が広がった。どうやら別の種類の液体も出てしまったらしい。ただ、そんなことがばれたら即射殺されそうな雰囲気だったので、とっさに内股《うちまた》になって隠す。

「でもね、彼はグループの中でも一番末端だったの。殺すまでもないほどの小物なの。でかいのは図体《ずうたい》だけ」

　美菜が言う。——半分悪口のようにも聞こえたが、雄也の命を助けようと説得してくれているのだから、もはやそんなことはどうでもいい。

　と、騒ぎを聞きつけて奥の廊下から現れた、白髪交じりのベリーショートで丸眼鏡をかけた熟年女性が、車庫の状況を見て困り顔で言った。

「まあ、でもねえ、やっぱりこれだけ見られちゃったわけだからねえ……」

　だが、その時。——聞き覚えのある男の声が聞こえた。

「師匠、おかみさん、そいつはビッグさんの言う通り、生かしておいても特に害はないと思いますよ」

そう言って、車の陰から現れた声の主の顔を見て、雄也は驚いた。

「えっ、あなたも……!?」

彼は、雄也と顔見知りの、滝村という新聞配達員だった――。

といっても雄也と滝村は、ただの新聞の読者と配達員という関係ではなかった。実は、アダルトDVDを貸し借りしていた仲でもあったのだ。きっかけは、去年の新聞の購読契約の更新の時、滝村が「そういえば今日の配達中、AV女優の愛霧ユアを見たんですよ」と言ったことだった。「うそ、この辺に住んでるのかな。俺大ファンなんだよ」「本当ですか。俺もこの前、ベスト盤の八時間二枚組のDVD買っちゃいました」「へえ、いいな～」「じゃ今度貸しましょうか？」「え、いいの？」「その代わり、三ヶ月じゃなくて半年契約にしてもらえると助かるんですけど」「分かった、ユアちゃんのベスト盤を見られるなら、そうしよう」「ありがとうございます！」――というやりとりをきっかけに、雄也と滝村は、新聞の読者と配達員という関係を超え、共通の趣味を持つ同志としての交流を育《はぐく》んだのだった。アダルトDVDを貸し借りする時は、不透明なディスクケースに入れて、パッケージのヌード写真が外から見えないようにしていた。そういえば、春頃に美菜がディズニーランドのお土産をくれた時も、滝村からアダルトDVDを借りたところを危うく見られそうになったっけ……なんて、雄也がどうでもいいことを思い出していた間も、滝村は雄也の助命を求めて説得を続けてくれていた。

「これで合計五人の首が取れたわけですし、川西組は詐欺グループが何人いるかも知らないはずですし、彼一人逃がしたところで問題はないと思いますよ。ね、ビッグさん」

滝村にうなずきかけられ、美菜も説明する。

「あのね、詳しく話すとね、この人は梶山雄也っていって、放マルの映像制作科を三年前に卒業したの。で、卒業後に同級生や後輩を集めて、自分が脚本監督主演で『Ｍｒ．Ｄａｒｋｓｉｄｅ』っていう映画を撮ろうとしたんだけど、カンパと自分の貯金をかき集めた制作費もすぐ使い切っちゃって、撮影が中断しちゃったの。そんな時に、映画にも出演してた後輩――ああ、今ここで首切ってる向井って奴に誘われて、詐欺グループに入っちゃったんだけど、最初は詐欺の片棒担いでることにも気付いてなかったから、かわいそうでもあるんだよ……」

「おい、そんな話はどうでもいい」美菜の話を、パパと呼ばれた男が遮った。「とにかく、これだけ見られてしまった以上、普通に考えればこいつを消すしかない。お前たちは消さなくても問題ないと言うが、消した方が組織にとってリスクが少ないことは間違いないだろう。それでも消すべきでないというなら、明確な理由を言え」

するると、美菜が真剣な表情で訴えた。

「あのね、雄也さんは、私のお隣さんだったの。色々よくしてくれたし、本当にお世話になったから、殺してほしくないの！」

「お隣さん？　アパートのか」

パパと呼ばれた男の表情が、少しだけ変わった。美菜は大きくうなずく。

「そう。雄也さんが二〇一号室で、私が二〇二号室だったの。——雄也さんが放マルのOBだってことに最初に気付いたのは、私が『Mr. Darkside』のポスターを見た後で、雄也さんがアパートに帰ってきた姿を見て、怒り肩で筋肉質な後ろ姿がよく似てるなって思った時だったの。で、ちょうどその時に私、ベランダから洗濯物を落としちゃったんだけど、いい機会だからこれをきっかけに雄也さんの部屋に入って確かめてみようと思ったんだ。ベランダから地面に下りてわざと部屋から閉め出されて、雄也さんの部屋に入れてもらったら、放マルに入学した時に受け取る冊子とDVDが床に置いてあって、しかもポスターで着てたのと同じ黒い革ジャンがハンガーに掛けてあったから、雄也さんが放マルのOBで『Mr. Darkside』の主演の人だってことはすぐに分かったんだけど……あ、ごめん、ちょっと話がそれちゃったね」

美菜は、パパの表情をうかがいつつ、笑顔で話を続ける。

「で、そのあと私、雄也さんのベランダから自分のベランダに、手すりを渡って行こうとしたんだけど、足を踏み外して落ちそうになっちゃったの。そこで雄也さんが助けてくれたんだよ。あそこで落ちてたら私、怪我してたかもしれないから、雄也さんは本当に恩人なんだよ」

さらに美菜が、ぽんと手を叩《たた》いて付け加える。

「あ、あと雄也さんは、私を犯そうとした松岡を、懲らしめに行ってくれたの。まあ、結果的には超邪魔だったんだけど……でも、あれは男気があったよ。ね、雄也さん」

「あ、ええ、まあ……」

雄也も思い出した。——放マルの講師の松岡が、美菜の部屋に上がり込んで襲おうとしたのを阻止し、後をつけてボコボコにしてやった時のことだ。雄也が放マルに在学していた時から、女子学生に手を付ける猥褻《わいせつ》講師がいて、自殺に追い込まれた女子学生もいるらしいという噂は聞いていた。よもや美菜がその被害に遭わなければいいが、と心配してもいたが、まさか本当に被害に遭ってしまい、しかもその講師がオネエキャラで通っていた松岡だと知った時は驚いた。ただ、助けに入った時は怒りに任せ、殴りつけた上にわざわざ追いかけて苛烈《かれつ》な仕打ちをしてしまった。便器の水に顔を浸《つ》けるというのは、雄也が不良時代に他校との喧嘩《けんか》でやった手口だった。豪雨が降る中、さんざんいたぶって、松岡がのびた後、公園の木の下で雨宿りをして、少し雨が弱まったところで、防犯カメラに写らないルートでアパートまで帰った。家の周りの防犯カメラの位置は、振り込め詐欺に加わっていた時代からチェックしており、非常時にはカメラに写らずに帰宅できるルートを確保していたのだった。

その後、松岡が川に流されて死んだという新聞記事を読んだ時は、てっきり雄也が屈辱を与えすぎたせいで松岡が自殺したのかと思って慌てたのだが、美菜が殺し屋だということは、彼女が川に落として殺したのかもしれない。というか、さっきの「結果的には超邪魔だったんだけど」という言葉から察して、やっぱりそうなのかなあ。——雄也はゾッとしたが、もちろん今は真相を聞くことなんてできない。

と、さらに美菜は話を続けた。

「あと、雄也さんの男気といえば、私の先輩に暴力振るった彼氏のことも、殴って説教してくれたんだよ。まあ、その彼氏ってのが、この前殺した沢口浩樹なんだけどね」

ああ、浩樹も殺されていたのか。——雄也は慄然《りつぜん》とした。浩樹は、雄也にとって放マルの一年後輩で、『Mr. Darkside』の出演者の一人で、しかも詐欺だと知らずに向井らのグループに加担してしまったのち、暴力団の怒りを買ったと知って慌ててグループを抜けた者同士だったので、良くも悪くも関係の深い知り合いだった。そんな浩樹が、恋人の彩音に暴力を振るっていると餃子《ギョーザ》パーティーで聞き、美菜も怒っている様子だったので、浩樹を尾行して自宅に乗り込んでボコボコにして、女に暴力を振るうなと説教をしてやったのだ。もっともその時、雄也が詐欺グループの金を持ち逃げしたことが他のメンバーにばれていると浩樹に知らされ、ばれていないと思っていた雄也はショックを受けたのだが……。

ただ、浩樹も殺されているということは、やっぱり順当にいけば、このあと俺も殺されるんじゃないか——雄也は改めて恐怖のどん底に叩き落とされた。とはいえ、美菜が命を助けようとしてくれていることだけが救いだった。殺し屋の彼女に、今は雄也の命が託されているのだ。

「とにかくね、雄也さんのおかげもあって、短い間だったけど、私の専門学校生ライフは充実してたの……」

美菜は遠い目をして語り出した。

その表情は、殺し屋だなんてとても思えない、純朴な女子学生の顔だった——。


美菜は、専門学校生としての生活をしみじみと振り返りながら語り出した。

「嘘をつく時は、自分の実体験をちょっと変えたりデフォルメした方がうまくいくって話を、松岡先生がエチュードの授業でしてたんだ。まあ、彼は結局そのあと、私が殺しちゃったんだけど、その話はたしかにその通りだなって感心しちゃった。私も、友達に実家の話をする時とかは、自分の経験を元にした嘘で通してたからね」

実際に美菜が育った殺し屋養成施設は、組織内で「牧場」と呼ばれていたこともあり、「実家は牧場」という経歴は語りやすかった。一方、美菜は「小学校も中学校も一学年五人ぐらいだった」とも語っていたが、それはあくまでも「牧場」の最寄りの小中学校の話で、美菜が実際に通った小中学校ではなかった。美菜は、母親とその恋人に虐待されて育ち、十二歳にして彼らを失火による火災に見せかけた完全犯罪で葬り去り、その後は養護施設に入るも虐待やいじめを受けて脱走し、そこで組織にスカウトされ……と、波瀾《はらん》万丈の少女時代を過ごす中で、学校にほとんど通わないまま義務教育期間を終えてしまったのだ。定時制高校にも入ったが、実際はほとんど通わず中退していた。美菜の言葉の間違いの多さは、学校に通えなかったことに起因する部分もあった。

また、「牧場」の実際の所在地は群馬県の山中なのだが、万が一にもばれることがないように北海道と嘘をついていた。ただ、北海道出身だったらありえないボロを出してしまった場面があったのは反省点だった。――餃子パーティーの際、友人たちを連れて部屋に帰ってきた時、アパートの庭にゴキブリが出た。そこで、「もしかして部屋にも出る？」と小春に聞かれ、「部屋には出たことない」と普通に答えてしまったが、あの答え方は不自然だったと、後で調べてみて気付いた。北海道は寒いため、ゴキブリは生息していないのだ。つまり、もし本当に北海道出身で、上京して部屋にゴキブリが出たことがないなら、あの時人生で初めてゴキブリを見たことになるはずなので、「えっ、あれがゴキブリ？　初めて見た～」というような反応をすべきだったのだ。

――そんな反省が頭によぎりつつ、美菜はなおも、この数ヶ月間を回想する。

「あと、殺陣《たて》は苦手だったなあ。だって、本当に人を殺す時の動きと、あまりにも違うんだもん」

見栄えのよい派手な戦闘シーンを演じるのが殺陣だが、本物の暗殺術と比べると、動きに無駄が多すぎるのだ。ザッポンなどを用いて、無駄なく一瞬で人を殺す動きが体に染みついている美菜は、何度やってもうまくできなかったのだった。

「でも、学校で同世代の女の子と友達になれたし、バイトっていうのも一回やってみたかったし、どっちも初めての経験だったから、本当に楽しかったなあ」

小柴杏子の仇《かたき》を探し出して殺す任務のため、高校の卒業証書などを偽造し、二十五歳の実年齢を六つもごまかして放マルに入学するというのは、学校生活を一度ちゃんと味わってみたいと思っていた美菜にとって非常に楽しみな仕事だったのだ。また、活動資金は組織から支給されていたが、美菜は以前から、アルバイトというものを一度やってみたいという憧《あこが》れも抱いていた。実際に、学校やバイト先で知り合った子たちとは友情を育《はぐく》むことができた。美菜にとって一生の思い出になるだろう。

ただ、あの友人たちがこの先プロの役者として活躍できるとは、残念ながら思えない。殺陣の授業程度の厳しさで文句を言って、指導助手のOBをくそみそに言っていたけど、あの程度の役者の卵にでもなれたら万々歳だろう。そもそも、十代から芸能事務所に入って活躍している子たちは山ほどいるわけで、あんな専門学校に入っている時点で、九割九分の子は見込みがない。酷な言い方をすれば、親の金で「夢を追いかけごっこ」をしたいだけの子たちだと、美菜はずっと思っていた。

「あ、そうだ」

数ヶ月間の思い出を懐かしみながら語っていた美菜は、ふと思い出して雄也に言った。

「たしか雄也さん、七年間は帰らないって、実家のお母さんにメールしてたよね。あれって、詐欺罪の時効が七年だから、ああ言ってたんでしょ」

「あ、はい。……メールも見てたんですね」

不在の間に部屋に忍び込んでいたことはさっき明かしたので、雄也も、もはやあまり驚いていない様子だった。

「この通り、共犯者は全員死んで、死体が見つかることもないんだから、詐欺の件だってばれることはないよ。だから、親孝行しに帰ってあげれば？」

「え、あ、はい……」

雄也は戸惑い気味にうなずいたが、ぜひ家族のためにも帰省してほしいと、美菜は思っていた。そのために美菜は、向井以外の男三人をザッポンで殺した後、川西組への証拠映像として向井の証言を携帯電話で撮った際、詐欺グループに雄也がいなかったことにするために、雄也の話題が出る前に撮影をやめていたのだ。――正体がばれた以上、もう交流を持つことはできないが、ひと時だけでも胸をときめかせた男性である雄也には、これからは道を踏み外さず真っ当に生きてほしいと思っていた。

美菜は、改めて洋一と雅子に向き直って訴えた。

「だから、パパ、ママ、お願いします。彼を逃がしたところで警察に駆け込むわけもないんだし、どう考えても組織の敵になるほどの器じゃないし……それにほら、彼、体が大きいから、バリッチャ一台で処理するにも容量オーバーしちゃうかもしれないし」

「ああ、たしかに」雅子がうなずいた。「今、三体片付けてきたけど、あと二体あって、しかもうち一体がこれだけ大きいとなると、無理かもしれない。死体袋も持ってきてないから、今から彼も殺《や》るとなると、一回車で戻らなきゃいけないと思うわ」

先ほどまで死体処理をしていた雅子の言葉に、洋一は「う〜ん」と不機嫌に唸《うな》った。

そして、洋一は小さくうなずくと、車庫の床にへたり込んだ雄也に向かって、銃を持ったまま歩いて近付いた。

「ひっ、ひいいいっ！　こ、ここ、殺しゃないでくだしゃ～い」

雄也は、迫りくる洋一の迫力に、ぶるぶる震えながら泣きじゃくり、頭を抱える。

だが洋一は、背中を丸めた雄也の、ジーンズの後ろのポケットから財布を取り出し、中の免許証を携帯電話のカメラで撮影してから、財布を投げ返した。

そして、不服そうに一言だけ言った。

「行け」

「……えっ？」

雄也が、涙と鼻水でぐしゃぐしゃになった顔を上げ、がたがた震えながら尋ねる。

「あ、あ、あの……に、ににに、逃がして、くくくれるんですか？」

「その代わり、お前がここで見たことを一言でも外で喋《しゃべ》ったら、実家の親兄弟も親戚《しんせき》も、お前にこれからできるかもしれない家族も、全員死ぬと思え」

「は、は、はい……ももも、もちろん言いません。だだ誰にも言いません！」

雄也は、命が助かることが分かり、泣き笑いのような表情になりながら、生まれたての子牛のように手足をがくがく震わせて、なんとか立ち上がった。

だが、そのジーンズの股間《こかん》には大きな染みが広がっていて、裾《すそ》からはぽたぽたと滴《しずく》が垂れていた。それに気付いて、洋一が怒号を上げた。

「こらぁ！　漏らしたションベン拭《ふ》いてから帰れ！」

「は、はい！　すいません！」

雄也は慌てて床に這《は》いつくばり、Tシャツで自分の尿を拭いた。

「恥ずかしくないよ。殺されそうになった恐怖でおしっこ漏らす人、結構いるから」

美菜が慰めの声をかけたが、雄也は恥ずかしすぎて美菜を直視できないようで、泣き顔で小さくうなずいてから立ち上がった。

「では、失礼しますっ」

雄也は、洋一に深々と一礼すると、震える手で地下車庫のドアを開けようとした。

だが、その背中に、洋一がもう一度声をかけた。

「おい、お前。最後に一つだけ聞きたい」

「は、はい……」

引きつった顔で振り向いた雄也に、洋一が美菜を指し示しながら問いかける。

「お前……隣に住んでたのに、本当に彼女の正体に気付かなかったのか？」

「そんな、気付くわけないじゃないですか！」

雄也は泣き顔で、声を裏返して答えた。

「想像もしなかったですよ。……まさか、お隣さんが殺し屋さんだなんて」

21

道の駅の売店にて、中年の女性店員二人が、開店準備をしながら立ち話をしている。

一人はすらっと背が高く、もう一人は小柄だ。

「息子さん、帰ってきたんだって？」小柄な女性が言う。

「ああ、雄也？　そうなの。急に帰ってきたのよぉ」長身の女性が答える。

「よかったじゃないの、跡継ぎ決まって」

「まあ、農家をなめるなってお父さんは言ってたけどねぇ」

「あ、そっかあ。雄也君、ご主人に勘当されて、家飛び出しちゃってたんだっけ」

「ただまあ、いざ帰ってきたら、やっぱりお父さんもちょっとうれしそうだねぇ。本当はずっと帰ってきてほしかったんでしょ。――それに雄也も、この前の台風の時、私の携帯に電話かけてきて『東京の新聞には載ってなかったけど、田んぼや畑の台風対策は、もろもろ無事にうまくいったか？　父さんは川に流されたりしてないか？』なんて心配そうに言ってきたのよぉ。雄也が小学生の時、お父さん台風が心配で田んぼに行って、用水路に落ちかけたことがあったからねぇ」

「ああそうなの、そりゃ雄也君も親思いだこと」

「心配して電話までしてきたってことは、あの頃にはもう、帰りたくなってたのかもね。映画界で一旗揚げてセレブになるなんて言ってたけど、やっぱり無理だったんだねぇ。七年間は帰らねえとか言ってたけど、こうして帰って来ちゃってねぇ。――雄也、意地になって仕送りも断ってたし、お父さんも学校出てからは絶対に金送るなって私に言いつけてたから、お金でずいぶん苦労してたみたいだけどねぇ」

「でも雄也君、背え高くて男前だから、スターになれるかと思ってたけどねえ」

「あの程度の男前なら、東京にはいくらでもいるってことでしょうよ。——ああそういえば、雄也ね、左の耳たぶに大きな傷作って、ピアス開けるの失敗したとか言ってたわ。馬鹿だよねえ、大事な体に穴開けて」

「まあピアスなら、うちの子も開けてるよ。今の若い子には珍しくないでしょ」

「でも、ピアスの穴にしちゃずいぶん大きい、耳たぶが割れちゃってるような傷でねえ。よっぽど下手なやり方しちゃったんだろうねえ。——とにかく、東京は怖いところだ、もう二度と行かねえなんて、それればっかり言ってるわ。そういえば雄也、ゆうべも居間でうたた寝してた時に、急に悲鳴上げて飛び起きたの。『殺される！』なんて叫んで」

「アハハ、よっぽど怖いことでもあったのかねえ」

——と、話していた二人が、窓から見える川の土手に目をやって、会話を止めた。

そこには、一人の女性が佇《たたず》んでいる。彼女は川の方向に、じっと手を合わせている。

「あ……またあそこにいるねえ」

「ああ、えっと……葛城さんっていったっけ」

「あそこのご主人が亡くなったのは、去年の秋頃の台風だったねえ。……ああ、もうすぐ一周忌かねえ。でも律儀だわ。月命日ごとに、ああやって川に手合わせて」

「亭主関白だったらしいけど、それでも亡くなっちゃうと、奥さんなかなか立ち直れないもんなんだねえ」

「まあ、亡くなり方が、あれだったからねえ」

「台風が来てるのに田んぼ見に行って……ちょっとお酒も入ってたんだってねえ。冷静に考えれば、台風来てから行っても何にもならないことぐらい、分かるもんねえ」

「私が気付いて止めてればって、奥さん、お葬式の時も泣き叫んでたからねえ。意地悪な人が、芝居じゃないかと思うぐらい大げさに泣いてた、なんて言ってたけどねえ」

――と、じっと手を合わせていた女性のもとに、土手を走ってくる小さな女の子と、その母親らしい若い女性が近付いてくるのが見えた。三人は仲よさそうに並んで、ゆっくりと歩き始めた。

「あれ、孫が来てたんだねえ」

「ああ、今帰ってきてるのかあ。いいわねえ」

「本当に、うちも早く孫作ってほしいもんだわあ」

道の駅の売店の店員二人は、そう言って笑い合った。


川の土手の遊歩道。

葛城充子は、周囲から怪しまれないように、夫の勇一の溺死体《できしたい》が発見された川の土手で、月命日に手を合わせるようにしている。とはいえ、来月で一周忌を迎えるので、それが過ぎたら、もうやめ時かもしれない。

充子は改めて思う。――殺し屋さんに頼んで、本当によかった。

それにしても、「最も優秀」だと説明を受けていた、ビッグという殺し屋が、まさかあんな若い女性だとは思わなかった。それでも彼女は、凶暴な勇一を一撃で気絶させ、溺死に見せかける処置をしてくれた。――電気が消えて暗い部屋の中で、テレビ画面の光に照らされた彼女の影は、天井まで届くほど巨大に見えたけど、光源のテレビの近くに立っていたから影が巨大に見えただけで、実際は女性としてはごく平均的な体格だった。なぜビッグと呼ばれていたのかは、今となっては分からない。

ただ、平均的な体格の女性とは思えない力を持っていたことは間違いなかった。大きな石を持って、絶妙な力加減で勇一を殴って気絶させたのも見事だったが、勇一の死体が入った袋を、軽々と肩に乗せて運び去っていったのだ。

とにかく、充子の人生は、台風と彼女たちのおかげで解放されたのだ。ありがとう、ビッグさん。――充子は合掌しながら、いつしか殺し屋に対して感謝を捧《ささ》げていた。

勇一の死後、充子は葬式やひと通りの手続きを済ませたのち、自分一人での農作業は難しいと理由をつけて、田畑の大部分を売り払った。その代金と勇一の保険金は、殺し屋の組織への報酬でほとんど持って行かれたが、こんな田舎で夫が死んでから急に豪華な生活を始めたりすれば、夫を殺したのではないかと噂が立つのは間違いないので、むしろこれでよかった。狭い畑を耕しながら、週四日のパート暮らし。それでも女一人、なんとか暮らしていける。

何の後悔もない。勇一を殺してもらって、本当によかった。――と、充子が川に向かって合掌しながら、過去を振り返っていた時。

「ばあちゃ〜ん」

三歳になる孫の咲良《さくら》の声が聞こえた。振り向くと、咲良がおぼつかない足取りで土手を駆けてくる。

「あら、かけっこ上手ねえ」

充子は目を細める。娘の佳奈子も笑顔で駆け寄ってくる。二人は今、帰省している。安心して帰省できるようになったのも、暴力的な勇一が死んだからだ。

三人で土手を歩く。咲良がチョウチョを追いかける。——その背中を見ながら、佳奈子が突然切り出した。

「お母さん……ごめんね、私、もうだめかもしれない」

「だめって、どうしたの？」

充子が驚いて聞き返す。すると佳奈子が、涙声で言った。

「旦那《だんな》がね、暴力振るってきて、もう耐えられないかも……」

「そうだったの……だから帰ってきたの」充子はショックを受けた。「ごめんね。私のせいだね。ずっと暴力を振るうお父さんを見せてきたから……」

「お母さんのせいじゃないよ、私の見る目がなかっただけ」佳奈子は首を横に振る。

「で、離婚、考えてるの？」

「離婚も……無理かもしれない」佳奈子は悲痛な表情で言った。「この前、またあの人が殴ってきた時、『そんなに殴るなら離婚しよう』ってつい言っちゃったんだけど、その途端にあの人ブチ切れて、『次言ったら殺すぞ』なんて言われて、さらにボコボコに殴られたから……」

「そう……」

勇一と同じだ、と充子は思った。

そして、しばらく考えてから、充子は慎重に言葉を選びつつ、娘に聞かせた。

「佳奈子。まずは、ちゃんとした機関に相談して、安全に離婚することを考えてね。でも、どうしても無理そうだったら……その時は、もう一度お母さんに相談して」

充子は、佳奈子の目をしっかり見つめて言った。

「最後の手段として、とっておきの方法があるから——」

小柴忠広は、娘の杏子の仇《かたき》を討ったという知らせを、殺し屋の組織から受けた。去年依頼してから、一年近くかかって悲願が達成されたのだった。

杏子を何度も陵辱して自殺に追い込んだ犯人は、松岡丈則という、放送技術マルチメディア学院の映像演技科の講師だった。依頼達成の証拠として見せられた、犯されそうになっている女性の映像は、杏子もこうして被害に遭ったのかと思うと直視できなかったが、一緒に映像を見ていた組織の口髭《くちひげ》の男が、映像を一時停止して言った。

「彼女、うちの殺し屋なんです。よく見てください。ほら、ここで細長い刃物を出してるでしょ。本当はこれで突き刺して殺す予定だったのに、このあと邪魔が入っちゃいまして、別の方法で殺すことになったんですけど……まあ、結果的には成功しました」

その映像と合わせて、松岡丈則の顔写真と、彼の死亡を伝える新聞記事を見せられた。

それらの証拠によって、忠広は依頼が達成されたと判断することができた。

ただ、杏子の仇を討ってもらえば、少しは気が晴れると思っていたのだが、残ったのは無念さだけだった。

杏子に生き返ってほしい。――結局、望みはそれだけなのだ。

忠広はやがて、自殺で家族を失った遺族たちの集会に参加するようになった。

そこで、塚野《つかの》という、同い年の男と知り合った。

彼は一人息子を自殺で亡くしていた。原因が勤務先の上司の暴力や暴言だったことも分かっていた。しかし裁判の末、わずかな賠償金を得ただけで、当の上司は今でも同じ職場で働いていて、法廷でも反省している素振りは見られなかった――とのことだった。

「本当は奴をこの手で殺してやりたいんですが、病気がちの妻がいまして、彼女を残して私が捕まるわけにはいかないんです」塚野はそう言って泣いた。

何度か塚野の相談に乗り、連絡先も交換したところで、忠広は決意した。――彼にも紹介するべきだと。

忠広はある日、塚野を呼び出し、自分の車に乗せて切り出した。

「塚野さん。信じられないかもしれませんが、私は以前、とある団体に、自殺した娘の仇を討ってもらったんです。多額の報酬がかかりますが、塚野さんもきっと無念を晴らしてもらえると思います。だって、私の娘を自殺に追い込んだ男は、こちらでは特定できていなかったのに、正体を突き止めてしっかり始末してもらえたんですから」

「始末してもらえた、ということは……もしかして、その団体って……」

「ええ、殺し屋です」

忠広は、疑われても仕方ないと思っていた。だが、塚野は真剣な表情で尋ねてきた。

「本当にいるんですか？　どうやったら頼めるんですか？」

「電話をするんです。相手は最初、ラーメン屋を名乗ってくるんですが……」

忠広は、詳しい説明を始めた。そこでふと思った。

こうして彼らの商売は、口コミだけでも依頼が絶えずに続いていくんだな、と——。

夏休み明けの、放送技術マルチメディア学院のロビー。

島崎明日香、平松小春、米田葵の三人がおしゃべりしている。

「まさか、結希も美菜も学校辞めちゃうとはねえ」明日香が気落ちした様子で言う。

「急だったよねえ」小春もがっくりとうなずく。「結希は大学受け直すって言ってたね。美菜は、実家のお母さんが病気で倒れちゃったんだって」

「じゃあ、お母さんが治ったら、また帰ってくるのかな？」

葵が言ったが、小春が首を横に振る。

「いや、もう退学届出しちゃったって言ってた。お母さん重い病気みたいで、もう学校どころじゃないみたい。すぐ北海道帰らなきゃって言ってたもん」

「ああ、そうなんだ……」明日香が肩を落とす。

「かわいそう。楽しかった餃子《ギョーザ》パーティーが、遠い昔のようだね」葵がつぶやく。

「ああ、そういえば、美菜からホットプレートを宅急便で送ってもらっちゃったんだ。悪いことしたなあ。──あと、餃子パーティーで思い出したけど、彩音さんどうしてるかな。彼氏と別れられたかな」

小春が言うと、明日香と葵が渋い顔をした。

「ああ、あの彼氏ね」

「てか、本当は警察に言わなきゃダメでしょ。犯罪者だよ」

「夏休みの間に別れてればいいけど……正直、私もう、あの人のこと苦手だわ」

明日香の言葉に、小春もうなずく。

「たしかに、酔って泣き出してあんなカミングアウトされても、困っちゃったよね」

「ていうか……まさか、いないよね」

葵がきょろきょろと周りを見回す。幸い、彩音の姿はなかった。

「一回ロビーで会ったからさ、もし聞かれてたらやばいと思って」

「正直……もう会いたくないな」

明日香がつぶやいて、しばらく三人とも沈黙する。

その沈黙を、再び明日香が破る。

「まあ、別れた方がいいって、私もちょっと前の自分に言ってやりたかったけどね」

「ああ……矢島君？」小春が聞き返す。

「えっと……なんか、浮気されてたんだよね？」

葵が慎重に切り出したが、明日香は吹っ切れた様子であっけらかんと答えた。

「冗談じゃないよ。地元の同級生とバイト先と私で、三股《さんまた》かけてたの。完全にヤリ目的だったし。しかも、証拠見つけて私がブチ切れたら、『本当は美菜と付き合いたかったんだ』とかほざいて逆ギレしやがったから、往復ビンタしてやったわ」

「うわ、すごいね！」小春が笑う。

「矢島、これから学校来るのかな？」葵も笑いながら言う。

「来たらたいしたもんだけどね。全員に言いふらしてやるわ」明日香は息巻いたが、そこでまた肩を落とした。「ていうか、学校もさあ……松岡先生死んじゃうなんてね」

「本当だよ。超ショック。オネエで可愛くて、いい先生だったのに」

「大雨の日に川見に行って落ちちゃったんでしょ。マジで何やっちゃってんの……」

小春と葵も揃って落ち込んだ。

——と、そんな三人の背後から、男の声が響いた。

「あれ、あの可愛い子は？」

三人が振り向くと、そこには大森が立っていた。

「ああ、美菜ですか。学校辞めちゃいましたよ」明日香が無愛想に答える。

「実家のお母さんが病気になっちゃって」小春が付け足す。

「マジかよ！　くっそ〜、なんてこった、超ショック」

頭を抱える大森に、明日香がにやっと笑って言う。

「あ、やっぱり美菜のこと狙ってたんだ」

「いや、別にそうじゃねえけど。……ああ。マジでろくなことねえな！」

大森が腹立ち紛れに、壁に貼られていた『Mr．Darkside』のポスターを、バリバリと破って剝《は》がした。

「え、ちょっと、いいんですか？」

明日香が驚いて尋ねる。すると大森は投げやりに答えた。

「いいんだよ。……ったく、この映画、撮影中だったのに、監督兼主演がばっくれやがったんだよ」

「ええっ、大変！」

葵と小春も驚く。一方、大森は『Mr．Darkside』のポスターをくしゃくしゃに丸めながら、堰《せき》を切ったように語り始めた。

「これの脚本と監督と主演やってた雄也さん、イカれた奴だったんだよ。芝居も大してうまくないのに、役作りはいっちょ前にやってて、すげえ体鍛えてたし、撮影に入る前から、自分が殺し屋だってイメージ膨らませてるような人だったんだよ。殺人シーンのことを『仕事』って呼んだりして、そのせいで言ってることがよく分からなくて混乱することもあったしさ。——あと、台本の役名も、他の演者の場合は、向井って奴の役名が中井だったり、沢口って奴の役名が河口だったり、『高円寺ロマンチカ』で主演した今田も、老け役にするためにわざわざ口髭《くちひげ》生やして役作りしたのに、山田っていう今田から一文字変えただけの適当な役名付けてたのにさ。自分が演じる殺し屋だけは、雄也って本名にしてたからね。どんだけナルシストなのかと思ったよ。あ、ちなみに俺も、大森をもじったような、小林って役名でちょっとだけ出てたんだけどね」

大森は、誰に聞かせるともなく、愚痴を延々と話した。

「映像にこだわって、モデルガンとかナイフとかの小道具も高いの買い揃えて、そのせいで金使いすぎて、何度も撮影止まってたけどさ。最近また撮影再開することになって、俺たちスタッフに未払いだったギャラも払って、この学校で打ち合わせしたり、職員室で撮影機材を借りる手続きしたりしてたんだよ。ほら、前にも話したと思うけど、この学校、OBに撮影機材とか会議室とか貸してくれるからね。夏休みに入ると機材は借りられなくなるんだけど、その間も学校で何度も打ち合わせして、秋口からどんどん撮っていこうって話になってたんだよ。それと雄也さん、ギャラ抑えたいから講師の先生にも出てもらおうって言って、学校に来た時いろんな先生を遠目から観察して、構想立てたりとかもしてたのに……その矢先にばっくれるんだもんなあ」

大森は泣きそうな表情になって続ける。

「でもあの人、見た目はすげえ迫力があって、絵になったんだよ。十代の頃は不良で、いろんな悪さもして、映画見るようになって本気でこの業界に行きたいと思って更生したとか言ってたけど、やっぱ本物のワルだったから迫力あったんだよな。悔しいけど、なぜかこの人について行こうって思っちゃったんだよ。馬鹿と天才は紙一重なんていうけど、この人は本当は天才なんじゃないかって思わせる魅力があったんだ……。でも、やっぱり馬鹿だったよ、大馬鹿だったよ、くそっ！」

大森は、一方的に話し続けた末に、くしゃくしゃに丸めたポスターをゴミ箱に投げ捨てて去って行った。

その後ろ姿を見送って、葵がつぶやく。

「なんか、みんな大変だね……」

明日香と小春も、同時にうなずいた。

その後、会話が途切れ、ポスターが破り取られた壁を、三人でぼんやりと見ていた。と、そこで葵が、その奥の壁に貼られたポスターを指差した。

「あ、あのポスター見た？」

「いいでしょ、あれの話は」すぐに明日香が尖《とが》った声で返した。

「あ……ごめん」葵はしゅんとして黙った。

それは、秋から始まる深夜の三十分枠のテレビドラマのポスターだった。そのポスターの上にセロテープで紙が貼られ、手書きの字でメッセージが書かれていた。

『映像演技科1年生の荒木友香さんが、オーディションの結果、ヒロインの友人の美咲役に抜擢《ばってき》されました！』

——そのポスターから顔を背けながら、明日香が吐き捨てるように言った。

「ヒロインの友人とかいって、どうせ大した役じゃないでしょ」

「ていうか深夜ドラマでしょ。誰も見ないし」と小春。

「絶対流行《はや》んないよね」葵もうなずく。

「マジ荒木嫌いなんだけど。一人で意識高い系気取って」また明日香が吐き捨てる。

三人は、嫉妬《しっと》と焦りを悪口で覆い隠して、意識が高い人間が努力を重ねて成果を勝ち取っていくという現実を、決して直視しようとしなかった。

「こっちだって、美菜がいれば、ライバルになってたかもしれないのにね」葵が言う。

「そうだよねえ……ああ、辞めちゃうなんてもったいない」小春もうなずく。

自分たちも競争しなければいけない現実とは、三人とも一切向き合おうとしない。

「あ～あ、東京に来たら、なんかもっと毎日が華やかで、刺激に溢《あふ》れてると思ってたんだけどねえ」明日香が言った。

「私もそう思ってた。でも実際は、こんな感じだもんね」と小春。

「芸能人も全然見ないしね」

葵が言うと、小春が大きくうなずいた。

「だよね～。東京に来たらもっと見るかと思ってたけど、全然見ないよね。ＡＶ女優のアイムなんとかを見たとか、この前男子が話してたけど、知らないしね」

「なんか、もっとさあ、せっかく東京来たんだから、楽しいことないかなあ。ジャニーズと知り合うとか」明日香が頬杖《ほおづえ》を突いて言う。

「ジャニーズだと騒がれて大変そうだから、私はもっと小さい事務所のイケメン俳優がいいな」小春が妄想する。

「それいいね〜」葵がうなずく。「あとは、誰でもいいから超セレブと知り合いたい」

「いいね。で、ポンと百万ぐらい分けてほしいね」明日香が笑う。「とにかく、浮き世離れした人と知り合いたいよね。マフィアのドンとか」

「裏社会のフィクサーとかも、東京に一人ぐらいいないかなあ」と小春。

「あとは……殺し屋とか？」

葵が思い付きで言ったが、明日香と小春が笑う。

「いや、殺し屋はさすがに嫌だわ」

「アハハ、たしかに、近くにいたら超怖いよね」

「それもそっか」葵も笑う。

――三人でひとしきり喋《しゃべ》った後、明日香がぽつりと言った。

「あ〜あ、でも、そんな刺激的なこと、起きないかなあ」

本書は書き下ろしです。
この作品はフィクションです。実在の人物、団体等とは一切関係ありません。

お隣《となり》さんが殺《ころ》し屋《や》さん

藤崎《ふじさき》 翔《しょう》

平成29年 11月25日　初版発行
令和6年 12月15日　17版発行

発行者●山下直久

発行●株式会社KADOKAWA
〒102-8177　東京都千代田区富士見2-13-3
電話　0570-002-301（ナビダイヤル）

角川文庫 20635

印刷所●株式会社KADOKAWA
製本所●株式会社KADOKAWA

表紙画●和田三造

ISBN978-4-04-106148-0　C0193

JASRAC 出 1712824-417

角川文庫発刊に際して

角川源義

第二次世界大戦の敗北は、軍事力の敗北であった以上に、私たちの若い文化力の敗退であった。私たちの文化が戦争に対して如何に無力であり、単なるあだ花に過ぎなかったかを、私たちは身を以て体験し痛感した。西洋近代文化の摂取にとって、明治以後八十年の歳月は決して短かすぎたとは言えない。にもかかわらず、近代文化の伝統を確立し、自由な批判と柔軟な良識に富む文化層として自らを形成することに私たちは失敗して来た。そしてこれは、各層への文化の普及滲透を任務とする出版人の責任でもあった。

一九四五年以来、私たちは再び振出しに戻り、第一歩から踏み出すことを余儀なくされた。これは大きな不幸ではあるが、反面、これまでの混沌・未熟・歪曲の中にあった我が国の文化に秩序と確たる基礎を齎らすためには絶好の機会でもある。角川書店は、このような祖国の文化的危機にあたり、微力をも顧みず再建の礎石たるべき抱負と決意とをもって出発したが、ここに創立以来の念願を果すべく角川文庫を発刊する。これまで刊行されたあらゆる全集叢書文庫類の長所と短所とを検討し、古今東西の不朽の典籍を、良心的編集のもとに、廉価に、そして書架にふさわしい美本として、多くのひとびとに提供しようとする。しかし私たちは徒らに百科全書的な知識のジレッタントを作ることを目的とせず、あくまで祖国の文化に秩序と再建への道を示し、この文庫を角川書店の栄ある事業として、今後永久に継続発展せしめ、学芸と教養との殿堂として大成せんことを期したい。多くの読書子の愛情ある忠言と支持とによって、この希望と抱負とを完遂せしめられんことを願う。

一九四九年五月三日

角川文庫ベストセラー

神様の裏の顔　藤崎翔

神様のような清廉な教師、坪井誠造が逝去した。その通夜は悲しみに包まれ、誰もが涙した……と思いきや、年齢も職業も多様な参列者たちが彼を思い返すうち、とんでもない犯罪者であった疑惑が持ち上がり……。

殺意の対談　藤崎翔

人気作家・怜子と若手女優・夏希の誌上対談は、和やかに行われた……表向きは。実は怜子も夏希も、恐ろしい犯罪者としての裏の顔を持っていて……対談と心の声で紡がれる、究極のエンタメミステリ。

ダリの繭《まゆ》　有栖川有栖

サルバドール・ダリの心酔者の宝石チェーン社長が殺された。現代の繭とも言うべきフロートカプセルに隠された難解なダイイング・メッセージに挑むは推理作家・有栖川有栖と臨床犯罪学者・火村英生！

海のある奈良に死す　有栖川有栖

半年がかりの長編の見本を見るために珀友社へ出向いた推理作家・有栖川有栖は同業者の赤星と出会い、話に花を咲かせる。だが彼は〈海のある奈良へ〉と言い残し、福井の古都・小浜で死体で発見され……。

朱色の研究　有栖川有栖

臨床犯罪学者・火村英生はゼミの教え子から2年前の未解決事件の調査を依頼されるが、動き出した途端、新たな殺人が発生。火村と推理作家・有栖川有栖が奇抜なトリックに挑む本格ミステリ。

角川文庫ベストセラー

ドミノ　恩田　陸

一億の契約書を待つ生保会社のオフィス。下剤を盛られた子役の麻里花。推理力を競い合う大学生。別れを画策する青年実業家。昼下がりの東京駅、見知らぬ者同士がすれ違うその一瞬、運命のドミノが倒れてゆく！

ユージニア　恩田　陸

あの夏、白い百日紅の記憶。死の使いは、静かに街を滅ぼした。旧家で起きた、大量毒殺事件。未解決となったあの事件、真相はいったいどこにあったのだろうか。数々の証言で浮かび上がる、犯人の像は――。

チョコレートコスモス　恩田　陸

無名劇団に現れた一人の少女。天性の勘で役を演じる飛鳥の才能は周囲を圧倒する。いっぽう若き女優響子は、とある舞台への出演を切望していた。開催された奇妙なオーディション、二つの才能がぶつかりあう！

メガロマニア　恩田　陸

いない。誰もいない。ここにはもう誰もいない。みんなどこかへ行ってしまった――。眼前の古代遺跡に失われた物語を見る作家。メキシコ、ペルー、遺跡を辿りながら、物語を夢想する、小説家の遺跡紀行。

夢違　恩田　陸

「何かが教室に侵入してきた」。小学校で頻発する、集団白昼夢。夢が記録されデータ化される時代、「夢判断」を手がける浩章のもとに、夢の解析依頼が入る。子供たちの悪夢は現実化するのか？

角川文庫ベストセラー

雪月花黙示録　恩田　陸

私たちの住む悠久のミヤコを何者かが狙っている……！　謎×学園×ハイパーアクション。恩田陸の魅力全開、ゴシック・ジャパンで展開する『夢違』『夜のピクニック』以上の玉手箱!!

私の家では何も起こらない　恩田　陸

小さな丘の上に建つ二階建ての古い家。家に刻印された人々の記憶が奏でる不穏な物語の数々。キッチンで殺し合った姉妹、少女の傍らで自殺した殺人鬼の美少年……そして驚愕のラスト！

デッドマン　河合莞爾

身体の一部が切り取られた猟奇殺人が次々と発生した。鏑木率いる警視庁特別捜査班が事件を追う中、継ぎ合わされた死体から蘇ったという男からメールが届く。自分たちを殺した犯人を見つけてほしいとあり……。

ドラゴンフライ　河合莞爾

多摩川で発見された男性の猟奇死体。鏑木率いる4人の特別捜査班が事件を追い、トンボの里として有名な群馬県の飛龍村との関係を突き止める。だが、ダム建設と幻の巨大トンボを巡る謎に巻き込まれ……。

ダンデライオン　河合莞爾

タンポポの咲き誇る廃牧場で発見された死体は空中を浮遊していた。また湾岸のホテル屋上で起きた殺人事件では、犯人が空を飛んだかのようにいなくなっていた……2つの事件を結ぶ意外な秘密とは!?

角川文庫ベストセラー

悪果　黒川博行

大阪府警今里署のマル暴担当刑事・堀内は、相棒の伊達とともに賭博の現場に突入。逮捕者の取調べから明らかになった金の流れをネタに客を強請り始める。かつてなくリアルに描かれる、警察小説の最高傑作！

てとろどときしん　大阪府警・捜査一課事件報告書　黒川博行

フグの毒で客が死んだ事件をきっかけに意外な展開をみせる表題作「てとろどときしん」をはじめ、大阪府警の刑事たちが大阪弁の掛け合いで6つの事件を解決に導く、直木賞作家の初期の短編集。

疫病神　黒川博行

建設コンサルタントの二宮は産業廃棄物処理場をめぐるトラブルに巻き込まれる。巨額の利権が絡んだ局面で共闘することになったのは、桑原というヤクザだった。金に群がる悪党たちとの駆け引きの行方は——。

螻蛄　黒川博行

信者500万人を擁する宗教団体のスキャンダルに金の匂いを嗅ぎつけた、建設コンサルタントの二宮とヤクザの桑原。金満坊主の宝物を狙った、悪徳刑事や極道との騙し合いの行方は⁉「疫病神」シリーズ‼

繚乱　黒川博行

大阪府警を追われたかつてのマル暴担コンビ、堀内と伊達。競売専門の不動産会社で働く伊達は、調査中の敷地900坪の巨大パチンコ店に金の匂いを嗅ぎつけると、堀内を誘って一攫千金の大勝負を仕掛けるが⁉

角川文庫ベストセラー

燻《くすぶ》り　黒川博行

あかん、役者がちがう——。パチンコ店を強請る2人組、拳銃を運ぶチンピラ、仮釈放中にも盗みに手を染める小悪党。関西を舞台に、一攫千金を狙っては燻り続ける男たちを描いた、出色の犯罪小説集。

破門　黒川博行

映画製作への出資金を持ち逃げされたヤクザの桑原と建設コンサルタントの二宮。失踪したプロデューサーを追い、桑原は本家筋の構成員を病院送りにしてしまう。組同士の込みあいをふたりは切り抜けられるのか。

さあ、地獄へ堕ちよう　菅原和也

SMバーでM嬢として働くミチは、偶然再会した幼馴染から《地獄へ堕ちよう》というWebサイトの存在を教えられる。そのサイトに登録し、指定された相手を殺害すると報酬が与えられるというのだが……。

消失グラデーション　長沢　樹

とある高校のバスケ部員椎名康は、屋上から転落した少女に出くわす。しかし、少女は忽然と姿を消した⁉ 開かれた空間で起こった目撃者不在の〝少女消失〟事件の謎。審査員を驚愕させた横溝賞大賞受賞作。

夏服パースペクティヴ　長沢　樹

夏休みの撮影合宿中に、キャストの女子高生が突如倒れ込む。その生徒の胸には深々とクロスボウの矢が突き刺さっていた。〝かわいすぎる名探偵〟樋口真由が、卓越した推理力で事件の隠された真相に迫る！

角川文庫ベストセラー